reinhardt

Helen Liebendörfer

Des Kaisers neue Socken

Historischer Roman

Friedrich Reinhardt Verlag

Titelbild: Des Teufels Netz, Codex Donaueschingen, 1441
Rückseite: Kaiser Sigismund, Porträt eines böhmischen Meisters (Prag? 1436/37), früher Antonio Pisanello (1433) zugeordnet.

Projektleitung: Claudia Leuppi
ISBN 978-3-7245-2083-2

www.reinhardt.ch

1. Kapitel

Es brannte lichterloh. Durch die zerbröckelnden Steine loderten die Flammen zu den hölzernen Tragbalken empor und frassen sich gierig weiter bis zu den trockenen Schindeldächern der Häuser, wo sie neue Nahrung fanden. Die Sturmglocken läuteten, und die Hochwächter bliesen aufgewühlt in ihr Horn. Hastig und unermüdlich wurde Eimer um Eimer am Brunnen mit Wasser gefüllt und von Hand zu Hand bis zu den brennenden Häusern gereicht. Doch ein beissender Rauch und eine unerträgliche Hitze verhinderten, dass die Menschen nahe genug zu den Brandstellen vordringen konnten. Das Feuer breitete sich in unglaublicher Geschwindigkeit aus. Ein Haus nach dem andern wurde von den Flammen ergriffen, denn der starke Wind trug dazu bei, dass die Funken immer wieder zu den nächstliegenden Häusern getragen wurden. Fassungslos und entsetzt mussten die Leute zusehen, wie die glühenden Balken zusammenkrachten. Verzweifelt und aufgeregt schrien alle durcheinander. Die vielen Tiere brüllten, weil sie rettungslos den wütenden Flammen ausgeliefert waren, und die kleinen Kinder weinten verwirrt, während die alten Leute sie humpelnd und hustend von den gefährlichen Brandherden wegzogen.

In wenigen Stunden legte das schreckliche Feuer einen Teil der Stadt Basel in Schutt und Asche.

Oberzunftmeister Henman Offenburg hielt beim Rathaus am Marktplatz die Stellung. Kerzengerade stand er da in seinem schwarzen Wams. Er war nicht besonders gross gewachsen, trotzdem strahlte er eine überlegene Gelassenheit und Kraft aus. Seine blonden, halblangen Haare umrahmten sein schmales Gesicht mit dem energischen Kinn. Seine hellen, klaren Augen blickten wachsam in die Runde. Er versuchte zu erfassen, was sich abspielte. Mit seinen 38 Jahren hatte er schon viel erlebt, einen solchen Brand allerdings noch nie. Von Weitem sah er die dicken, schwarzen Rauchwolken in den Himmel steigen, manchmal erblickte er auch eine züngelnde Flamme, und die Luft war geschwängert vom Brandgeruch. Er wusste, die Mannschaften der Zünfte standen alle im Einsatz. Sie hatten sich beim ersten Feueralarm sofort auf dem Marktplatz versammelt und waren abkommandiert worden. Die einen, um das Feuer löschen zu helfen, die anderen, um die Stadtmauern und Stadttore zu bewachen, denn eine Feuersbrunst war eine günstige Gelegenheit für einen Feind, die Situation auszunützen und anzugreifen. Laufend überbrachte man Henman die neuesten Nachrichten, und seine Miene verdüsterte sich zusehends bei jeder Meldung, die bei ihm eintraf.

«Das Feuer ist an der Streitgasse beim Barfüsserplatz ausgebrochen, und es breitete sich ungehindert rasch gegen den oberen Teil der Freien Strasse aus.»

«Und das Spital hinter dem Barfüsserkloster?»

«Wurde eingeäschert. Wir konnten nicht einmal mehr alle Kranken retten. Wir waren noch gar nicht zur Stelle, da stand es schon in Flammen.»

«Viele Tote?», fragte Henman mit unbewegter Miene. Er wusste, es hiess nun einen klaren Kopf zu behalten.

«Mehrere, aber wir wissen es noch nicht genau.»

«Sorgt dafür, dass die obdachlosen Kranken die Nacht nicht im Freien zubringen müssen.»

«Wer verschont blieb, bringt bereits Decken und bietet sein Haus zum Übernachten an. Doch es wird wohl kaum jemand schlafen können. Das Feuer wütet nun auch in der Vorstadt, wo es bei den vielen Stallungen und Schuppen reiche Nahrung findet, und es bedroht sogar die St. Alban-Klosterkirche am Rhein.» Henman Offenburg nickte schweigend. Er wappnete sich innerlich, um weitere Hiobsbotschaften entgegennehmen zu können. Er wusste, es war noch längst nicht ausgestanden. Eine lange Nacht stand bevor.

Am folgenden Morgen wurde erst klar ersichtlich, was das Feuer angerichtet hatte. Der Wind war schwächer geworden, die Sturmglocken waren endlich verstummt, aber es hing ein unangenehmer Brandgeruch in der Luft. Einige Leute stocherten mit stumpfen Gesichtern im Schutt ihrer Häuser herum, um eventuell noch brauchbare Dinge zu bergen, obwohl die Trümmer noch keineswegs abgekühlt waren. Andere versuchten, die verirrten Tiere einzufangen, welche sich beim Brand im Stall losgerissen hatten. Viele strömten in die Kirchen, um zu beten.

«Es ist eine Strafe Gottes», murmelten sie bedrückt, und die Prediger nahmen den Gedanken auf:

«Die Sünden treiben die Menschen an den Rand des Abgrunds, und der Teufel bedeckt mit seinen schwarzen Fittichen die Erde. Es scheint, das baldige Ende der Welt steht bevor. Tut Busse!»

Kyrie eleison, beteten die Leute inbrünstig im Halbdunkel des Münsters und knieten nieder, dichtgedrängt. Sie fühlten sich in der Gemeinschaft miteinander verbunden und im Kirchenraum geborgen, obwohl die stete Furcht vor dem Ungewissen, vor Feuer und andern Unglücksfällen, vor Krankheiten und kriegerischen Ereignissen ein immerwährendes Gefühl der Unsicherheit mit sich brachte. Dazu kam noch die Angst vor dem Höllenfeuer am Tag des Jüngsten Gerichts. Doch man wusste, alles war Gottes Plan. In ihrer Not suchten die Menschen Hilfe bei Maria und den Heiligen.

«Heilige Mutter Gottes, bitt für uns», murmelten sie unter Tränen und nahmen sich erneut vor, so zu leben, wie man es von ihnen erwartete. Sie wollten gute Christen sein und sich so benehmen, wie es ihrem Stand entsprach. *Miserere nobis,* hallte es flehentlich durch das Münster.

«Erbarme dich unser», dachte auch Henman Offenburg, als er müde nach der durchwachten Nacht in sein «Haus ze Stetten» an der Krämergasse[1] eintrat. Er hatte zuvor die breite Brandspur angeschaut, welche sich durch die halbe Stadt zog, vom Barfüsserplatz bis zum St. Alban-Tal. Er hatte Verletzten und Obdachlosen Mut zugesprochen und Hinterbliebene zu trösten versucht. Das Weinen, Jammern und Husten verfolgte ihn, und er schüttelte den Kopf, um die trostlosen Bilder zu verscheuchen.

Die junge Magd Marie stand in ihrem grauen Rock aus dickem Wollstoff breitbeinig in der Küche. Sie schaute ihn etwas betreten an, denn auf der Bank neben ihr kauerte eine hutzelige Gestalt. Henman erkannte Greda Bleicherin und ärgerte sich, sie in seinem Haus zu sehen. Er war Apotheker und sie ein Kräuterweib. Die Magd Marie wusste genau, dass er eine solche Person nicht in seinem Haus duldete. Sicher hatte Greda die grosse Aufregung dazu benutzt, um bis in seine Küche vorzudringen. Er nickte wortlos, ging an ihnen vorbei und stieg ins obere Stockwerk. Hier hoffte er, seine Frau Anna und die Kinder vorzufinden.

Über das Gesicht von Greda huschte ein triumphierendes Lächeln, während sie Henman Offenburg nachblickte. Dann wandte sie sich wieder an die Magd:

---

[1] Heute Schneidergasse 1

«Wie ich schon sagte, ich spürte seit Tagen, dass etwas Unheilvolles in der Luft lag. Der Ruf des Käuzchens um Mitternacht, die Störche, welche aufgeregt um ihre Nester kreisten, der Mond, von einem Ring umgeben – das waren alles deutliche Zeichen, Marie.» Die junge Magd blickte sie ehrfürchtig an und meinte schaudernd:

«Der Brand war einfach schrecklich. Dieser dicke, qualmende Rauch. Genau so stelle ich mir die Hölle vor, die Hitze, die brüllenden Tiere …»

«Und dazu die Dämonen, bereit, die Menschen in die Glut zu stossen.»

«Was kann man nur dagegen tun?», fragte Marie verzagt. «Überall lauern die Teufel, schwirren unsichtbar umher und fallen uns an. Und nichts kann uns davor schützen.»

Nun kam Leben in Greda. Sie öffnete den Beutel, der auf ihrem Schoss lag, wühlte einige Zeit darin herum und zog schliesslich ein kleines Medaillon heraus.

«Ihr begehrt Schutz und Hilfe? Tragt dieses Amulett. Es hat Wegerich und Farn darin eingeschlossen, die ich bei Vollmond um Mitternacht unter Aufsagen von drei Vaterunser gepflückt habe. Wegerich ist die Mutter der Pflanzen, offen nach Osten, mächtig im Innern. Er hilft gegen das Übel, das übers Land dahin fährt. Und der Farn hat so grosse Kraft, dass ihn jeder Teufel und Dämon flieht. Wenn man dieses Amulett trägt, ist man vor Anschlägen auf Leib und Seele geschützt», beschwor sie die Magd mit herber Stimme.

«Und was wollt Ihr dafür haben?», antwortete Marie zögernd. Greda schaute sie mit ihren kleinen Augen listig an:

«Gebt mir, was Ihr zu geben vermögt. Doch vergesst nicht, dass die Wirkung nachlässt, wenn Ihr den Zauber nicht hoch genug einschätzt.» Mit diesen Worten liess sie das Amulett wieder in ihren Beutel gleiten.

«Wartet! Lasst mich rasch in der Kammer von meinem Ersparten etwas holen», erwiderte Marie rasch, «ich bin gleich wieder bei Euch.» Greda blieb mit einem zufriedenen Lächeln sitzen. Sie hatte gewusst, dass die Mägde vor wenigen Tagen den halbjährlichen Lohn erhalten hatten.

Unterdessen erstattete Henman Offenburg seiner Frau Anna Bericht vom grossen Brand und dessen Folgen. Seine vier Kinder, Brida, Ursula, Peter und die kleine Ennelin, standen dabei und folgten seinen Erzählungen mit offenem Mund.

«Es hat leider mehrere Tote gegeben! Wir hatten grosses Glück, dass unser Haus vom Feuer verschont blieb!», schloss Henman seinen Bericht.

«Ja, dem Herrn sei Lob und Dank!», antwortete Anna und strich über den blonden Lockenkopf der kleinen Ennelin.

«Wir haben die dicken, schwarzen Rauchwolken gesehen, die aufstiegen, und immer mehr und immer höher und immer weiter, es sah gespenstisch aus», berichtete der neunjährige Peter aufgeregt. Er war seinem Vater wie aus dem Gesicht geschnitten mit seinen blonden Haaren und dem kantigen Kinn. Henman nickte seinem Sohn zu und wollte aufstehen, da fiel ihm plötzlich ein:

«Ach, in der Küche sitzt eine Kräuterfrau. Ihr wisst, ich schätze es nicht, wenn solche Weiber in unserem Haus ein und aus gehen. Schliesslich bin ich Apotheker.»

«Ich werde gleich nach dem Rechten sehen», versprach Anna und lief hastig die Treppe hinunter. Die Kinder rannten hinter ihr her. Das Kräuterweib wollten sie unbedingt auch sehen. Die kleine, zweijährige Ennelin hatte allerdings Mühe, zu folgen. Barfuss und nur mit einem Hemdchen bekleidet versuchte sie, möglichst rasch die Treppe hinunterzuklettern. Henman konnte ein Lächeln nicht unterdrücken. Trotz der grossen Erschöpfung und den schrecklichen Ereignissen dieser turbulenten Nacht breitete sich ein Gefühl der Dankbarkeit in ihm aus, während er dem blonden Lockenkopf nachblickte. Müde und erschöpft sass er am Tisch und stützte seinen Kopf auf. Seine Gedanken wanderten zu den Ereignissen der vergangenen Stunden. Die Bilder der Toten, Verletzten und schwarzen, abgebrannten Hausruinen standen vor seinen Augen.

«Mitten im Leben sind wir vom Tod umgeben», zitierte er in Gedanken. Wie oft hatte er diese Weisheit selbst erfahren müssen. Einschneidend für ihn war der Tod seines Vaters gewesen, den er im Alter von zehn

Jahren hatte erleben müssen. Er erinnerte sich noch lebhaft daran, obwohl es weit zurücklag.

«Das Schicksal hat es trotzdem gut mit mir gemeint», ging es ihm durch den Kopf. In sehr jungen Jahren – er war knapp 17 Jahre alt gewesen – hatte er Anna geheiratet und gleichzeitig die Apotheke übernommen, welche bis dahin seine Mutter geführt hatte. «Wie jung war ich damals! Aber auch mutig. Die Apotheke meines verstorbenen Vaters bedeutete mir sehr viel.»

Während seine Gedanken wanderten, bemerkte er, wie ihm die Augen zufallen wollten. Er durfte jetzt nicht einschlafen! Rasch erhob er sich und begab sich zu seinem Stehpult. Er öffnete den schweren, eisenbeschlagenen Deckel der Truhe, welche daneben stand und in der er seine Schriftstücke aufbewahrte, holte ein kostbares Papier heraus und legte es auf das Pult. Schliesslich nahm er einen Federkiel, prüfte seine Spitze, tauchte ihn in die Tinte und notierte fein säuberlich:

5. Juli 1417, grosser Stadtbrand.

Da trat Anna wieder in die Stube. Henmans Blick fiel mit Wohlgefallen auf ihr schmales Gesicht, umrahmt von den braunen Haaren, die sie zu Ohrschnecken aufgesteckt hatte, auf ihren schlanken Hals und ihre zarte Gestalt im einfachen blauen Rock aus Wollstoff. Er freute sich immer noch, sie anzusehen, dabei waren sie nun schon über zwanzig Jahre verheiratet.

«Ich habe Euch etwas Wein mitgebracht», meinte sie lächelnd und reichte ihm einen hohen Becher aus Steinzeug, «und das Kräuterweib habe ich weggeschickt, wie gewünscht.» Henman schaute ihr kurz in die Augen, nahm den Becher und nickte.

«Sorgt dafür, dass so etwas nicht mehr vorkommt. Ein Kräuterweib hat nichts zu suchen im Hause eines Apothekers.»

«Es tut mir leid, ich habe in der Aufregung nicht bemerkt, was vor sich ging», bat sie mit leiser Stimme. «Ich bin selbst noch ganz durcheinander. Das Feuer war schrecklich mitanzusehen. Ich musste die Kinder beruhigen und war selbst in ständiger Angst, dass der Wind drehen würde. Ich machte mir schon Gedanken, wohin ich mit den Kindern fliehen könnte.»

«Ja, wir haben Glück gehabt. Ich machte mir auch Sorgen, als ich beim Rathaus stand und nicht wusste, in welche Richtung sich das Feuer weiter ausbreiten würde, und ob Ihr und die Kinder in Sicherheit seid.»

Im Laufe der Jahre hatten sie zehn Kinder geschenkt bekommen. Doch davon waren leider fünf in ihren ersten Lebensjahren gestorben. Allein zwischen Peters Geburt und der Geburt der kleinen Ennelin hatten sie drei Kinder zu Grabe tragen müssen. Es waren schlimme Tage gewesen, vor allem für Anna. Sie hatte lange um jedes ihrer verstorbenen Kinder getrauert. Aber Brida, Ursula, Peter und Ennelin lebten und waren gesund, und ihr ältester Sohn Franz war bereits zwanzig Jahre alt. Henman hatte ihn für den geistlichen Stand bestimmt, deshalb musste er damit rechnen, ihn nicht mehr oft zu Gesicht zu bekommen. Henman rieb seine müden Augen.

«Seit dem grossen Erdbeben wurden nie mehr so viele Häuser der Stadt zerstört. Wir müssen uns nun sofort Gedanken über den Wiederaufbau machen. Dabei wollte ich in den nächsten Tagen nach Konstanz reisen.»

«Ihr denkt an die Bankgeschäfte?», fragte Anna mit einem feinen Lächeln, nahm ihre Strickarbeit zur Hand und setzte sich zu ihm. Henman nickte.

«Die Teilnehmer am Konzil von Konstanz, vor allem König Sigismund, sind wichtig für mich. Sie wollen alle Geldgeschäfte tätigen. Sie kommen von überall her, von Nord und Süd.»

«Aber der Weg über die Alpen ist doch gefährlich, oder nicht?»

«Ja, für die Teilnehmer aus dem Süden ist die Reise zum Konzil von Konstanz ein Abenteuer. Nicht nur Überfälle müssen sie befürchten, wie alle Reisenden, sondern auf dem Weg über die Alpen auch Steinschlag oder Lawinen. Und es geht erst noch vorbei an steilen Felsen mit furchterregenden Blicken in den Abgrund.» Anna schauderte.

«Um nichts in der Welt würde ich über die Alpen reisen wollen.» Henman betrachtete sie lächelnd und seine hellen Augen blitzten schalkhaft.

«Der Wagen mit Papst Johannes kippte tatsächlich um, als er über den Arlberg fuhr, und der Heilige Vater landete im kalten Schnee. Er soll richtig geflucht haben.» Anna vergass zu stricken.

«Der Papst hat geflucht? Das kann ich mir nicht vorstellen.»

«So wird es berichtet. Er war mit etwa 600 Personen unterwegs. Ein Höfling sei sofort zu ihm gerannt und habe gefragt: Heiliger Vater, fehlt Eurer Heiligkeit etwas? Da habe der Papst geantwortet: Ich liege hier in Teufels Namen!» Anna lachte auf und begann wieder zu stricken.

«Plötzlich im kalten Schnee zu liegen, hat der Heilige Vater wahrscheinlich noch nie erlebt.»

«Wohl kaum, er residiert schliesslich in Pisa.»

«Ach, das ist der Papst in Pisa? Dann ist Benedikt der Papst in Avignon und Gregor derjenige in Rom? Drei Päpste – es ist überaus verwirrend. An wen soll man sich nur halten? Meint Ihr, man kann sich endlich wieder auf einen einzigen Papst einigen?»

«Es ist wirklich eine unglückliche Situation, denn jeder beansprucht für sich, der rechtmässige Papst zu sein. Doch es ist das erklärte Ziel von König Sigismund und dem Konzil von Konstanz, diese unerfreuliche Tatsache endlich zu beenden.»

«Welcher der drei Päpste soll dann einziger Papst werden?»

«Ich persönlich denke, es wäre die beste Lösung, alle drei Päpste abzusetzen und einen anderen, ganz neuen Papst zu wählen.» Henman wusste, dass die drei Päpste

Annas Weltbild ziemlich ins Wanken brachten. Er sah ihr an, dass ihr noch mehr Fragen auf der Zunge brannten, aber eine Frau durfte nicht zu klug und nicht zu kritisch erscheinen, das wollte kein Mann haben. Alles, was ausserhalb des Hauses vor sich ging, gehörte zu den Belangen des Mannes. Eine Frau hielt sich da heraus. Henman knüpfte wieder an seine dringendsten Probleme an.

«Der Wiederaufbau der Häuser unserer Stadt ist mir im Moment wichtiger als ein neuer Papst. Wir müssen für Holz sorgen, um die vielen zerstörten Häuser wieder aufbauen zu können. Das wird viel zu organisieren geben und Unsummen verschlingen.»

Im Rathaus am Marktplatz hatte sich fast der ganze Rat versammelt. Auf einer langen Bank, welche sich der Wand des Saales entlang zog, sass man einander gegenüber. Der Bürgermeister und Henman Offenburg als Oberzunftmeister hatten ihre Sitze an der Stirnseite eingenommen. Die Fenster mit den in Blei gefassten Scheiben liessen das Licht nur gebrochen herein, was dem Raum eine intime Atmosphäre gab. Die in schwarzes Tuch gekleideten Ratsherren sprachen nur halblaut miteinander, der Ernst der Lage erforderte es. Henman bemerkte, dass eine dumpfe Ratlosigkeit vorherrschte.

«Rund zweihundertfünfzig Häuser sind zerstört und elf Todesopfer zu beklagen, so viele, wie seit dem grossen Erdbeben von 1356 nicht mehr», berichtete der Bürgermeister mit ernster Miene. Alle sassen betroffen da und schwiegen. Konrad zum Haupt räusperte sich:

«Die Leute sind beunruhigt. Wir müssen nun Zuversicht schaffen und für die Zukunft planen. Ich denke, es ist unsere Pflicht, der Bevölkerung zu zeigen, dass wir klare Entscheidungen treffen können», forderte er mit seiner hohen Stimme. Seine klugen Augen blickten in die Runde. Er gehörte zu den reichsten Bürgern der Stadt, meldete sich jedoch selten zu Wort. Seine Stellung und seine klaren Worte liessen jedermann ehrerbietig verstummen.

«Gott wird uns die Weisheit geben», meinte der Bürgermeister etwas verlegen und suchte mit den Augen die Bestätigung der anderen. Einige nickten. Doch Henman Offenburg stand auf und erwiderte:

«Lasst uns aber auch handeln. Der Wiederaufbau muss rasch in Angriff genommen werden. Ich will mich persönlich im Jura umsehen, wer uns das nötige Holz liefern kann.» Sein Votum wirkte. Plötzlich kam Leben in die Ratskollegen.

«Bevor wir wieder aufbauen, müssen wir neue Bestimmungen herausgeben», meldete sich der gross gewachsene Nicolaus Murer leidenschaftlich zu Wort, «von nun an sollte jedes Haus Ziegel als Dachbedeckung aufweisen und keine Schindeln mehr. Sie brennen viel zu leicht, das haben wir gestern leider feststellen müssen.» Ein zustimmendes Gemurmel erfolgte, einige applaudierten.

«Dann müssten wir aber einen zweiten Ziegelhof einrichten, damit genug Ziegel hergestellt werden können.»

«Die Häuser brauchen auch eine ganz andere Dachneigung, wenn wir Ziegel anstelle von Schindeln auf ein Dach montieren wollen», warf der Meister der Zunft der Bauleute ein, «es braucht Zeit, um all diese Umstellungen vorzunehmen.»

«Auch wenn es viele Jahre dauert, wir müssen in Zukunft Dachziegel als Eindeckung vorschreiben», ereiferte sich Murer. Seine grosse, hagere Gestalt mit den grauen Haaren ragte aus den Reihen deutlich heraus, und seine Stimme hatte Gewicht. Man sah nur bestätigendes Nicken.

«Andere Städte haben Kaminfeger, genau das brauchen wir auch. Künftig sollten alle Feuerstätten und Kamine regelmässig kontrolliert werden», mischte sich ein anderes Ratsmitglied in die Diskussion.

«Ich meine, die Zünfte sind gefragt: Jede Zunft sollte in Zukunft zwei Feuerleitern lagern und die Kübler genug grosse Holzeimer bereithalten.»

«Nein, keine Holzeimer. Wir müssen da umdenken. Ich war kürzlich in Frankfurt. Die Stadt benutzt Ledereimer. Wir sollten in Basel die schweren Holzeimer auch durch leichtere Ledereimer ersetzen. Wir bräuchten rund sechzig Stück.»

«Und wer soll das alles bezahlen?» Wer diesen Satz laut geäussert hatte, liess sich nicht feststellen, aber den enthusiastischen Reden folgte nun ein betretenes Schweigen.

«Meine Herren, ich will sehen, dass König Sigismund unsere Stadt von der Pflicht befreit, am Feldzug gegen den Herzog von Österreich teilzunehmen», antwortete Henman schliesslich, wie gewohnt mit ruhiger Stimme, «und ich will zudem dafür sorgen, dass er uns die Kriegssteuer erlässt.» Er wusste, seine guten Beziehungen zu König Sigismund würden helfen, die angestrebten Möglichkeiten umzusetzen. Seit er vor wenigen Monaten in Konstanz zu «Königs Schlafgenossen» erkürt worden war, zählte er zu den Vertrauten des Königs.

«Ja, das wäre sinnvoll. Damit hätten wir mehr flüssige Mittel zur Verfügung und auch genug Männer, die beim Wiederaufbau dringend benötigt werden», ergänzte der Bürgermeister. Es war allen klar, dass die Stadt mit Henman Offenburg einen grossartigen Diplomaten zur Verfügung hatte. Seine vielseitigen Beziehungen erwiesen sich immer wieder als wertvoll.

«Wann gedenkt Ihr zu König Sigismund nach Konstanz zu reisen?»

«Sobald hier alles so weit erledigt ist für den Wiederaufbau, dass ich mit gutem Gewissen einige Wochen abwesend sein kann», antwortete Henman, und der Bürgermeister schloss befriedigt die Sitzung.

2. Kapitel

Ein leichter Nordostwind wehte, und vom Bodensee her krochen Nebelbänke, während Henman Offenburg auf die Bischofsstadt Konstanz zu ritt. Wie lange, schmale Schatten säumten einige Pappeln den Weg, fast geisterhaft kamen sie ihm vor. Hin und wieder erfreute er sich an einem bunt gefärbten Herbstbaum, der durch den Nebel leuchtete. Endlich erblickte er von Weitem die Kirchtürme von Konstanz, die in den Abendhimmel ragten. Henman war froh, die Stadt zeitig zu erreichen, denn Mitte Oktober wurde es schon früh dunkel. Er wäre ungern vor geschlossenen Stadttoren gestanden. Viele Leute strebten dem Stadteingang zu, die meisten zu Fuss. Konstanz war nicht nur Versammlungsort des Konzils, sondern auch ein wichtiger Sammelpunkt der Jakobspilger. Von hier aus pilgerten sie weiter gegen Westen, ihrem Ziel Santiago de Compostela entgegen, bis zum nächsten wichtigen Zwischenhalt, der Klosterkirche von Einsiedeln. Einige Pilger machten schon einen recht erschöpften Eindruck, hinkten erbärmlich und ihre Schuhe fielen fast auseinander. Henman fragte sich, ob sie es je bis ins ferne Spanien schaffen würden.

Inmitten der Stadtmauern standen die Häuser eng verschachtelt beisammen mit einem bunten Gewirr von

Dachlandschaften. Henman folgte der St. Pauls-Gasse, die mit festen Pflastersteinen versehen war. Er ritt vorbei an Marktfrauen, Händlern, Hunden, Katzen und Hühnern, wich ein paar Nutztieren aus, Schweinen und Rindern, und überquerte kleinere Gräben, die sogenannten Wuostgräben. Immer wieder erstaunte ihn das Konstanzer System der Abfallbeseitigung: An den Hinterseiten der Häuser waren Gräben gezogen, in welche die Konstanzer ihre Abfälle werfen konnten. Ein Besucher bekam sie kaum zu Gesicht, jedoch war der modrige Gestank unvermeidbar, selbst jetzt im Herbst. Zudem sah man Mäuse und Ratten zwischen den Abfällen hin und her huschen. «Wir müssten in Basel auch vorschreiben, dass der Abfall nicht vorne bei den Fassaden der Häuser ausgeleert wird», ging es Henman durch den Kopf.

Er liess für einen Moment die Zügel locker, um das prächtige «Hohe Haus», in welchem der Burggraf Friedrich logierte, zu bewundern. In der Nähe befand sich der Fischmarkt. «Hier gibt es sogar Heringe aus der Ostsee zu kaufen», murmelte Henman erstaunt, als er sich umsah, «nicht nur Fische aus dem Bodensee.» Er bemerkte, dass er schon recht hungrig war. Anschliessend ritt er am Marktviertel vorbei, auf dem wie gewohnt viele Menschen ihre Waren feilboten. Das Stimmengewirr und die Rufe der Marktfrauen sorgten für reges Leben. Man fand hier alles, was das Herz begehrte: helles Weizenbrot für die besser gestellten Herrschaften, Weine, Milch, Käse,

Eier und viel Obst und Gemüse. Henman lief das Wasser im Munde zusammen. Doch seinen Hunger musste er noch bezähmen, es galt zuerst einiges zu erledigen. Er begab sich direkt ins Augustiner Eremitenkloster, um König Sigismund seine Aufwartung zu machen, trotzdem er noch im Reisekostüm war. Seinen pelzbesetzten, schwarzen Mantel übergab er schwungvoll einem der Diener und eilte weiter zum König.

Sigismund war eine strahlende Erscheinung, gross gewachsen, blond und mit lebhaften, hellen Augen und einem schmalen Bart. Obwohl er nun schon über sechzig Jahre alt war, umschwärmten ihn die Frauen. Zudem war er auch mit einem gesunden Menschenverstand gesegnet. Henman wusste, dass der König während des Konzils immer wieder als Schiedsrichter und Vermittler auftrat. Daneben beeindruckten ihn vor allem Sigismunds Sprachkenntnisse, wusste er sich doch in sechs Sprachen auszudrücken, Deutsch, Lateinisch, Englisch, Französisch, Böhmisch und Ungarisch.

«Das Konzil entwickelt sich immer mehr zu einem Zentrum von Kunst, Wissen und neuen Ideen. Gestern unterbreitete man mir eine Abschrift der ersten lateinischen Übersetzung von Dantes *Göttlicher Komödie*. Auch öffentliche Lesungen werden darüber abgehalten», erzählte Sigismund begeistert.

«Das werde ich mir anhören, welch eine Gelegenheit! Konstanz ist durch das Konzil zur Drehscheibe aller Nationen geworden.»

«Sicher. Doch nun soll es seinen Abschluss finden mit der Wahl eines neuen Papstes. Und wenn das Konzil beendet ist, werde ich meinen Weg über Basel nehmen. Ich erinnere mich gerne an meinen Besuch und den grossen Ball vor einigen Jahren. Ich denke besonders gerne an die Tänzer, welche als wilde Leute verkleidet auftraten, mit Haaren am ganzen Körper, und sich mit Keulen aus Leinwand gegenseitig auf den Kopf schlugen.» Henman lächelte und verneigte sich ehrerbietig. Vorsichtig wählte er seine Worte.

«Eure Majestät wird in Basel jederzeit willkommen sein. Und auf ein Fest in der Trinkstube der Edlen können Eure Hoheit zählen, mit oder ohne wilde Leute. Allerdings wird Eure Majestät die Stadt kaum wieder erkennen, ein schreckliches Feuer hat einen Teil davon vollkommen zerstört, über zweihundertfünfzig Häuser. Ich wollte deshalb Eure Majestät bitten, die Stadt Basel von der Pflicht zu befreien, am Feldzug gegen den Herzog von Österreich teilzunehmen, ohne eine Ablösesumme bezahlen zu müssen.» König Sigismund überlegte kurz und nickte schliesslich.

«Gut, Ihr braucht sicher jeden Mann und alle finanziellen Mittel, um die Stadt wieder aufzubauen. Ich erlasse der Stadt Basel die Auflagen. Im Übrigen, verehrter Offenburg, wird es nötig sein, dass Sie wieder einmal mit meinem Finanzminister reden, um auch meine Angelegenheiten zu regeln.» Henman verneigte sich, denn im Beschaffen von Darlehen hatte er dem stets geldbedürftigen König schon oft geholfen. Er war sich bewusst, dass er durch seine guten Umgangsformen, sein diplomatisches Geschick, aber vor allem durch seine geschäftliche Gewandtheit das Zutrauen des Königs gewonnen hatte.

Unterdessen war es fast dunkel geworden und der Nebel hatte sich noch mehr ausgebreitet. Die Kälte setzte Henman zu und er beeilte sich, seine Unterkunft zu erreichen. Seine Bank, die er schon seit Beginn des Konzils betrieb, florierte, obwohl über siebzig Wechsler in Konstanz weilten. Sogar die Medici-Bank war darunter. Diese machte ausschliesslich Geschäfte mit der hohen Geistlichkeit, während Henman sich vor allem an die königliche Familie und den Hof hielt. Während des Konzils bot sich die einmalige Gelegenheit, mit Leuten aus ganz Europa Geldgeschäfte zu tätigen und damit zu einem richtig grossen Vermögen zu kommen. Wenn Henman abwesend war, wurde seine Bank von Peter Gatz weitergeführt.

«Nun, wie gehen die Geschäfte?», fragte er seinen Vertreter, nachdem er ihn begrüsst und seinen Mantel abgelegt hatte.

«Sehr gut. Ich darf mit Stolz melden, dass wir ähnlich erfolgreich wirtschaften wie die berühmte Medici-Bank.»

«So gut wie die Bank der Medici?», staunte Henman. «Das lässt sich hören.»

«Ich habe ausserdem in Erfahrung gebracht, dass der Konstanzer Rat beschlossen hat, Bauarbeiten an der Stadtmauer, den Gräben und andern Dingen in Angriff zu nehmen.»

«Das heisst, man braucht Geld. Sehr schön. Die Mauer erscheint mir allerdings in tadellosem Zustand.» Der klein gewachsene Gatz lächelte verschmitzt und meinte vertraulich:

«Die Wahrheit ist, man will damit die armen Priester und Höflinge beschäftigen, die wegen des Konzils nach Konstanz kamen. Sie erhalten dadurch Gelegenheit, sich Brot und Lohn zu verdienen. Man stelle sich vor: Priester, die Steine schleppen und Mauern errichten!» Henman konnte sich ein Schmunzeln nicht verkneifen. Mit Peter Gatz hatte er einen schlauen und fähigen Mann gefunden, der aber auch über Humor verfügte. Vor allem hatte er seine Ohren überall und viele gute Beziehungen zu den richtigen Leuten.

«Und sonst, was geht vor beim Konzil? Werden Fortschritte gemacht?»

«Es sieht so aus. Man ist in Vorbereitung eines Konklaves, um dem Schisma ein Ende zu bereiten. In einigen Wochen soll es soweit sein und ein Papst gewählt werden. Dann haben wir endlich nur noch einen einzigen Papst.»

«Eine Papstkrönung! Das ist gut für uns, es werden viele Leute nach Konstanz kommen», freute sich Henman und rieb sich die Hände.

«Sicher noch mehr als bei der Verbrennung des Ketzers Johannes Hus», erwiderte Gatz.

«Jenes Ereignis ging ja ziemlich kurzfristig vonstatten, trotzdem wohnte ihm eine unübersehbare Menschenmenge bei. Aber eine Papstkrönung wird bestimmt ein Höhepunkt. Nur wird das Konzil danach wohl zu Ende sein.»

«Vermutlich. Obwohl die Reform der Kirche noch längst nicht abgeschlossen ist. Doch man spricht davon, in fünf Jahren wieder ein Konzil einzuberufen, und danach wiederum alle sieben Jahre eines.»

«So häufig hintereinander? Das kann ich mir schlecht vorstellen. Schliesslich müssen die geistlichen Herren von überall her anreisen. Jedes Konzil dauert doch einige Monate, diesmal sind es ja schon weit über drei Jahre. Und in fünf Jahren soll bereits das nächste Konzil stattfinden? Das gibt ja eine Übersättigung, eine Konzilsmüdigkeit!»

«Nun, für unsere Bankgeschäfte wäre es auf jeden Fall keine schlechte Sache, nicht wahr?» Diesem Argument konnte Henman nur zustimmen.

«Das bedeutet aber auch für uns, dass wir die ganze Zeit herumreisen müssen.»

«Es sei denn, man würde ein Konzil nach Basel einberufen», lachte Gatz.

Der Rhein zog wie immer ruhig seinen Bogen nach Norden. Leise plätscherten die Wellen ans Ufer. Der Fluss wirkte bei diesem niederen Wasserstand geheimnisvoll, fast wie ein See. Viele schmale Häuser säumten das Rheinbord. Auf der Seite von Grossbasel schmiegten sie sich mehrere Stockwerke hoch den steilen Hang empor. Über allem thronte das Münster in rotem Sandstein. Auf der Brücke, die schon seit langer Zeit die beiden Stadtteile Gross- und Kleinbasel miteinander verband, herrschte trotz dem trüben Novemberwetter ein reger Betrieb. Bauern mit Ochsenkarren, Handwerker und Händler, Marktfrauen mit ihrem Warenkorb auf dem Kopf und Mägde auf einem Botengang zogen darüber. Es hatte aufgehört zu regnen, doch die Gassen der Stadt waren aufgeweicht und der Boden glitschig. An den Lederschuhen klebte der Schlamm. Um das mühsame Gehen zu vereinfachen, hatten einige Frauen Trippen angezogen, eine Art Unterschuhe aus Holz mit einem hohen Absatz hinten und vorne, die mit einem Lederriemen an den Füssen befestigt wurden. Damit trippelten sie über den aufgeweichten Boden und umgingen vorsichtig die grossen Pfützen, welche sich gebildet hatten.

In einem verlassenen Hinterhof beim Heuberg sass das Kräuterweib Greda wütend in einem kargen Schuppen. Eben hatte man ihr die Mitteilung gemacht, dass sie verbannt sei und «ewiglich zwei Meilen vor dem Kreuze leisten müsse», weil sie Zaubermittel und Wolfsaugen bei sich trage. Die ledrige, faltenreiche Haut ihres Gesichtes zeigte rote Flecken vor lauter Zorn. Zusammen mit den grauen Haaren, der leicht gebogenen Nase und den wenigen, gelben Zähnen bot sie genau das Bild eines Kräuterweibes, wie es sich gehörte.

Sie fühlte sich höchst ungerecht behandelt, denn sie weilte schon seit vielen Jahren in der Stadt. Sie war überzeugt, dass sie die Verbannung nur deshalb erleiden musste, weil sie ein Dorn im Auge der Apotheker war. Sie erinnerte sich noch genau an den vernichtenden Blick von Henman Offenburg beim Zusammentreffen in seiner Küche. Zugegeben, sie gehörte keiner Zunft an, aber sie trieb ihren kleinen Handel ganz im Stillen. Ihre Kenntnisse hatte sie einst von einem alten Kräuterweib vermittelt bekommen, und sie hatte sie im Laufe der Jahre immer mehr vertieft. Greda wusste sie auch mit Erfolg anzuwenden, jedoch nicht auf die sachliche Art und Weise, denn das hatte ihr das erfahrene Kräuterweib ebenfalls ans Herz gelegt. Die Leute kauften eher etwas, wenn Geheimnisvolles und Magisches damit verbunden war. Obwohl die Kirche für alle möglichen Unglücksfälle und Ängste Hilfe anbot mit den vielen Heiligen, glaubten die Leute trotzdem auch noch an Dämonen, Geister und böse Vorzeichen. Sie waren fest überzeugt von der Wirksamkeit übernatürlicher Kräfte. Da man den vielen unerklärlichen Einflüssen hilflos ausgeliefert war, half es, mit schützenden Amuletten, Glück bringenden Beschwörungen und magischen Formeln die Ängste auf ein erträgliches Mass zu reduzieren.

Bis anhin hatte man Greda stets in der Stadt geduldet. Doch nun herrschte plötzlich die Meinung vor, dass sie teuflische Dinge treiben würde. Sie wusste genau, es hatte keinen Sinn, sich zu wehren, denn als alleinstehende Frau konnte sie nichts ausrichten. «Man wird noch sehen, wozu ich fähig bin», schwor sie laut und schüttelte ihre Faust. Sie packte langsam und widerwillig ihre Sachen zusammen. Sie wollte nach Waldenburg ziehen, in ein kleines Städtchen im Jura, von wo sie ursprünglich hergekommen war. Viel Gepäck musste sie nicht mit sich tragen, es bestand hauptsächlich aus ihren Kräutern, einigen ausgesuchten Steinen, Mittelchen und Amuletten. Sorgfältig packte sie alles in ihren Beutel, zwei kleine gedrechselte Töpfchen, eines mit Ziegenfett, eines mit getrockneten und pulverisierten Regenwürmern gegen Darmkrankheiten, zwei Baumnüsse gegen Kopfweh sowie einige magische Steine, ein Bergkristall gegen Magenschmerzen, ein Bernstein gegen Blasenfluss, und besonders wertvoll ein Karfunkelstein, den sie gegen Fieberanfälle einsetzen konnte. An Kleidern besass sie nur gerade einen Mantel, einen Rock und einen Unterrock, und die trug sie am Leibe. Zuletzt schulterte sie noch ihren schwarzen Kochtopf. Sie hatte keine Ahnung, wo sie in Zukunft Unterschlupf finden würde. Den Kochtopf konnte sie jedoch auch im

Freien benutzen, denn Zunder und Feuerstein hatte sie ebenfalls mit eingepackt.

Sie warf einen letzten prüfenden, aber auch wehmütigen Blick in die Runde. Mit dem bescheidenen, klapprigen Schuppen hatte sie lange Zeit wenigstens ein Dach über dem Kopf und einen Strohsack zum Schlafen zur Verfügung gehabt. Der Besitzer war so barmherzig gewesen, ihr diesen Abstellraum zu überlassen, da er ihn im Augenblick nicht nutzte. Das Gerümpel, welches überall herumstand, hatte sie nie sonderlich gestört. Es wäre ihr sonst nichts anderes geblieben, als am Kohlenberg zu wohnen, wo sich das lichtscheue Gesindel und alle Aussenseiter versammelten, die Folterknechte mit dem Henker, die Kloakenreiniger, Totengräber, Bettler und Dirnen.

Als sie auf die Gasse trat, traf sie ausgerechnet Marie, die Magd des Apothekers Offenburg.

«Ich bin aus der Stadt ausgewiesen und verbannt», verabschiedete sie sich mit spröder Stimme.

«Verbannt? Aber warum denn? Das begreife ich nicht», erwiderte Marie entsetzt.

«Weil ich verdächtige Zaubermittel bei mir tragen würde, behauptet man. Dabei habe ich alle Kräuter am Rheinufer und an der Birs bei St. Jakob gesammelt.»

«Und alle Kräuter mit drei Vaterunser gepflückt!», ergänzte Marie, und Greda nickte, verschwieg allerdings, dass sie ausserdem auch noch Beschwörungsformeln anfügte.

«Ihr sagt es. Und in einer Apotheke befindet sich ja auch einiges, was den Leuten ehrfürchtiges Schaudern vermittelt. Man bedient sich der Fuchslunge gegen Schwindsucht oder der Eingeweide des Wolfes bei Koliken.» Marie war hin und her gerissen zwischen der Treue gegenüber ihrem Arbeitgeber und dem Glauben an die Wirkung von Gredas Zaubermitteln.

«Viele der Kräuter, Spezereien und Drogen in der Apotheke werden von weither über Venedig und über die Alpen transportiert. Und natürlich hat der Apotheker Bücher mit den Anweisungen zur Zubereitung der Arzneien und ein dickes Kräuterbuch.»

«Solche Bücher kann ich mir nicht leisten, sie sind unerschwinglich, das wisst Ihr. Doch meine Kenntnisse über die Kräuter sind trotzdem gut. Die Apotheker und ihre Gehilfen sammeln ja auch in der Basler Landschaft Heilkräuter, genauso wie ich. Doch sie sprechen Griechisch und Latein, und ich kann nur das Vaterunser.»

«Aber deswegen seid Ihr doch noch lange nicht eine Vertraute des Teufels», meinte Marie und sprach damit Greda aus dem Herzen.

«Tragt Sorge zu Eurem Amulett, Marie, und glaubt mir, man wird noch von mir hören.» Während sie weiterlief und ein Windstoss ihren grauen Mantel theatralisch aufbauschte, schrie sie drohend zurück: «Der Böse wird oft durch Umwege tätig.» Marie blickte ihr verunsichert nach.

Als Greda das Stadttor passierte, rief ihr der Torwächter etwas Unflätiges zu, aber sie zuckte nur verächtlich mit den Schultern, warf einen wilden Blick zu ihm hinüber und murmelte ein Schimpfwort vor sich hin. Als sie nun zwischen den Rebgärten aufs freie Land hinausschritt, blies ihr ein eisiger Wind ins Gesicht. Dunkle Wolken hatten sich zusammengezogen und es begann in Strömen zu regnen. Ihr dünner Wollmantel und ihr Kopftuch waren nach kurzer Zeit vollkommen durchnässt, und sie fror entsetzlich. Der Zorn half ihr, weiterzugehen. Man würde noch an sie denken, schwor sie sich bei jedem Schritt. Die Kälte schmerzte tief in ihren Knochen. «Ich muss heute Abend meinen schmerzenden Rücken mit Ziegenfett einreiben», murmelte sie vor sich hin, «vorausgesetzt, ich finde überhaupt einen Unterschlupf.»

Zur gleichen Zeit war auch Henman Offenburg zusammen mit einer Gruppe von Reitern unterwegs, auf dem Heimweg von Konstanz nach Basel. Er litt ebenfalls unter der Kälte, auch wenn sie sich auf dem Rücken des Pferdes nicht ganz so unangenehm anfühlte. Die blonden Haare unter seinem Hut waren längst nass vom Regen und hingen in Strähnen herunter. Durch seinen schwarzen Mantel, der an den Schultern mit einem Lederbesatz etwas vor dem Regen schützte, drang langsam die Nässe ein, und seine Füsse, welche in den Reitstiefeln nur schlecht geschützt waren, spürte er vor lauter Kälte kaum mehr.

Endlich sah er den schmalen Steg über die Birs vor sich, dem Fluss bei St. Jakob. Er lenkte sein Pferd vorsichtig darüber, dicht gefolgt von den anderen Reitern, bis in der Mitte des Stegs eine zerlumpte Gestalt den Weg versperrte. Greda, das Kräuterweib! Sie bot ein jämmerliches Bild. Ihre nassen grauen Haare hingen herunter, das Tuch, welches sie darumgewickelt hatte, war klatschnass.

«Was tut Ihr hier bei diesem scheusslichen Wetter?», rief Henman vom Pferd herunter.

«Das wisst Ihr ganz genau!», schrie sie mit unterdrückter Wut zurück.

«Ich komme gerade aus Konstanz zurück. Ich habe keine Ahnung, was unterdessen in Basel los war.»

Greda sah ihn argwöhnisch an.

«Sie wissen wirklich nichts von meiner Verbannung?», fragte sie, immer noch bebend vor Zorn. Henman schüttelte den Kopf.

«Verbannt seid Ihr? Nun, Ihr werdet es wohl verdient haben, ich habe Euch oft genug gewarnt.» Er blickte zurück zu seinen Begleitern, machte ihnen ein Zeichen mit dem Kopf und sie ritten alle an Greda vorbei. Sie schaute ihnen mit giftigen Blicken nach. Offenburg wird sich noch an mich erinnern, schwor sie zum dritten Mal.

Der Steg führte ans andere Ufer, über die verschiedenen Flussarme der Birs, mit kleinen Inseln dazwischen.

Wucherndes gelbes Gras und Schilf, vermischt mit Schierling und Brennnesseln, wuchsen hier, und Greda entdeckte mit geübtem Auge sofort den Huflattich sowie viele hoch aufgeschossene, dürre Disteln. Einige waren geknickt von den regelmässigen Überschwemmungen des Flusses. «Huflattich gegen den Husten werde ich wohl auch bei Waldenburg finden, aber ob ich dort auch den Aronstab irgendwo entdecken kann? Ich kenne nur eine einzige Stelle hier bei St. Jakob», ging es Greda durch den Kopf, «dabei kann ich dessen Wurzeln so oft gebrauchen gegen kalte Füsse und Verstopfungen der Brust.» Nachdem sie den Steg hinter sich gelassen hatte, war der Boden kiesig und lehmig, ein paar niedrige Erlen wuchsen rechts und links, das Gras war niedergedrückt, die Wildnis von Pfaden durchzogen. Ein junger Hund lag neben dem Weg, erhob sich und blieb ihr winselnd auf den Fersen. Sie scheuchte ihn weg. Bald führte der Weg aufwärts, vorbei an einem zum Glück leeren Galgen und einer kleinen Kapelle dem Dorf Muttenz zu.

Als Henman Offenburg das Stadttor erreicht hatte, ritt er direkt weiter zum Rathaus, um zu berichten, dass seine Mission erfolgreich verlaufen sei. Dazu durfte Henman erst noch die erfreuliche Mitteilung überbringen, dass die Stadt Delsberg Basel das Holz für den Wiederaufbau schenken wolle. Diese grosszügige Geste wurde mit erfreutem Gemurmel zur Kenntnis genommen. Henman sass wie gewohnt in aufrechter Haltung da und seine lebhaften, hellen Augen verfolgten interessiert die Reaktionen der einzelnen Ratsmitglieder. Schliesslich meldete er sich noch einmal zu Wort:

«Ich habe noch eine wichtige Sache zu vermelden. Wie sicher alle schon erfahren haben, wurde in Konstanz ein neuer und von nun an einziger Papst gewählt: Martin V. Das Konzil wird bald beendet sein. Ich darf übermitteln, dass König Sigismund danach seinen Weg über Basel nehmen wird.» Henman bemerkte, dass diese Ankündigung mit Freude aufgenommen wurde. Man fühlte sich sehr geehrt. Doch einige fürchteten mit Recht, dass es eine grössere Summe verschlingen würde, den hohen Gast zu bewirten und mit Geschenken zu beehren. Aber Henman überzeugte mit dem Argument, der König müsse der Stadt Basel stets gewogen bleiben.

Sobald er die wichtigsten Neuigkeiten aus der Stadt erfahren hatte, begab er sich auf den Heimweg. Mit einer energischen Geste schob er seine blonden, halblangen Haare unter den Hut, da sie immer noch etwas nass waren vom Ritt durch den winterlichen Tag. Er überquerte den Marktplatz, grüsste rechts und links und hielt einen Augenblick bei den Zunftherren der Weinleute an, welche am Marktplatz den Wein verkauften, um von ihnen etwas über die Qualität der letzten Traubenernte zu erfahren. Danach ritt er durch die Sattelgasse und warf dabei einen interessierten Blick auf die Ladentische, denn die ausgelegten Sattel und Saumzeuge weckten stets seine Aufmerksamkeit. Die Häuser sahen alle ähnlich aus, waren eng und schmal, unten befand sich die Werkstatt, im ersten Stock beherrschte ein mehrteiliges Fenster die Front, dahinter versteckte sich die gute Stube. In den oberen Stockwerken folgten die Schlafstuben der Familie, des Gesellen und Lehrlings.

Bald bog Henman in die Krämergasse ein. Hier und im abzweigenden engen Imbergässlein waren hauptsächlich die Gewürzhändler sesshaft. Als Apotheker gehörte Henman Offenburg ebenfalls zu den «Bulverkrämern». Während einige Hühner erbost gackernd zur Seite stoben, fiel ihm auf, dass viel Abfall auf der Strasse lag, Knochen von Schlachtabfällen, angenagt von Ratten, Gemüsereste, Spuren von achtlos ausgeleerten Nachttöpfen, völlig aufgeweicht vom Regen. «Ich muss auf Konstanz hinweisen bei der nächsten Sitzung», nahm er sich vor, «die Abfälle nur noch hinten hinauszuwerfen, wäre auch bei uns wünschenswert.»

Frau Anna erwartete ihn schon, sein Kommen war ihr bereits angekündigt worden. Sie hatte sich die Mühe gemacht und ein besonders schönes, langes rotes Kleid angezogen, einen Tappert, welcher in der Taille gegürtet war und in vielen Falten bis zum Boden reichte. Ihre braunen Haare hatte sie zu Ohrschnecken geformt aufgesteckt, wie es Mode war. Sie trug dazu noch einen dunklen Stirnreif, sodass ihre hohe Stirne und die braunen Augen besonders schön zur Geltung kamen. Henman betrachtete sie mit Wohlgefallen und umarmte sie und die Kinder herzlich.

«Es fühlt sich gut an, wieder daheim zu sein. Ich werde aber noch in die Badstube am Andreasplatz gehen, solange ich das Pferd gesattelt habe. Ich bin noch ganz durchgefroren vom langen Ritt», liess er sich vernehmen. Anna nickte zögernd und fuhr sich mit der Hand über die Stirne, als ob sie einen lästigen Gedanken verscheuchen wollte. Henman bemerkte die Bewegung und wusste sie zu deuten. Sie hörte es nicht gerne, dass er in die Badstube gehen wollte, denn dort badeten Männer und Frauen gemeinsam, und man wusste nie so genau, was dabei getrieben wurde. Es war Anna bekannt, dass Henman auch einen unehelichen Sohn hatte, den er unterstützte. Doch das gehörte zum Leben. Henman beobachtete, wie ihre Finger sich ineinander wanden und drehten. Als sie es bemerkte, strich sie verlegen ihre Rockfalten glatt. Er sollte wohl nicht merken, welche Gedanken sie beschäftigten.

«Ich werde mir dort auch gleich die Haare schneiden lassen vom Scherer», beschied er, «es wird also einige Zeit dauern, bis ich wieder da bin.» Anna nickte nur. Sie hielt ihren Rücken gerade und schaute äusserlich gelassen zu, wie Henman wieder aufs Pferd stieg und zur Badstube ritt. Dann nahm sie die kleine Ennelin energisch an der Hand, die zu weinen begonnen hatte, als sie merkte, dass der Vater wieder weggehen wollte.

Anna führte sie hinauf in die Kammer, um sie schlafen zu legen. Die Kleine hatte allerdings wenig Lust, aber Anna liess keinerlei Widerstand zu. Kinder, und vor allem Mädchen, mussten lernen zu gehorchen und zu schweigen, auch wenn es hin und wieder einen Klaps brauchte, um es ihnen klarzumachen.

3. Kapitel

Im Jahr 1420 folgte ein unglaublich warmer Frühling, der sich schon früh ankündigte. Mitte April konnte man bereits die ersten Kirschen und Erdbeeren pflücken, und Anfang Mai erntete man schon Himbeeren. Der Rhein führte nur noch wenig Wasser, und die kleineren Gewässer stanken fürchterlich. Die Strassenbächlein in Kleinbasel waren fast ausgetrocknet und es wimmelte von Fliegen. Das Gemüse begann zu welken, auch das Korn wurde früh gelb. Bange blickten die Leute zum strahlend blauen Himmel empor in der Hoffnung, eine Wolke zu entdecken.

Irgendjemand hatte die Idee, bei diesen warmen Temperaturen könnte doch auch der kostbare Safran gedeihen. Und es dauerte nicht lange, da griff der Gedanke um sich. Viele Leute unterschiedlichen Standes fingen an, Safran anzupflanzen. Als besonders sonniges Pflanzgebiet entpuppten sich die grossen Rebgärten vor dem Stadttor, dem Aeschentor. Und tatsächlich, bald nachdem die Trauben geerntet waren, verwandelten sich die fruchtbaren Rebgärten in zart schimmernde, fliederfarbene Safranäcker. Die ungewöhnlich milde Witterung brachte eine reiche Ernte, sodass die Regierung sogar eine Safranwaage aufstellen und mit wirtschaftlichem Weitblick auch gleich die Samenausfuhr strikte verbieten liess. Der kostbare Safran wurde nicht nur zum Färben und zu Küchenzwecken verwendet, sondern auch als bewährtes Heilmittel verschrieben.

«Die Tugenden des Safrans sind vielfältig», erklärte Henman in seiner Apotheke geduldig der besorgten Gattin des angesehenen Ratsherrn Nicolaus Murer. «Ihr sagt, Euer Kind schreie viel, weil es das Reissen im Bäuchlein habe. Deshalb empfehle ich Euch, dem Brei für das Kind ein wenig gestossenen Safran beizumischen.»

«Und Ihr meint, das hilft?» Ihre lebhaften Augen blickten ihn ängstlich an.

«Ja, es hilft. Ich habe es bei unserer kleinen Ennelin auch angewendet. Aber Ihr dürft nie zu viel Safran beimischen, das wäre nicht gut. Sonst dreht sich die Wirkung ins Gegenteil und Euer Kind krümmt sich vor Lachen, was wiederum seiner Gesundheit schadet. Ich gebe Euch deshalb nur sehr wenig davon mit.»

Frau Ursula Murerin zögerte, nicht nur, weil ihr die Beschreibung etwas Angst einflösste, sondern auch, weil Safran nicht gerade billig war. Schliesslich willigte sie ein.

«Das Kräuterweib Greda war überzeugt, dass unser Kind von einem bösen Blick verhext wurde», meinte sie leise. Henman lächelte milde.

«Soso, und was wollte sie dagegen unternehmen?»

«Sie hat vorgeschlagen, Kröten und Frösche in einen Hafen einzuschliessen, ihn in einen Ameisenhaufen zu setzen, um ihn dann mit Beschwörungsformeln zu umkreisen, was den bösen Blick bannen und die Bauchschmerzen des Kindes ganz sicher zu lindern vermöge.»

«Wie? … Kröten und Frösche im Ameisenhaufen gegen Bauchweh?», rief Henman aus, und seine hellen Augen funkelten spöttisch. Ursula zuckte mit den Schultern. Der Preis, den Greda für die Prozedur mit den Kröten verlangt hatte, war auf jeden Fall nicht so hoch, wie Henman Offenburg für den Safran berechnete. Aber nun blieb ihr keine andere Wahl, Greda war ja nicht mehr erreichbar. Während Henman den Safran sorgfältig in ein kleines Baumwolltuch einwickelte, schweiften die Augen der Murerin durch den Raum. Es beeindruckte sie sehr, was es alles zu sehen gab: Ein grosses Krokodil hing an der Decke – oder war es ein Lindwurm? –, eine Waage, ein Räuchergefäss, zwei kleine Trinkschalen aus Bergkristall und ein Mörser standen auf dem Tisch, neben gedrechselten Arzneigefässen mit Kräutern. Auf einem stand *Mumia,* und Ursula Murerin erinnerte sich, dass pulverisierte Mumien sich als besonders wirksames Heilmittel erwiesen. An der Wand lehnte ein Blasbalg neben einer Feuerstelle, auf der wohl besondere Heilsalben und Mixturen hergestellt wurden, und auf einem Regal an der Wand befanden sich weitere Gefässe mit geheimnisvollem Inhalt, eine seltsame Spinne mit haarigen Beinen und ein ihr völlig unbekanntes Tier mit Greifzangen und einem Schwanz, der in die Höhe stand, beide eingelegt in eine Flüssigkeit. Auch ein Schildkrötenpanzer erweckte ihr besonderes Interesse. Es waren unerklärliche und magisch wirkende Schaustücke, um Leute anzulocken – sie konnte sich kaum sattsehen. Auch die vielen ihr unbekannten Gerüche verwirrten sie. Der ganze Raum schien angefüllt mit Dingen, die nur dazu dienen konnten, den Unholden, Geistern und Waldwesen zu Leibe zu rücken. Niemand war ganz sicher, ob sie nicht doch existierten.

«Ich habe schon so oft die Heiligen angefleht», erklärte sie mit unsicherer Stimme. «Ich werde nun noch Reliquien aufsuchen. Man weiss ja, dass die Gebeine von Heiligen wahre Wunder vollbringen können, nicht wahr? Hat es nicht in der Andreaskapelle neunundzwanzig Häupter der elftausend Jungfrauen, der Begleiterinnen der Heiligen Ursula?»

«Sicher, und ausserdem befindet sich dort erst noch ein Reliquiar mit Erde, aus der Gott Adam erschaffen hat, sowie Erde von der Stelle, wo Jesus zum Himmel aufgefahren ist.» Ursula Murerin nickte zufrieden. Das Kräuterweib hatte sie vor dem bösen Blick gewarnt. Vielleicht konnte sie den Zauber mithilfe der Reliquien ausser Kraft setzen?

«Gut, dann will ich noch dorthin gehen, das ist ja gleich um die Ecke. Die Sonne steht schon recht hoch, ich werde mich bald ums Essen kümmern müssen.» Henman blickte ihr nach, wie sie leichtfüssig die Gasse entlanglief. Kopfschüttelnd murrte er:

«Kröten und Frösche im Ameisenhaufen gegen Bauchweh …»

Nach den ungewöhnlich warmen Monaten folgte ein langer, strenger Winter. Der Himmel war wochenlang dicht mit Wolken verhangen und die Kälte jeden Tag mehr spürbar. Der Rhein floss langsam und träge durch die Stadt. Die Flösser, welche täglich Holz aus dem Jura nach Basel brachten, standen auf den glitschigen Baumstämmen, zwischen denen das kalte Wasser heraufspritzte. Manch einer war nass bis auf die Haut. Doch sie kümmerten sich nicht darum, es waren rohe Burschen, die Wind und Wetter trotzten. Langsam und ruhig und mit grosser Geschicklichkeit steuerten sie die mit Weidenruten zusammengebundenen langen Holzstämme zum flachen Ufer von Kleinbasel. Plötzlich bemerkten sie eine Aufregung auf der anderen Rheinseite. «Ein Wolf!», hallte eine gellende Stimme über das Wasser. Tatsächlich lief ein grauer Wolf mitten durch die Stadt! Er hielt den Schwanz waagrecht, seine spitzen Ohren steif, und es schien, als ob er sich nicht sonderlich beeilen wolle. Die Leute rannten entsetzt in die Häuser. Niemand wagte, sich dem Tier entgegenzustellen. Schliesslich entwischte es, lief zum Stadttor wieder hinaus und verschwand spurlos.

Natürlich wusste man, dass ausserhalb der Stadt viele hungrige Wölfe ihr Unwesen trieben, deshalb hielt man sich auch, wenn immer möglich, innerhalb der schützenden Stadtmauer auf. Dass jedoch ein Wolf es wagte, am helllichten Tag mitten durch die Stadt zu spazieren, das konnte nicht mit rechten Dingen zugehen, davon waren alle überzeugt. Beim Wasserholen am Brunnen sprachen die Mägde aufgeregt darüber.

«Der Wolf lief direkt über den Fischmarkt – unglaublich! Sollte das ein böses Vorzeichen sein?», fragte Offenburgs Magd Marie, und ihre runden, blauen Augen blickten ängstlich.

«Ach unsere Marie! Sie hat immer Angst. Sie geht selbst am Friedhof mit Herzklopfen vorüber», spottete ihre Kollegin Elsa. Sie war etwas älter als Marie und gertenschlank.

«Aber nur in der Dämmerung, wegen der Geister der Toten und der vielen Gebeine im Beinhaus, die dort aufbewahrt sind. Doch das hat gar nichts mit dem Wolf zu tun.»

«Hört auf, alle beide! Ich fürchte, das war der Teufel in Person!», mischte sich die Magd Agnes mit ihrer heiseren Stimme ein. «In den dunklen Winternächten ist doch das ganze Teufelspack unterwegs. Sie schwirren einzeln oder in ganzen Heerscharen umher.»

«Ja, und wenn der Wind um die Häuser heult, kann man sie sogar schnaufen hören. Man weiss auch, dass es den Dämonen möglich ist, sich in ein Tier zu verwandeln, vorzugsweise in einen Drachen oder Ziegenbock … und natürlich auch in einen Wolf», antwortete Marie mit zitternder Stimme und hielt sich am Wassereimer fest, als ob er ihr Halt geben würde.

«Oder es war eine Hexe! Auch diese verwandeln sich oft in einen Wolf, habe ich gehört.»

«Ob Hexe oder Teufel, ich werde auf jeden Fall sofort frische grüne Buchsbaumäste an die Decke meiner Kammer hängen, denn diese vertreiben alle Dämonen. Tannenreisig habe ich sowieso zu Beginn der dunklen Jahreszeit ans Fenster gesteckt, sie verwehren jedem Teufel den Einflug.»

«Wenn nur Greda noch hier wäre. Sie wusste wirksame Zaubermittel dagegen», rief Marie und angelte stolz ihr Amulett hervor, das sie am Hals trug. «Hier, das hat sie mir zum Schutz gegen die Teufel gegeben. Ich habe es mit meinem sauer verdienten Geld erworben. Wegerich und Farn sind darin eingeschlossen. Greda hat sie mit drei Vaterunser bei Vollmond um Mitternacht gepflückt.»

«Solch ein Amulett möchte ich auch besitzen! Warum nur hat man Greda aus der Stadt verbannt?», rief Agnes unglücklich aus.

«Man kann auch zur Henkersfrau am Kohlenberg gehen und sie um Rat bitten», meinte Elsa mit verschwörerischer Stimme, «sie kennt viele geheime Rezepte. Mir hat sie einmal einen Liebestrank gebraut.»

«Einen Liebestrank? Und, hat er geholfen?», fragten alle aufgeregt und umringten Elsa neugierig.

«Zuerst schon. Aber sobald mein Hannes, für den er bestimmt war, sein Ziel erreicht hatte, ist er weitergezogen und hat mich sitzen lassen.»

«Sein Ziel erreicht hat? Bist du etwa schwanger?», fragte Agnes entsetzt.

«Nun, des Henkers Weib hat mir auch da weitergeholfen und mir ein Mittel gegeben.» Verlegen schlug Elsa die Augen nieder und ihre Wangen färbten sich dunkelrot. Alle schwiegen betreten, denn sie wussten, es war das Schlimmste, was einer Magd passieren konnte, mit einem unehelichen Kind dazustehen, geächtet, ohne Schutz und ohne Geld. Eine ledige Dienstmagd mit Kind sah sich jeglicher Zukunftsperspektive beraubt.

«Was hat sie dir denn gegeben?», fragte Marie neugierig und warf Elsa einen forschenden Blick zu.

«Sie hat etwas von den Früchten des Sadebaums gemurmelt. Es war schlimm – ich hatte Bauchschmerzen, wie ich sie noch nie erlebt habe, und es hat furchtbar geblutet. Aber es hat geholfen. Ich habe tagelang gelitten, fühlte mich entsetzlich leer und habe ununterbrochen zur Heiligen Maria Magdalena gebetet. Und dabei musste ich trotzdem arbeiten, damit niemand etwas bemerkte.» Elsa wischte sich mit dem Zipfel ihrer Schürze über die Augen.

«Man sollte sich nie mit dem Teufel einlassen, auch nicht mit einem Zaubertrank. Des Teufels Stricke lassen einen nicht mehr los», tadelte eine schon ziemlich alte Magd mit wichtiger Stimme und einem missbilligenden Ausdruck im Gesicht, nahm ihren Wasserkrug, hievte ihn auf den Kopf und machte sich auf den Heimweg. Während ihr alle bedrückt hinterherblickten, meinte Agnes plötzlich kichernd:

«Die braucht ja auch keinen Liebestrank mehr.» Alle prusteten befreit los.

Erst auf dem Heimweg fiel es Marie ein, dass sie vor lauter Wolf und Liebestrank keine Möglichkeit gefunden hatte, den andern von den bevorstehenden Hochzeiten zu berichten. Im Hause Offenburg gab es in diesem Sommer nämlich gleich zwei: Beide Töchter, Brida und Ursula, heirateten. Die einundzwanzigjährige Brida, die älteste Tochter, hatte man dem wohlhabenden Hans Waltenheim versprochen. Er war fast so alt wie Vater Henman Offenburg, darüber hätte es einiges zu reden gegeben bei den Mägden. Und natürlich auch über die Heirat der achtzehnjährigen Tochter Ursula mit dem Junker Peter, Truchsess von Rheinfelden. Nun, sie würde es beim nächsten Mal berichten, denn Wasser holen musste Marie ja jeden Tag.

Die Kunde der bevorstehenden Hochzeiten verbreitete sich schnell. Als Greda in Waldenburg davon hörte, konnte sie fast nicht mehr schlafen. Wie viel Ungerechtigkeit gab es doch! Sie selbst lebte in ärmlichsten Verhältnissen, und die Töchter Offenburg heirateten wohlhabende Männer und konnten in Saus und Braus ihr Leben verbringen. Der Gedanke an Rache wurde von Neuem genährt.

Henman Offenburg stand am offenen Fenster seiner guten Stube und schaute auf die Krämergasse hinunter. Er wartete auf seinen Stiefvater Konrad zum Haupt und rätselte darüber, weshalb er einen Besuch angekündigt hatte. Er lauschte dem Stimmengewirr auf der Gasse, denn es herrschte ein reges Kommen und Gehen. Mägde mit Wassereimern, zerlumpte Bettler und einfache Bauersleute zogen vorüber, die meisten von ihnen barfuss, dazwischen scharrten einige Hühner am Boden, bedrängt von ein paar Spatzen, die hofften, auch etwas abzubekommen. Ein Hund mit eingezogenem Schwanz jagte vorbei, verfolgt von einer johlenden Kinderschar, und eine graue Katze lag wohlig ausgestreckt auf einem Schubkarren. Während das Sonnenlicht langsam die gegenüberliegenden Häuserfassaden erreichte, erblickte Henman endlich das Pferd mit seinem Gast, auf den er gewartet hatte. Auf dem Tisch standen bereits zwei Becher bereit und eine Kanne gefüllt mit Wein von seinen besten Reben.

Nachdem sie sich begrüsst hatten, setzten sie sich zusammen an den Tisch und tranken vorerst schweigend einen Schluck. Sie bildeten ein ungleiches Paar: auf der einen Seite Henmans schmales, edles Gesicht mit dem energischen Kinn, den lebhaften hellen Augen und den blonden Haaren, welche sich nach innen wellten, und daneben Konrad zum Haupt, klein, stämmig und mit einem runden Gesicht auf dem kurzen Hals sowie dunklen, ernsten Augen. Sein Kopf war beinahe kahl, seine schwarze Kopfbedeckung verbarg allerdings den grössten Teil davon. Er trug wie gewohnt über dem weissen Hemd ein kurzes schwarzes Wams, das über seinem Bauch etwas spannte, einen Überrock und graue Hosen und dazu schwarze spitze Schuhe, wie sie in Mode waren.

Konrad hatte die Witwe Offenburg geheiratet, Henmans Mutter. Mit ihr zusammen hatte er die Apotheke geführt, bis Henman alt genug gewesen war, sie zu übernehmen. Henman hing an ihm wie an einem väterlichen Freund. Konrad war stets wohlwollend mit Rat und Tat zur Stelle, wenn er ihn brauchte.

«Nun, wie gehen die Geschäfte?», fragte Konrad leutselig, während sein Blick ziellos durch den Raum streifte. Er schien noch etwas atemlos vom Treppensteigen.

«Danke, ich kann nicht klagen. Und was führt Euch zu mir?», erwiderte Henman mit seiner ruhigen, tiefen Stimme. Er konnte sich nicht denken, weswegen Konrad ihn zu sprechen wünschte.

«Mir ist zu Ohren gekommen, dass du dich aus dem Erwerbsleben zurückziehen willst. Das ist eine weit reichende Entscheidung, und ich dachte, darüber sollten wir miteinander reden. Wir sind ja sozusagen Familie.» Henman war überrascht. Wie nur hatte sein Stiefvater davon gehört? Er blickte Konrad erstaunt an.

«Ich bin überzeugt, es nur mit Anna und meinem fünfzehnjährigen Sohn Peter besprochen zu haben. Wie konntet Ihr davon erfahren?»

«Von Peter. Er hat mich um Rat gefragt, schliesslich muss man überlegen, was mit der Apotheke weiter geschehen soll, oder nicht?»

«Ach so. Nun, Ihr wisst, der Aufstieg ins Basler Patriziat steht jedem offen, der es sich leisten kann, aus den Einkünften seines Vermögens zu leben.»

«So ist es, ich mache nichts anderes.»

«Ich habe nun mit meiner Bank am Konzil von Konstanz ein kleines Vermögen erwirtschaftet. Es ist tatsächlich nicht mehr nötig, dass ich mit meinen vierundvierzig Jahren weiterhin Geld verdiene mit Arbeiten. Seid versichert, ich habe mir alles in Ruhe durch den Kopf gehen lassen, denn es hat ja auch politische Konsequenzen.»

«Das hat es natürlich. Weit reichende sogar, denn du wirst damit Patrizier und somit Achtburger, einer der acht Vertreter der Patrizier im Rat. Du verkehrst in Zukunft in der Hohen Stube, der Trinkstube der Edlen, im ‹Haus zur Mücke› am Münsterplatz.»

«Natürlich. Einen Wappenbrief besitze ich auch bereits, ausgestellt von König Sigismund. Deshalb konnte ich auf den von mir gestifteten farbigen Fenstern in der Kartause mein Wappenschild anbringen.»

«Ja, dein Fenster im Chor habe ich mir angesehen, es ist beeindruckend schön und gereicht der neuen Klosterkirche zur Ehre. Ich liebe vor allem die Darstellung der Heiligen Dorothea mit dem Blumenkörbchen – du weisst, meine Tochter aus erster Ehe trägt denselben Namen.» Henman nickte und ein zufriedener Ausdruck huschte über sein Gesicht. Er war stolz auf seine Stiftung für das neu gegründete Kartäuserkloster im Kleinbasel. Mit dem Schmuck für die Kirche hatte er vor allem etwas für sein Seelenheil tun wollen, doch es freute ihn, dass andere davon beeindruckt waren.

Henman hörte diese Worte gerne, doch sein Stiefvater war wohl aus einem anderen Grund gekommen. Was nur wollte er? Es war ihm immer noch rätselhaft. Musste sich Konrad vergewissern, dass er sich die müssige Lebensweise finanziell leisten konnte? Henman nahm einen weiteren Schluck aus dem Becher, lehnte sich in seinem Stuhl zurück und meinte sachlich:

«Ich darf Euch versichern, ich habe den Standeswechsel gründlich überlegt, auch den damit verbundenen Wechsel im Lebensstil und in der Kleidung. Jeder Stand ist sich schliesslich seiner Rangordnung bewusst, ob Bauer, Dienstmagd, Handwerker, Achtburger oder Ritter. Wir wissen alle, dass die Gesellschaftsordnung streng und von Gott gewollt ist.» Stiefvater Konrad lächelte und hob mit seinen dicken Fingern leutselig seinen Becher hoch.

«Aber ich begrüsse ja deinen Schritt! Wir werden uns nun nicht nur im Rat, sondern auch in der Hohen Stube oft begegnen.» Er nahm einen Schluck, wischte sich mit der Hand über den Mund und fuhr fort: «Du wirst auch einen Wohnungswechsel ins Auge fassen müssen. Du gehörst nun nicht mehr in die Krämergasse. Und das ist der Grund meines Besuches. Es ist mir zu Ohren gekommen, dass in meiner direkten Nachbarschaft an der Petersgasse der Pfaffenhof zu übernehmen wäre. Ich habe sofort an dich gedacht. Es ist ein stattlicher Hof und bietet viel Platz für deine Familie. Das wäre genau der passende Wohnort.»

«Der Pfaffenhof? Das ist das Haus mit dem grossen Erker, nicht wahr? Ausgezeichnet, das ist ein erfreulicher Bescheid. Platz brauchen wir allerdings nicht mehr so viel, seit unsere Töchter Brida und Ursula im vergangenen Sommer geheiratet haben. Und unser Peter wird wohl auch bald heiraten. Aber der Pfaffenhof an der Petersgasse wäre trotzdem ganz in meinem Sinn, auch wenn nur noch Anna und ich mit unserer Ennelin darin wohnen. Ich werde es sofort in die Wege leiten, dass wir dorthin ziehen können. Wenn Ihr mich dabei unterstützen wollt, bin ich dankbar.»

«Du kommst in beste Gesellschaft. Viele Adelige wohnen an der Petersgasse, im nahen Engelhof am Nadelberg auch Junker Nicolaus Murer, und ich selbst direkt neben Euch im grossen Münch-Hof. Ich heisse euch als Nachbarn schon jetzt willkommen», schloss Konrad und erhob sich.

Marie, die Magd, platzte fast vor Stolz, als sie ihren Kolleginnen am Brunnen atemlos vom neuen Zuhause berichten konnte.

«Es hat eine heizbare Stube mit einem grossen fünfteiligen Fenster, verglast mit Butzenscheiben, einen Erker, eine weitere grosse Kammer neben der Stube, eine vordere Kammer, ein vorderes Stüblein, eine Laubenkammer, das Sommerhaus zwischen den Zimmern, ein Treppenkämmerlein, ein hinteres Stübchen, mehrere Mägdekammern, einen grossen Estrich und natürlich eine Küche, einen grossen Keller und einen Hof mit Stall für die Pferde.»

«Da hat das Ungeziefer ja viel Auswahl, um sich auszubreiten! Das muss alles geputzt und aufgeräumt werden», rief Elsa mit Kennermiene.

«Natürlich, deshalb wird die Offenburgerin ja noch eine weitere Dienstmagd einstellen. Und eine Köchin und einen Stallburschen haben wir sowieso. In der guten Stube steht neben dem Tisch und den Stühlen auch ein Ruhebett», fuhr Marie mit wichtiger Miene fort aufzuzählen.

«Ach, ein ‹Lotterbett› haben wir schon lange, bedeckt mit einer kostbaren Tapisserie, einem Heidnischwerk, welches die Grede von Thürmenach gewirkt hat.»

«Oh, die Grede ist recht bekannt für ihre schönen Arbeiten. Ich kenne das Berbelin Langenstein. Diese Wirkerinnen stellen wunderschöne Arbeiten her, können aber kaum etwas auf die Seite legen, deshalb sind es wohl meistens alleinstehende Frauen. Kein Mann will eine Frau ohne Gespartes heiraten», meinte die Magd Agnes mit wichtiger Stimme.

«Vielleicht wollen sie ja gar nicht heiraten. Aber ihre Wirkteppiche solltet ihr sehen! Sie sind weit und breit die allerschönsten, finde ich.»

«So viel andere hast du wohl kaum zu Gesicht bekommen, um das beurteilen zu können!», rief Marie dazwischen, die wieder zu Wort kommen wollte. «Bei uns hat es dafür mindestens zwanzig Heidnischwerk-Kissen mit herrlichen Tieren darauf.»

«Und wenn du noch so viel aufzuzählen weisst, ich muss nun heim. Der Wasserkessel ist gefüllt. Und meine Arbeit wird von keiner andern Dienstmagd erledigt», entgegnete Agnes spitz.

«Wartet noch! Sag mal, Marie … bevor wir alle gehen», fragte Elsa gedehnt, «das Wasser holst du dann nicht mehr hier bei uns am Brunnen, oder? So viel ich weiss, befindet sich einer genau gegenüber von euerm neuen Wohnsitz an der Petersgasse.»

Marie starrte sie erschrocken an. Die Wangen ihres runden Gesichts färbten sich rot. Daran hatte sie noch nicht gedacht. Aber sie wollte sich nichts anmerken lassen. Sie zuckte überlegen mit den Schultern und lief auf ihren stämmigen Beinen mit dem schweren Wassereimer wortlos davon. Daheim angekommen, stellte sie ihn in der Küche aufseufzend ab. Gleich beim Eingang stand ein grosser Korb mit frisch geerntetem Gemüse. Es klebte noch ziemlich viel Erde daran. Die Köchin drehte sich zum Herd und rührte eifrig in einem grossen Topf. Es roch nach Erbsmus. Sie hatte nur noch auf das Wasser gewartet, um weiteres Gemüse rüsten zu können. Marie schaute betreten zu Boden, sie konnte nicht vermeiden, dass ihr Tränen die Wangen hinunterkullerten.

«Was ist denn los?», fragte die Köchin erstaunt.

«Ich habe gerade festgestellt, dass ich in Zukunft das Wasser an einem andern Brunnen holen werde und meine Kolleginnen nicht mehr sehen kann», schluchzte Marie unterdrückt.

«Was kannst du nicht mehr sehen? Sprich lauter, du weisst, ich höre schlecht», entgegnete die Köchin. Ihre heruntergezogenen Mundwinkel verliehen ihr einen etwas verbitterten Ausdruck, doch im Grund war sie ein herzensguter Mensch. Für Marie, welche schon mit sechzehn Jahren in den Haushalt Offenburg gekommen war, hatte sie fast ein wenig Mutterstelle eingenommen.

«Meine Kolleginnen Elsa und Agnes kann ich nicht mehr treffen, weil ich in Zukunft das Wasser an einem andern Brunnen holen muss», rief Marie laut.

«Ach, so. Mach dir keine Gedanken darüber. Zur Messe in der Peterskirche wirst du sie sicher alle sehen, der Pfarrbezirk bleibt derselbe, nach wie vor.»

Marie hob erfreut den Kopf, diese Möglichkeit blieb tatsächlich bestehen. Sie lächelte befreit und wischte sich energisch die Tränen aus den Augen.

«Das ist gut. An die Kirche habe ich gar nicht gedacht. Dann will ich mich schleunigst an meine Arbeit machen und im oberen Stockwerk die Kammern in Ordnung bringen.» Vorbei an den zahlreichen Kannen, verschiedenen Töpfen und Krügen, welche die Küche füllten, schritt sie erleichtert zur Treppe, die in den oberen Stock führte.

Die Bettstatt mit dem hölzernen Bettrahmen, in dem innen Seile gespannt waren, gab nicht viel Arbeit, auch der Strohsack nicht, der darauf lag, aber das mit Federn gefüllte Unterbett musste tüchtig geschüttelt, dann mit einem Leinentuch und mit einer weiteren Decke sorgfältig abgedeckt werden. Stets hatte Marie Ausschau zu halten, ob sich nicht irgendwo Ungeziefer eingenistet hatte. Dann galt es die Nachttöpfe zum Abort im Hof zu tragen, auszuleeren und mit etwas Wasser auszuschwenken. Marie benutzte möglichst wenig Wasser dazu, denn sonst hätte sie gleich wieder zum Brunnen laufen müssen, um neues zu holen.

Als Greda in Waldenburg hörte, dass die Familie Offenburg in einen grossen Hof umgezogen war, stiess sie einen knurrenden Laut aus. Der Familie ging es immer besser, während sie stets noch weiter unten durch musste. Ihren Rock und ihren Unterrock hatte sie bereits hundertmal geflickt, und ihr Wollmantel war so dünn, dass er im Winter kaum mehr vor der Kälte schützte. Oft war nicht klar, wo sie etwas zu essen finden würde. Eines aber wusste sie mit Sicherheit: Das Mass war nun voll, sie wollte sich rächen, Henman Offenburg musste bestraft werden.

Schon am folgenden Tag machte sie sich auf den Weg nach dem Dorf Buckten. Dort wohnte die berüchtigte Gerin Kolerin. Greda wusste, dass man von ihr viele unheimliche Geschichten erzählte. Darüber hinaus hatte die Kolerin ein Muttermal im Gesicht, was man allgemein als sicheres Zeichen für eine Hexe ansah. Sie war genau die Richtige, um ihr zu helfen, die Rache durchzuführen. «In der Not hilft man sich mit dem Teufel», murmelte Greda, um sich Mut zu machen. Sie wusste, dass sie sich auf einen gefährlichen Pfad begab, und es war ihr nicht ganz wohl dabei, denn bis jetzt hatte sie ihn stets vermieden.

Die Kolerin sass in ihrer Küche beim Herd und musterte Greda mit zusammengekniffenen Augen. Nachdem sie aufgefordert worden war, sich zu setzen, redete Greda nicht lange um den heissen Brei herum und äusserte offen ihren Wunsch. Die Kolerin schwieg lange, dann holte sie tief Luft und unterbreitete ihr einen Vorschlag.

«Die einfachste Möglichkeit ist, die Familie mit Krankheiten zu strafen.»

«Reizvoller wäre für mich, Henman Offenburg ganz persönlich zu treffen.»

«Ganz persönlich? Ist er nicht Diplomat? Dann rate ich zu politischer Verachtung, die mithilfe eines bestimmten Krautes und mit Beschwörungsformeln hervorzurufen möglich ist.» Greda zögerte, es ging ihr alles zu schnell. Die Kolerin bemerkte es.

«Sorgt dafür, dass die nächste Dienstmagd, welche

die Offenburgs brauchen, aus unserer Gegend stammt, damit wir über die einzelnen Schritte der Familie immer unterrichtet sind.»

«Ich will sehen, was sich machen lässt», stimmte Greda zu. Damit war noch nichts entschieden, sagte sie sich. Die Kolerin betrachtete sie weiterhin forschend mit ihren dunklen Augen.

«Die Augen des Teufels», durchzuckte es Greda, und sie musste sich zusammennehmen, um sich nicht zu bekreuzigen. Da neigte sich die Kolerin näher zu ihr und flüsterte verschwörerisch:

«Ihr wisst, wer es wünscht, dessen Zukunft geschieht nach dem Wirken des Satans ...» Greda spürte, wie die Angst in ihr hochstieg, sie fühlte sich bedrängt.

«Und anders ist es nicht zu bewerkstelligen, den Offenburgs zu schaden?» Die Kolerin schüttelte nur ernst den Kopf. Das scharf geschnittene Gesicht mit den eingefallenen Wangen, umrahmt von schütteren grauen Haaren, näherte sich Greda noch mehr.

«Ihr kennt die Zeichen und wisst sie zu lesen», meinte sie eindringlich, «hinter jedem Zeichen steckt ein Geheimnis, hinter jedem Stein, hinter jeder Pflanze, hinter jeder Beschwörung. Überlegt, was Euch wichtig ist, und wenn Ihr meine Hilfe wollt, so kommt wieder.»

Greda kehrte tief in Gedanken versunken heim. Nebelschwaden lagen auf den Wiesen, der Wald wirkte in der Abenddämmerung fast schwarz, der Wind liess sie frösteln. Die dunklen Augen der Kolerin verfolgten sie. Was hatte sie gesagt? «Hinter jedem Zeichen steckt ein Geheimnis, hinter jedem Stein, hinter jeder Pflanze, hinter jeder Beschwörung.» Greda wünschte auf keinen Fall, in etwas verstrickt zu werden. Doch es war und blieb ein teuflischer Plan, den Offenburgs schaden zu wollen. Sie beschleunigte ihre Schritte, obwohl ihre Schuhe immer schwerer wurden vom aufgeweichten Lehmboden, der daran festklebte. Sie wollte unbedingt vor der Dunkelheit zu Hause sein.

In der Nacht verfolgten sie wirre Träume, sie erwachte mehrmals schweissgebadet. Mit brennenden Augen lief sie schon früh am nächsten Morgen zum Priester und beichtete ihm in ihrer Not das Gespräch mit der Kolerin. Dieser blickte sie streng an.

«Bereut Ihr alles, was Ihr mir gebeichtet habt?» Greda nickte zerknirscht.

«Der Mensch verdient in seiner Nichtswürdigkeit die göttliche Gnade nicht. Doch wenn Ihr alles von Herzen bereut, wird Euch verziehen.» Er trug ihr auf, mehrere Ave Maria und Vaterunser zu beten. Bevor er sie entliess, legte er seine Hand auf ihren Arm und zitierte mit warnenden Blicken:

«Es steht schon in der Bibel: Hütet euch vor des Teufels Stricken, von denen man gefangen wird zu seinem Willen.»

Erleichtert verliess ihn Greda. Doch trotz der Beichte fühlte sie sich nicht wirklich befreit. Der Gedanke an Rache bohrte weiterhin in ihr.

4. Kapitel

Henman und Anna Offenburg hatten sich im Pfaffenhof an der Petersgasse eingerichtet. Es war ein stattliches Haus. Über dem Eingangsportal prangte nun deutlich sichtbar ein grosses Wappen mit der offenen Burg, sodass die vielen Leute, die des Lesens nicht mächtig waren, wussten, dass hier die Familie Offenburg zu Hause war. Ein über zwei Stockwerke führender Erker gab dem Hof einen besonderen, fast trutzigen, burgähnlichen Charakter. Hinter dem Haus und dem Pferdestall erstreckte sich ein kleiner Garten, der nach allen Seiten durch Häuser und Mauern abgeschlossen war und Platz bot für Gemüse sowie einen kleinen Hühnerstall. Auch ein hölzerner Verschlag mit einem tiefen Loch in der Erde befand sich im Areal, der Abort.

Frau Anna sass zusammen mit der Murerin, der Gattin des Nicolaus Murer aus dem nahen Engelhof, mit einer Strickarbeit in Händen am Tisch in der grossen Stube im ersten Stock. Durch das fünfteilige Fenster mit den dicken Butzenscheiben drang genug Licht, um eine Handarbeit zu machen. Die Wände mit der Holztäfelung wirkten warm. Der Tisch mit den Faltstühlen stand in der Mitte, an der Wand entlang zog sich eine

Bank, welche mit vielen Kissen belegt war, die meisten mit wunderschönen Tapisserien bezogen. Zwei der Kissen hatten einen blauen, zwei einen gelben, eines sogar einen roten Hintergrund. Die Murerin legte ihre Strickarbeit auf die Seite und begab sich neugierig zu den Kissen.

«Diese Wirkarbeiten sind ungemein schön.» Sie nahm ein Kissen in die Hand und betrachtete es von allen Seiten. Es zeigte ein Einhorn mit dunklem Körper und Tupfen darauf, mit einem langen Schwanz und einem Band um den Hals mit Glöckchen daran, umgeben von vielen Blumen.

«Eine wunderbare Arbeit, all diese Einzelheiten und diese vielen herrlichen Blumen! Ob es das Einhorn wirklich gibt? Mein Mann sagt, er hätte noch nie eines getroffen auf der Jagd.»

Anna war stolz auf ihre Kissen. Zahme und wilde Tiere waren darauf zu sehen, friedlich nebeneinander. Die Wirktechnik mit der Figurenwelt brachte sie jeweils zum Träumen. Sie gaben dem Raum eine fast mythische Atmosphäre.

«Das Einhorn kann ja nur von einer keuschen Jungfrau eingefangen werden, sagt man. Somit wird ein Jäger kein Glück haben. Vielleicht lebt das Tier in anderen Ländern? Ihr seht auf dem Kissen daneben einen Löwen, den gibt es ja auch nicht bei uns.» Die Murerin warf einen Blick auf das Kissen mit dem prachtvollen Löwen, nickte überzeugt, begab sich wieder an ihren

Haus der Familie Offenburg an der Petersgasse 42

Platz und begann weiterzustricken. Sie war ausgesprochen hübsch, klein und zierlich, besass blonde Haare, ein feines, ovales Gesicht mit hohen Wangenknochen und runde, flinke Augen. Anna mochte sie, wenn sie ihr auch manchmal etwas zu neugierig schien.

Unter dem grossen Fenster stand eine mächtige Truhe. Hier hatte Anna ihre Kostbarkeiten verwahrt, zwei Zinnkannen, fünf Zinnschüsseln und einen Lichtstock aus Messing. Als besonderen Schatz hütete sie ein reich geschmücktes Stundenbuch mit Gebeten, welche auf den Tag verteilt gelesen werden konnten, sorgfältig eingehüllt in ein Tuch. Im Erker, der ebenfalls mit Fenstern versehen war, hatte das Stehpult von Henman mit einer kleineren Truhe daneben Platz gefunden. Anna bemerkte, dass die Augen der Murerin darauf ruhten.

«Henman ist einmal mehr als Gesandter unterwegs», meinte Anna fast entschuldigend.

«Es dünkt mich, Euer Gatte weilt bald öfters auswärts als zu Hause.»

«Ja, das scheint wirklich so», gab Anna trübsinnig zu, und ihr schlanker Hals färbte sich etwas rot, «das Leben eines Achtburgers habe ich mir ganz anders vorgestellt. Unsere Ehegatten sind natürlich beide an vielen Sitzungen des Rates. Aber die häufigen Reisen, die mein Mann ständig unternehmen muss, machen mir zu schaffen. In diesem Jahr ist er schon mehrmals nach Breisach geritten, und zudem noch wochenlang unterwegs gewesen in Nürnberg und Wien.»

«Es sind alles Orte, die ich nur vom Hörensagen kenne. Sie scheinen mir alle unendlich weit weg zu sein. Wie oft hört man von Überfällen der Wegelagerer!»

«Ja, ich bin ständig in Sorge. Diesmal ist Henman in diplomatischer Mission in Ungarn unterwegs.» Die Murerin blickte Anna fragend an, während ihre Hände unablässig weiterstrickten.

«Ungarn? Leben dort nicht Zigeuner?»

«Ja, Henman hat sie auch erwähnt. Doch es gibt natürlich auch andere Leute. König Sigismund besitzt ja die ungarische Krone.» Sie hatten beide noch nie Zigeuner zu Gesicht bekommen, obwohl erst vor Kurzem einige durch Basel gezogen waren und grosses Aufsehen erregt hatten. Aber als Dame von Stand konnte man nicht aus dem Haus gehen, um sich Zigeuner anzusehen. Sie gehörten zu den verachteten Aussenseitern, weil sie umherzogen und keinen festen Wohnsitz besassen. Alle Leute, die aus dem Rahmen fielen, erregten Anstoss und wurden ausgegrenzt. Wichtig war, sich stets so zu verhalten, wie alle es taten. Aussenseiter hatten deutlich weniger Rechte, wurden verachtet und gemieden und waren nicht zunftfähig.

«Man hat mir erzählt, dass Zigeuner wahrsagen können.»

«Tatsächlich? Das wäre spannend zu erleben.» Die flinken Augen der Murerin schauten sehnsüchtig.

«Mir ist lieber, ich kenne meine Zukunft nicht. Doch heute habe ich von unserer Tochter Ursula die erfreuliche Nachricht erhalten, dass sie in andern Umständen ist. Sie hat lange darauf gewartet. Wunderbar, nicht wahr?», platzte Anna heraus, ganz erfüllt von dieser Neuigkeit.

«Eure Tochter Ursula? Wie schön! Das freut mich zu hören. Mit der Heirat Eures Sohnes Peter könnt Ihr ebenfalls zufrieden sein. Er ist eine sehr passende Verbindung eingegangen. Auch wenn seine Frau immer etwas kränklich erscheint.» Anna fühlte sich unbehaglich. Sie lächelte höflich und meinte ein wenig spitz:

«Es können nicht alle so berückend rosig und gesund aussehen wie Ihr!» Die Murerin lächelte geschmeichelt.

«Ihr hättet mich letzte Woche sehen sollen! Ich hatte schreckliche Zahnschmerzen und wusste nicht mehr ein und aus. Ich hatte das Gefühl, der Wurm bohre sich durch mein ganzes Gehirn.»

«Oh, das kenne ich. Der Wurm zerfrisst alles. Was habt Ihr dagegen unternommen?»

«Vom Apotheker erhielt ich Gewürznelken, auch einige Kräuter zum Auflegen – die Apotheken sind ja gut bestückt mit Mitteln gegen Zahnweh –, und ich betete natürlich zur Heiligen Appolonia, aber alles hat nichts genützt. Nach zwei schlaflosen Nächten mit einer schmerzenden, angeschwollenen Backe liess ich schweren Herzens den Bader vom Andreasplatz kommen. Er wollte den Zahn ausbrennen, aber ich liess keine weiteren Behandlungsversuche über mich ergehen und erklärte ihm, er solle den Zahn gleich ziehen. Das tat er

Wappen der Familie Offenburg

auf die bekannte barbarische Art. Es war eine Tortur, ich darf gar nicht daran denken. Ich lag den ganzen restlichen Tag im Bett. Aber danach hatte ich Ruhe.»

«Alle Zähne verliert man unter Schmerzen, nicht wahr? Nach meinen Erfahrungen quält es einen jahrelang und der Wurm hört selten auf zu bohren, bis der Zahn schliesslich ausfällt. Es gibt wenig Leute, die ihre Zähne bis ins hohe Alter besitzen», befand Anna und griff sich an ihren schmalen Mund. Die Murerin nickte, erhob sich anmutig und räumte entschlossen ihre Strickarbeit in ihren Beutel. Es war Zeit, heimzukehren.

Anna beschloss, sie ein Stück des Weges zu begleiten, um in der nahen Peterskirche ein Dankgebet zu sprechen. Anna gab der neuen Magd Martha Bescheid, damit sie sie begleiten konnte. Dann prüfte sie sorgfältig den Sitz ihrer schlichten, weissen Haube, die sie auf ihrem Kopf trug, wie es sich für eine verheiratete Frau gehörte. Die Kinnbinde fiel malerisch über ihre Schultern. Sie nahm ihren blauen Umhang aus Wollstoff, und zusammen mit der Murerin stieg sie nun zielstrebig die wenigen Schritte die Petersgasse hoch zur Kirche. Ihre Magd Martha und die Magd der Murerin liefen einige Schritte hinterher. Es hatte zum Glück aufgehört zu regnen und der Himmel begann sich aufzuhellen. Die Gasse war schon wieder recht trocken, bis auf ein paar Pfützen, welche leicht zu umgehen waren.

«Die Häuser sehen alle aus wie frisch gewaschen», meinte die Murerin fröhlich lächelnd. Anna nickte und betrachtete die Fassaden mit Wohlgefallen. Sie spazierten auf dem kurzen Wegstück vorbei am Nachbarhaus, danach an einem grossen gotischen Hoftor sowie einigen kleinen, schmalen Handwerkerhäuschen mit Dachaufzug.

Wie immer war der Eingang der Kirche umlagert von Bettlern. Die junge Magd Martha musterte die Schar skeptisch. Es war nicht zu übersehen, dass die Bettler sich extra in einem traurigen Zustand präsentierten. Einer hatte sich ein Bein hochgebunden und bat weinerlich um ein Almosen, ein anderer zuckte mit Armen und Beinen und machte dazu Faxen, dass Martha fast in Lachen ausgebrochen wäre, und die vielen Kinder konnten auch nicht nur einer einzigen Mutter gehören. Wahrscheinlich hatten die Bettler die Erfahrung gemacht, dass man eher etwas spendete, wenn sie Mitleid erregten. Anna verteilte grosszügig einige Almosen.

«Es ist ein Werk der Barmherzigkeit und hilft meinem Seelenheil. Gottes Gnade wird es mir vergelten», erklärte sie ihrer neuen Magd, denn sie hatte ihren misstrauischen Blick bemerkt. Martha nickte, dachte dabei aber etwas geknickt, dass ihr diese Art der Gnade wohl nie widerfahren würde, dazu fehlte ihr das Geld.

Der Duft von Weihrauch traf sie unvermittelt, als sie in die Kirche eintraten. Sie blieben einen Moment stehen, um sich an das Dämmerlicht im Innern zu gewöhnen. Die Kerzen auf den zahlreichen Altären und die farbigen Fensterscheiben leuchteten und trugen dazu bei, dass sie sich sofort in eine andere Welt versetzt fühlten. Die vielen Malereien an den Wänden und den Altären, alles Stiftungen der Adeligen, die in der Nähe wohnhaft waren, vermittelten einen Reichtum und Glanz, dass Anna und Martha fast automatisch in die Knie sanken und sich bekreuzigten. In der Nähe wurde an einem Altar von den Chorherren zu St. Peter gerade eine Jahrzeit-Messe abgehalten zum Todestag eines Stifters. *Dona nobis pacem,* hallte es durch die Kirche. Anna schluckte ergriffen.

Wie bei jedem Besuch in der Peterskirche schritt sie zur reich ausgemalten Marienkapelle und ging vor der Marienstatue in die Knie. «Maria, Heilige Mutter Gottes, bitt für uns, bitt vor allem für Ursula», flüsterte sie inbrünstig, «lass sie ein gesundes Kind bekommen. Und bitt auch für meinen Henman auf seinen vielen gefährlichen Reisen», fügte sie noch hinzu. Nur in der Kirche konnte sie ihre Ängste loswerden. Hier fand sie Trost und Zuversicht. Maria mit ihrem Kind auf dem Arm, anmutig in ein blaues und rotes Gewand gekleidet, stand auf einem hohen Sockel. Das Gesicht der holden Frau trug ein geheimnisvolles Lächeln. Der Baldachin über ihr war mit vielen herrlich geschnitzten und mit Gold bemalten Rosen verziert.

Während Anna betete, betrachtete Martha fasziniert die vielen Malereien. Einen solchen Reichtum an Bildern hatte sie noch nie gesehen. Eine Kreuzigungsszene in einer Grabnische an der Innenwand der Kapelle fesselte ihren Blick und liess sie erschauern. Bis in die kleinsten Einzelheiten war hier eine Szene aus der Passion geschildert: die Kreuzanheftung. Auf der einen Seite die klagenden Frauen, auf der anderen Seite die Pharisäer, in der Mitte lag das Kreuz. Ein Mann war dabei, mit dem Hammer einen Nagel einzuschlagen.

«Ob es damals auch so unheimlich still war?», fragte Martha und betrachtete schaudernd die Szene mit der Kreuznagelung.

«Still?»

«Ja, das werde ich nie vergessen. Ich habe einmal zugesehen, wie man einen Dieb gehängt hat. Alle sprachen aufgeregt durcheinander, aber im Moment, als … als das Seil sich straffte, war es plötzlich ganz still.» Anna starrte sie einen Moment entgeistert an. Was ihrer Magd alles durch den Kopf ging!

«Denk nicht mehr daran. Komm, in der gegenüberliegenden Seitenkapelle gibt es einen wunderschönen Engel», lenkte sie vom Thema ab. Sie liebte das Bild der Verkündigung an Maria in einer Grabnische der Martinskapelle und sie hatte den Engel Gabriel sofort in ihr Herz geschlossen. Sein überaus zartes Gesicht, die feinen blonden Haare und die prachtvollen Flügel aus Pfauenfedern konnte sie nicht oft genug bestaunen. Auch Martha lächelte erfreut, als sie ihn betrachtete.

«Ja, so stelle ich mir die Engel im Paradies vor», seufzte sie.

«Es ist schön zu wissen, dass es nicht nur Teufel, sondern auch Engel gibt. Mögen sie uns behüten», entgegnete Anna inbrünstig, und beide schritten tief erfüllt und voller Zuversicht leise zum Ausgang.

Das folgende Jahr brachte für Anna und Henman das erhoffte Enkelkind, ihre Tochter Ursula hatte einem kleinen Werner das Leben geschenkt. Es herrschte allgemein grosse Freude.

Nur Greda in Waldenburg vernahm es mit wachsendem Unwillen. Der Gedanke, dass die Familie Offenburg in einem der prachtvollen Höfe in Basel sass, während sie sich schlecht und recht durchkämpfen, hungern und frieren musste, liess ihr keine Ruhe. Und nun hatte erst noch eine Offenburg-Tochter einem gesunden Knaben das Leben geschenkt! Wieder standen die Rachegefühle im Vordergrund. Sie konnte sich nicht dagegen wehren. In Gredas Kopf hatte sich der Gedanke festgesetzt, dass der Apotheker Offenburg daran schuld war, dass sie hier leben musste und nicht mehr nach Basel zurückkehren konnte.

Je mehr sie über eine Vergeltung nachdachte, desto mehr steigerte sich ihre Unruhe. Sollte sie Rache nehmen? Oder besser doch nicht zur Kolerin gehen? Sie schwankte, sodass sie sich unverzüglich auf ihren Strohsack legte und die Augen schloss. Sie wollte nichts mehr davon wissen, alle unbeantworteten Fragen, die sie bedrängten, vergessen. Lange wartete sie darauf, dass die Stimmen in ihr endlich verstummen würden. In den Wiesen zirpten die Grillen, ein Hund bellte in der Ferne, und vom Wald her hörte sie den Ruf eines Käuzchens. Unvermittelt hob sie den Kopf und lauschte. Ein Käuzchenschrei! Das war ein Zeichen. Sie musste etwas unternehmen. Entschlossen erhob sie sich und machte sich auf den Weg zur Kolerin.

5. Kapitel

Es war keine friedliche Zeit. Seit bald hundert Jahren bekämpften sich England und Frankreich mit wechselndem Erfolg, in Spanien hatte man damit begonnen, die Mauren zurückzudrängen, die Hussitenkriege beherrschten die Geschicke Böhmens, und die Türken rückten gegen Konstantinopel vor. Basel war von all diesen kriegerischen Bedrohungen nicht direkt betroffen. Hingegen erhielt es ganz unerwartet die Nachricht, dass man sich entschieden habe, in sieben Jahren in der Stadt Basel ein Konzil abhalten zu wollen.

«Basels zentrale Lage, unsere Bedeutung als Bischofsstadt und Handelszentrum sprechen offensichtlich dafür», berichtete der Bürgermeister stolz und mit wichtiger Stimme an der Ratssitzung, «ich lese euch vor, wie man dem Papst unsere Stadt als Tagungsort empfohlen hat: *Die Stadt ist schön gebaut und besitzt zahlreiche passende Räume für grosse Versammlungen, die Bevölkerung ist ruhig und friedlich; es wird Recht geübt; an Lebensmitteln ist Überfluss; bei allen Fürsten der Erde ist die Stadt beliebt.*» Ein erfreutes Raunen ging durch die Reihen.

«Das ist ja alles schön und gut und höchst angenehm zu hören», liess sich Nicolaus Murer vernehmen und schob seinen Hut auf die Seite, «aber was bedeutet das für uns? Was übernimmt der Basler Bischof und welche Aufgaben müssen wir von der Stadt aus regeln?»

«Sicher werden wir die Zufahrtswege verbessern müssen, wenn möglich Brücken bauen über die Flüsse Birs und Wiese», fing der Bürgermeister an.

«… und überhaupt die Stadt präsentabel gestalten», fiel ihm jemand begeistert ins Wort, «das heisst, dass wir in erster Linie alle Strassen mit Pflastersteinen zu belegen haben.»

«Und den Abfall nur noch auf der Hinterseite der Häuser hinauswerfen sollten», ergänzte ein anderer.

«Wir müssten aber auch die Bevölkerung moralisch verbessern, indem wir neue Tanzvorschriften erlassen …»

«… und das Baden in den Badeanstalten in Zukunft nur noch getrennt erlauben. Die ausländischen Geistlichen bringen für das gemischte Baden bestimmt wenig Verständnis auf.» Der Bürgermeister schüttelte den Kopf und rief zur Ordnung.

«Meine Herren, die Vorschläge sind alle bedenkenswert. Aber bitte, bringen Sie Ihre Ideen nicht alle gleichzeitig vor.» Henman Offenburg erhob sich.

«Die vorgeschlagenen Verbesserungen sind alle zum Wohle der Stadt, ich unterstütze sie. Aber ich denke, wir sollten die Sache langsam angehen», liess er sich mit seiner tiefen, ruhigen Stimme vernehmen, «ich bin noch nicht überzeugt, dass das angekündigte Konzil in sieben Jahren überhaupt bei uns stattfinden wird. Papst Martin ist schon recht betagt, wer weiss, ob er bis dahin eine Reise über die Alpen auf sich nehmen will oder überhaupt ein Konzil möchte.»

«Ein Konzil einzuberufen, ist aber Sache der Kirchenversammlung und nicht die Entscheidung des Papstes», entgegnete der hagere Nicolaus Murer und blickte finster.

«Sicher, da habt Ihr recht, doch ohne Einverständnis des Papstes wäre es schwierig, ein Konzil durchzuführen, nicht wahr? Ich würde Folgendes vorschlagen: Verbessern wir die Strassen und bauen wir Brücken, das kommt auch der Handelsstadt Basel zugute. Sonst aber würde ich abwarten. Tanzvorschriften oder neue Baderegeln können wir auch kurzfristig noch einführen.» Henman musterte seine Ratskollegen. Einige schienen mit dem Vorgehen nicht einverstanden zu sein, wenn er ihre Mienen richtig deutete.

«Es braucht dann sicher auch neue Dirnenhäuser», murmelte eine Stimme leise, aber doch deutlich vernehmbar. Alles lachte und der Bürgermeister musste ein weiteres Mal zur Ruhe mahnen. Henman Offenburg räusperte sich.

«Als Erstes sollten wir uns um die Brücken kümmern. Eine Brücke über den Fluss Wiese zu erstellen, bringt wohl einige politische Probleme mit dem Markgrafen mit sich, da müssen wir zuerst verhandeln. Aber mit einer Brücke über die Birs können wir vorwärtsmachen.»

«Der Steg bei St. Jakob ist eng und für Wagen schlecht passierbar. Eine stabile hölzerne Brücke über den Fluss beim Birskopf in der Nähe der Einmündung in den

Rhein mit direkter Zufahrt zum Stadttor, das wäre meiner Meinung nach ein geeigneter Standort», ergänzte der Bürgermeister.

«Man könnte auch den Steg bei St. Jakob verbreitern, das käme nicht so teuer», entgegnete ein Ratsmitglied.

«Das hält nicht lange bei den vielen Überschwemmungen des Flusses», erwiderte der Zunftmeister der Bauleute mit fester Stimme. «Wir müssen den Steg schon jetzt laufend erneuern. Die häufigen Hochwasser werden immer Probleme machen. Ich meine, es muss eine richtige, stabile Brücke gebaut werden, auf der auch Ochsenwagen darüberziehen können. Ich schliesse mich der Standortwahl des Bürgermeisters an.»

Die meisten Anwesenden waren dieser Meinung, und so erging der Beschluss zur Ausführung der Birsbrücke.

Martha, die neue Magd aus Waldenburg, war gerade sechzehn Jahre alt geworden und hatte sich in Basel bei der Familie Offenburg gut eingelebt. Ihre kärgliche Freizeit – alle vier Wochen hatte sie am Sonntag einen halben Tag frei – verbrachte sie nach dem Kirchenbesuch am Morgen bei allerlei Gesprächen mit Kolleginnen am Barfüsserplatz. Dort traf sie meist auch einen Fuhrhalter oder Bauern aus Waldenburg, dem sie die neuesten Nachrichten an Greda weitergeben konnte. Martha war ein hübsches Ding, stets fröhlich und unternehmungslustig. Ihr brauner Lockenkopf, ihr ovales Gesicht mit der kleinen Stupsnase und ihre blauen

Augen fielen sofort auf, und ihr tänzelnder Gang hatte etwas Aufreizendes. Oder lag es am kleinen Schmollmund? Ihren lebhaften Augen entging nichts, und den hübschen Kerlen blickte sie ungeniert nach. Sie besass ein einfaches Gemüt, nahm alles auf die leichte Schulter, beichtete in der Kirche, wenn sie etwas angestellt hatte, und ging danach zur Tagesordnung über. Anna Offenburg war trotzdem recht zufrieden mit ihr, denn sie konnte anpacken, scheute sich auch nicht, dem Ungeziefer zu Leibe zu rücken, und sah selbst, wo es etwas zu tun gab.

Es fiel niemandem auf, dass Martha plötzlich öfters zur Beichte ging. Sie erfand laufend etwas, Geheucheltes, Gelogenes und gestohlene Rosinen, einfach alles, was eine Beichte erforderte. Jedes Mal blieb sie länger weg als üblich. Die Köchin schaute sie mit einem wissenden Blick an, wenn sie beschwingt wieder heimkam, aber Martha zuckte nur lachend mit den Schultern. Mit ihrem unbeschwerten Wesen nahm sie die vorwurfsvollen Blicke nicht ernst, und die Köchin konnte ihr auch nicht böse sein.

In der nahen Peterskirche, einem Chorherrenstift, waren mehrere jüngere Chorherren abwechselnd für die Beichte zuständig. Martha dachte sich zuerst nichts dabei, einen der Herren bevorzugt für ihre Beichte auszuwählen. Seine warme Stimme, seine grossen, dunkelbraunen Augen mit den dichten Wimpern, sein scharf geschnittenes Gesicht mit den schwarzen Haaren und seine vollen Lippen hatten es ihr sofort angetan. Es war reizvoll auszuprobieren, ob auch ein Geistlicher sie als Frau wahrnehmen würde. Bald merkte sie, dass der junge Mann jeweils auf sie zu warten schien. Eines Tages stand er so dicht bei ihr, dass sie die Wärme seines Körpers spüren konnte. Ihr Herz begann zu klopfen. Als er sie erst noch mit dem Arm um ihre Schultern zum Beichtstuhl führte, durchzuckte sie ein Feuer. Und beim nächsten Mal wartete sie sehnsüchtig darauf, dass er sie wieder anfasste. Ein ihr unbekanntes Ziehen im Bauch konnte sie nicht einordnen, nur fing sie an, sich in Gedanken immer mehr mit Johannes, wie er hiess, zu beschäftigen. Ohne Berührungen ging es bei den folgenden Begegnungen nicht mehr ab, sei es vor der Beichte oder danach. Er setzte sich zu ihr, legte seine Hand auf die ihre, bald einmal auch auf ihr Bein, und sie konnte nicht anders, als noch näher zu ihm zu rücken, allerdings erst, nachdem sie sich vergewissert hatte, dass niemand in der Nähe war. Johannes beherrschte ihre Gedanken schliesslich vollkommen. Fast jeden Tag stahl sie sich aus dem Haus und huschte rasch zur Peterskirche, um ihm wenigstens kurz nahe sein zu können. Johannes schien es ebenfalls so zu ergehen, er war meist sofort zur Stelle, so, als ob er nach ihr Ausschau gehalten hätte. Sie redeten wenig zusammen, es brauchte keine Worte, aber der Zwang, sich zu berühren, drängte sich immer mehr auf. Eines Tages zog Johannes sie zu einer versteckten kurzen Treppe neben dem Chor. Diese führte in einen kleinen Nebenraum. Hier fielen sie sich wortlos in die Arme.

Am St. Luzientag, dem 12. Dezember 1428, sollte auf dem Münsterplatz in Basel ein denkwürdiges Turnier stattfinden. Es war ein Zweikampf zwischen dem königlichen Edelmann Juan de Merlo aus Kastilien und dem Basler Heinrich von Ramstein. Dem Spanier eilte der Ruf der Unbesiegbarkeit voraus, überall hatte er schon in ritterlichen Kampfspielen Ruhm und Ehre geholt. Der Rat von Basel hatte den Anlass vorzubereiten und machte sich seine Gedanken.

«Es werden viele Adelige aus der Umgebung nach Basel kommen, um den berühmten Kämpfer zu sehen. Es darf auf gar keinen Fall einen Aufruhr geben. Ich erinnere an die unseligen Ereignisse der ‹bösen Fasnacht› beim Turnier vor einigen Jahrzehnten», unterbreitete Henman Offenburg seine Sorgen.

«Ja, böse Buben und Fremde werden sicher wieder kommen, deshalb schlage ich vor, öffentlich auszurufen, dass den Zuschauern strikte untersagt ist, sich durch Worte oder Gebärden in den Kampf einzumischen oder gar Schneebälle zu werfen», forderte Nicolaus Murer mit seiner gewichtigen Stimme.

«Man soll auch ausrufen, dass niemand vermummt erscheinen darf», rief jemand dazwischen, «auch wenn jetzt gerade wieder die Zeit des Mummenschanzes ist, genau wie damals.»

«Das sind gute Vorschläge, ich werde alles veranlassen. Abgesehen davon gehen wir vor wie immer. Es bleiben nur vier der sieben Stadttore geöffnet. Auch auf dem Rhein stehen Schiffe bereit mit Bewaffneten, und die Rheinbrücke wird ebenfalls gut bewacht. Wir bauen eine Tribüne und Schranken auf, und zwischen der inneren und äusseren Schranke nehmen die Gewappneten der Zünfte Aufstellung», äusserte sich der Bürgermeister befehlsgewohnt.

«Es braucht ausserdem auch geharnischte Mannen bei den drei Ausgängen des Kampfplatzes, und natürlich bei den Zugängen zum Münsterplatz», ergänzte Murer und fuhr sich durch seine grauen Haare. Er hatte schon viel Erfahrungen gesammelt und wusste, worauf es ankam.

«Wir sollten den Bäckern in Auftrag geben, genug Brot zu backen zur Verpflegung der vielen Gäste.» Der Ratsherr der Bäckerzunft nickte bedächtig und ein zufriedenes Lächeln huschte über sein rundes Gesicht.

«Keine Angst, dafür wird gesorgt. Daran denken nicht nur die Brotbecken, sondern alle, die etwas mit der Verpflegung verdienen können.»

Der St. Luzientag begann sonnig, doch es war ein kalter Wintertag. Die Sonne schien fahl durch eine dünne Nebeldecke, und ein eisiger Wind pfiff durch die Gassen. Der Rhein floss spiegelglatt zwischen den Ufern und glänzte fast schwarz im winterlichen Morgenlicht.

In der Nacht hatte es etwas geschneit, sodass der schneebedeckte Münsterplatz und die Domherrenhäuser mit den glitzernden, weissen Hausdächern einen märchenhaften Rahmen für das Turnier bildeten. Schon eine Stunde nach Tagesanbruch standen zwischen den Schranken 500 bewaffnete Zunftmitglieder Kopf an Kopf und boten eine eindrückliche Kulisse. Langsam füllte sich auch das Schaugerüst, das von der nördlichen Ecke des Münsters, nahe beim steinernen Ritter Georg, bis zu den Häusern gegenüber aufgestellt worden war. Der Adel und die Patrizier aus der Stadt und der ganzen Nachbarschaft strömten herbei, alle vornehm in kostbare Stoffe und Pelze gehüllt, vor allem die Damen. Man grüsste nach allen Seiten, es war ein Sehen-und-gesehen-Werden.

Anna Offenburg gehörte ebenfalls zu diesem auserwählten Kreis. Mit Ausnahme der Frauen der Edelleute war der weiblichen Bevölkerung der Stadt der Zutritt verboten worden. Henman betrachtete Anna nicht ohne Stolz. Sie trug einen weiten, glockigen, vorne offenen Rock aus rotem Wollstoff mit Pelz besetzt, darunter blitzte das blau-weisse Unterkleid hervor. Ihre Schuhe waren mit weiss-schwarzem Besatz versehen. Ein schwarzer Kugelhut umrahmte ihr feines, schmales Gesicht. Sie hielt sich an Henmans Arm fest und blickte mit ihren braunen Augen etwas verwirrt im unübersichtlichen Trubel umher. Meist mied sie ja den Auftritt in der Öffentlichkeit, aber zu diesem ausserordentlichen

Turnier hatte Henman sie überreden können. Es war ein Grossanlass, den man nicht verpassen durfte.

Alles, was Rang und Namen hatte, war anwesend. Anna entdeckte die elegant gekleidete Murerin am Arm ihres stattlichen Mannes. Henman fiel besonders auf, dass die reich gewordenen Patrizier die altadeligen Standesgenossen an Prunk zu überbieten suchten. Sogar bis zu den Ehrenjungfrauen, den zum persönlichen Dienst der Dame zuständigen Dienerinnen, war auf entsprechend kostbare Kleidung Wert gelegt worden. Die meisten Damen trugen prachtvolle Kugelhüte, welche die hohe Stirn zur Geltung brachten, wie es Mode war, und man sah keinen der Patrizier, der nicht lange, modisch-spitze Schnabelschuhe trug. Anna schien ähnliche Beobachtungen zu machen.

«Sie leben alle auf grossem Fuss», meinte sie halblaut zu Henman und lächelte in sich hinein. Sie beobachteten, wie der Adel die Emporkömmlinge gar nicht gross zur Kenntnis nahm. Stolz hob Anna den Kopf. Sie brauchten nicht zu protzen, denn Henman als vertrauter Ratgeber des Königs hatte eine Sonderstellung inne.

«Schaut, dort drüben ist der Graf von Thierstein, daneben Thüring von Hallwil und weiter links stehen Graf Friedrich von Zollern und Graf Friedrich von Freiburg», flüsterte ihr Henman zu, «und der Kampfrichter ist der Markgraf Wilhelm von Hachberg, der Herr zu Rötteln.» Anna schwirrte der Kopf vor lauter Grafen und Ritternamen.

«Und wo sind Juan de Merlo und Heinrich von Ramstein?»

«Die beiden Kämpfer kommen, sobald alle anwesend sind, das braucht noch etwas Geduld. Ihr seht den Kampfplatz, nicht wahr?» Anna nickte. Der Platz bildete einen Kreis von etwa sechzig Schritt im Durchmesser, dessen Boden mit Sand belegt und mit doppelten, hölzernen Schranken abgesperrt war.

«Er scheint nicht sehr gross zu sein», meinte Anna zögernd.

«Sie kämpfen dieses Mal zu Fuss, nicht zu Pferd, jedoch von Kopf bis Fuss gewappnet. Die Rüstungen sind schwer, müsst ihr Euch vorstellen. Sie bestehen aus Dutzenden von Metallplatten, welche durch Riemen, Nieten und Scharniere flexibel miteinander verbunden sind. Die einzige Möglichkeit, einen Ritter in seiner Rüstung zu bezwingen, ist ein Stich in diese Lücken, zum Beispiel an den Scharnieren, oder aber man besiegt ihn, indem man ihn zu Boden stösst.»

«Womit denn?»

«Die Kampfbedingungen sind genau festgelegt. Zuerst erfolgt ein Wurf mit der Kriegslanze, dann folgen fünfzig Hiebe mit der Streitaxt, danach vierzig mit dem Schwert und zum Schluss dreissig Hiebe mit dem Degen. Unfaire Hiebe sind verboten, ebenso hinterlistige Mittel oder gar ein böser Zauber. Und keiner hat den Kampfplatz zu verlassen, bevor nicht alle Waffengänge beendet sind. Vorher dürfen sie auch ihr Visier nie öffnen, obwohl es fast unerträglich heiss wird in einer Rüstung», erklärte ihr Henman.

Da legte sich plötzlich eine spannungsgeladene Stille über die Anwesenden. Die Kämpfer hatten den Platz betreten, beide im vollen Harnisch.

«Ich staune, wie sie sich mit dieser Rüstung bewegen können», flüsterte Anna bewundernd. Die formelle Herausforderung sollte die Berührung des Wappens sein. Dann gab der Markgraf das Zeichen zum Beginn, und alsbald dröhnten und klirrten die Waffen. Ritterlich mutig und kühn fochten sie miteinander, Juan de Merlo gegen Heinrich von Ramstein. Die Zuschauer hielten den Atem an. Der Kampf wogte hin und her, die Waffen krachten gegeneinander, und der harte, metallische Klang, wenn sie auf die Rüstungen schlugen, liess die Damen erschauern. Es war schwer abzuschätzen, wer der Bessere war.

Nach dem Ende der Kämpfe schien Juan de Merlo leicht im Vorteil, obwohl der Ramsteiner ihm die Rüstung etwas beschädigt hatte. Aber der Preis wurde Juan zugesprochen, ein wertvoller Edelstein. Die Menge jubelte ihm begeistert zu. Der Ramsteiner hingegen konnte sich rühmen, dem unbesiegbaren Spanier erfolgreich Paroli geboten zu haben. Juan de Merlo wurde noch an Ort und Stelle zum Ritter geschlagen.

«Wenn Junker Ramstein gesiegt hätte, wäre er zum Ritter geschlagen worden. Das war sicher sein Wunsch. Nun wird er nach Jerusalem pilgern, um dort zum Ritter des Heiligen Grabes geschlagen zu werden. So hat er es mir jedenfalls erzählt», erklärte Henman. Anna staunte.

«Das ist ein riesengrosses Vorhaben, eine Reise nach Jerusalem, nicht wahr?»

«Sicher, aber denkt, was für ein Erlebnis! Ich wünschte mir, auch einmal die Stadt zu sehen, in welcher Jesus gelebt hat», erwiderte er mit funkelnden Augen. Er beobachtete, wie sich eine unmerkliche Furcht in Annas Miene schlich und sie ihn von der Seite forschend anblickte. Sie fragte sich sicher, wie ernst er das meinte.

«Und gleichzeitig auch alle Sünden erlassen zu bekommen, das wäre wunderbar», ergänzte er.

«Verstehe ich richtig, Ihr wollt auch nach Jerusalem?», fragte Anna argwöhnisch.

«Nun, warum nicht? Aber im Moment habe ich anderes zu erledigen. Ich habe ja vor Kurzem die Schauenburg übernommen, da gibt es einiges zu regeln. Und dann das Konzil. Es scheint fast, als ob es tatsächlich nach Basel einberufen würde.»

«Ein Konzil in Basel? Mit Papst, Kardinälen und hohen Geistlichen? Das kann ich mir gar nicht vorstellen.»

«Noch ist es nicht soweit, aber man hat es vor sieben Jahren angekündigt. Unterdessen sind vier Jahre vergangen, das heisst, in drei Jahren müsste es beginnen. Die Stadt hat nun ernsthaft alle Vorkehrungen zu treffen. Doch jetzt bin ich erst einmal froh, dass dieses Turnier gut abgelaufen ist, ohne dass es einen Aufruhr gegeben hat.»

Am gleichen Abend erschütterte ein Erdbeben die Stadt – die Menschen erschraken heftig, waren aber bald darauf der Meinung, dass dieses Ereignis das Aussergewöhnliche des Turniers noch unterstrichen habe.

Martha, die junge Magd, verbrachte deutlich zu viel Zeit in der Peterskirche, sei es, dass sie beim Wasserholen rasch noch die wenigen Schritte zur Kirche hinauf lief, sei es während der täglichen Besorgungen auf dem Markt oder einfach während sie die Räume in Ordnung bringen sollte. Sie stellte es äusserst raffiniert an, sodass nur die Köchin und die Magd Marie etwas bemerkten. Martha war wie von Sinnen, ihr ganzes Tun und Denken wurde nur noch von einem beherrscht, Johannes zu sehen, ihn zu treffen und mit ihm zusammen zu sein. Danach erschien sie mit glänzenden Augen und leicht geröteten Wangen wieder im Haus.

«Pass auf, was du tust», äusserte sich die Köchin schliesslich und musterte sie besorgt, «so etwas kann sehr schlimm herauskommen, weisst du.»

«Was meint Ihr damit?», fragte Martha und schürzte ihren Schmollmund.

«Nun, der Teufel möchte gerne aus einer Sünde drei oder vier machen, das ist seine Art. Du wärst nicht die Erste, die ein Kind bekommen würde ohne Ehemann.» Martha schien zuerst gar nicht zu begreifen, wovon die Köchin sprach.

«Ihr meint …?» Die Köchin nickte bedeutungsvoll, und plötzlich wusste Martha, welche Zusammenhänge sie ansprach. Sie wurde rot, reckte trotzig den Kopf und rannte aus der Küche. Aber von nun an war das Zusammensein mit Johannes nicht mehr so unbeschwert, es wurde überschattet vom Gedanken, dass es Folgen haben könnte. Trotzdem brachte Martha es nicht fertig, ihre Besuche einzuschränken.

Wenige Wochen später bemerkte die Köchin, dass Martha jeden Morgen übel war. Sie kannte die Anzeichen.

«O du ahnungsloses Wesen», rief sie entsetzt aus, «habe ich dich nicht gewarnt? Es ist das Schlimmste, was dir passieren konnte. Eine Magd mit einem unehelichen Kind findet fast nie eine Stellung. Was willst du nun tun?» Martha starrte sie fassungslos an. Sollte ihr unbeschwertes Leben plötzlich zu Ende sein? Sie konnte die ganze Tragweite noch gar nicht abschätzen.

«Ihr meint, ich erwarte ein Kind? Seid Ihr sicher?» Die Köchin nickte und betrachtete mitleidig das naive junge Mädchen.

«Dann kehre ich zurück nach Waldenburg.»

«Und was willst du dort? Wovon willst du mit deinem Kind leben? Alle werden dich verachten. Wie konntest du nur so leichtsinnig sein!» Martha zuckte ratlos mit den Schultern. Zum ersten Mal ahnte sie etwas von der gnadenlosen Gewalt des Schicksals. Sie fühlte sich elend und verlassen. Doch da durchzuckte sie ein Gedanke, und Erleichterung huschte über ihre Züge.

«Zuerst will ich hören, was Johannes dazu meint.»

«Wer? Der Vater?»

«Ja, Johannes ist Chorherr im Petersstift.»

«Ein Geistlicher! Auch das noch. Du lässt aber auch gar nichts aus. Ich weiss von einem Geistlichen im Petersstift, der vier uneheliche Töchter hat!»

«Ihr kennt Johannes doch gar nicht», verteidigte ihn Martha sofort und verzog ihren Schmollmund.

Johannes starrte Martha wortlos an, als sie ihm zaghaft von ihrer Schwangerschaft berichtete. Schliesslich schlug er die Hände vors Gesicht, kniete nieder und begann zu beten. Er murmelte etwas von Gottes Barmherzigkeit. Hilflos und mit hängenden Armen stand Martha daneben. War das alles? Nahm er sie nicht einmal tröstend in die Arme? Sein Verhalten enttäuschte und verwirrte sie. Sie fühlte sich im Stich gelassen. Es war ein bitteres Gefühl. Doch dann wurde ihr schlagartig klar, dass von seiner Seite keine Hilfe zu erwarten war. Er war Chorherr und gehörte ins Stift. Was ging ihn das Leben ausserhalb der Mauern an? Mit gesenktem Kopf wandte sie sich still zum Gehen. Er bemerkte es nicht einmal.

Das Feuer im Herd knisterte, als Martha kreidebleich in die Küche trat. Die Köchin blickte ihr gespannt entgegen, während sie noch etwas Holz auflegte.

«Und, was hat er gesagt? Weiss er eine Lösung?» Martha schüttelte nur den Kopf und blickte gequält zu Boden.

«Er betet», erklärte sie leise.

«Was hast du gesagt?»

«Er betet.» Die Köchin lachte spöttisch auf und schwieg dann betreten.

«Nun, Gott um Verzeihung bitten, das ist sicher richtig. Dein Johannes hat schliesslich … na, lassen wir das. Doch du brauchst praktische Hilfe. Du musst es der Herrin sagen.» Martha schüttelte ängstlich den Kopf, während ihr Tränen die Wangen hinunterliefen.

«Diese Schande überlebe ich nicht», schluchzte sie und putzte sich mit dem Handrücken die Nase.

«Sprich mit der Herrin. Du kannst es nicht verstecken, es hilft alles nichts, man merkt es so oder so bald.» Die folgenden Tage schwieg Martha trotzig. Nur das panische Flackern in ihren Augen verriet ihre Verzweiflung. Und plötzlich war sie spurlos verschwunden. Niemand wusste, wohin sie gegangen war. Alle ihre persönlichen Sachen hatte sie zurückgelassen. Als ein paar Tage später die Nachricht in der Stadt die Runde machte, die Leiche einer jungen, schwangeren Frau sei im Rhein bei Kleinhüningen angeschwemmt worden, wusste die Köchin sofort, von wem die Rede war. Sie ging langsam und bedrückt den Petersberg hoch, um in der Kirche für Martha zu beten und dem Geistlichen die Nachricht zu überbringen.

Chorherr Johannes brach zusammen, als er es vernahm. Die Köchin blickte ihn ohne Mitleid an. Diese Schuld konnte sie ihm nicht abnehmen. *Kyrie eleison,* hörte sie ihn danach am Altar inständig beten, und sie nickte dazu. «Herr, erbarme Dich», murmelte sie, denn auch sie fühlte sich schuldig. Hatte sie zu spät etwas gesagt? Hätte sie ihre Hilfe anbieten sollen? Oder hätte sie der Herrin Bescheid sagen sollen? Sie wusste es nicht, nur, dass es jetzt zu spät war. *Miserere nobis,* hörte sie vom Altar her die dunkle Stimme. «Erbarme Dich unser», murmelte auch sie ergeben und fügte laut ein «Amen» hinzu.

Anna Offenburg blickte erschrocken, als sie von der Tragödie erfuhr. Andererseits musste sie sich eingestehen, war sie auch etwas erleichtert, denn es blieb ihr damit eine schwere Entscheidung erspart. Eine schwangere Magd fortzuschicken, wäre ihr nicht leicht gefallen.

Als hingegen Greda in Waldenburg davon hörte, stieg ihre Wut auf die Familie Offenburg noch mehr an. Der Zauber war offensichtlich schiefgelaufen. Es hatte die falsche Person im Hause Offenburg getroffen. Sie musste nochmals zur Kolerin, um das Missverständnis aufzuklären und ihr die Dringlichkeit ans Herz zu legen. Hoch oben am Himmel kreiste ein Bussard. Greda sah den Greifvogel mit Genugtuung. «Hinter jedem Zeichen steckt ein Geheimnis», murmelte sie befriedigt.

6. Kapitel

Am 23. Juli 1431 wurde in Basel das Konzil mit einer feierlichen und würdevollen Messe eröffnet. Im festlich geschmückten Münster stiegen die mächtigen, romanischen Pfeiler wuchtig in die Höhe, rund vierzig Altäre mit Kerzen zierten das Innere, am Gewölbe im Mittelschiff bestaunte man die gemalten Bilder vom Leben der Mutter Gottes, und die bunten Glasscheiben der Fenster im Chor funkelten in allen Farben. Für die Leute, welche in ihren kleinen, engen und schmalen Häusern lebten, schien der grosse, reich ausgemalte Raum wie ein Blick ins Paradies, frei von irdischer Schwere, ein Bild der zukünftigen Himmelsstadt.

Der Bischof, die Domherren und Geistlichen in ihren festlichen Gewändern sassen im Chorgestühl. Sie bildeten eine ansehnliche Schar, doch der Rat der Stadt bemerkte bald, dass nur gerade ein paar wenige auswärtige Teilnehmer anwesend waren.

«Es ist kein einziger hochgestellter Geistlicher hier, kein Papst, kein Präsident, kein Kardinal! Und das soll ein Konzil sein?», murrte der Bürgermeister erbost und blickte seine Ratskollegen fast vorwurfsvoll an.

«Papst Martin schickte Kardinal Cesarini als seinen Stellvertreter, weil er selbst zu alt war, um hierher zu reisen. Das hat er uns doch mitgeteilt», versuchte ihn Henman Offenburg zu beruhigen.

«Es ist aber kein Stellvertreter anwesend.»

«Wie Ihr wisst, starb Papst Martin unterdessen. Der neue Papst Eugen IV. schickte aber den Stellvertreter zuerst nach Böhmen wegen der Hussiten.»

«Das heisst, der Stellvertreter des Papstes weilt in Böhmen statt in Basel.»

«Nun, das ist verständlich. Die Hussiten wollen den Vorrang des Papstes nicht anerkennen, da musste er natürlich einschreiten. Der Stellvertreter, Kardinal Cesarini, kämpft nun gemeinsam mit König Sigismund gegen die Ketzer.»

«Das wissen wir ja längst alles», erhitzte sich Nicolaus Murer, indem er aufsprang und dadurch noch grösser erschien, «dass der Stellvertreter des Papstes nicht anwesend ist, kann man ja noch verstehen. Aber nicht einmal ein einziger Bischof ist hier, ausser dem Bischof von Basel. Und das soll eine Kirchenversammlung der Christenheit sein? Das habe ich mir wahrlich anders vorgestellt. Da müsste sich doch alles versammeln, was Rang und Namen hat, Kardinäle, Bischöfe, Erzbischöfe und viele mehr, oder etwa nicht?»

«Immerhin ist der Abt von Vézelay anwesend sowie eine Delegation der ehrwürdigen Universität von Paris, lauter brillante Gelehrte», entgegnete Henman Offenburg, «doch es wundert mich nicht, dass viele fehlen, denn die Strassen sind keineswegs sicher, hauptsächlich wegen der kriegerischen Zustände zwischen Burgund und Österreich.»

«Alle unsere vielen Anstrengungen waren vergeblich, Ihr werdet sehen. Das kommt unsere Stadt teuer zu stehen. Und erst der Spott! Ein Konzil ohne genügend Teilnehmer …»

«Wir müssen abwarten. Kardinal Cesarini wird kommen, sobald in Böhmen die Sachlage klar ist. Schliesslich muss er als Stellvertreter des Papstes am Konzil anwesend sein. Dann folgen auch die anderen Geistlichen nach», beruhigte Henman noch einmal die erhitzten Gemüter.

«Ihr Wort in Gottes Ohr», murmelte der Bürgermeister matt und strich sich den Schweiss von der Stirn.

An einem prächtigen Sommertag gab es im Hause Offenburg wieder eine Hochzeit: Die jüngste Tochter, die hübsche blonde Ennelin, heiratete. Man hatte einen passenden Ehemann ausgewählt, nämlich den wohlhabenden Münzmeister und Achtburger Werner Eremann. Die junge Ennelin war ihm zwar erst ein Mal begegnet, doch es war allgemein üblich, dass die Eltern eine Verbindung festlegten. Ennelin wusste, es gab für Frauen nur zwei mögliche Lebensformen, entweder die Heirat oder das Kloster. Da schien ihr die Ehe mit einem wohlhabenden Mann der bessere, erfreulichere Weg.

Am Tag zuvor hatte es geregnet. Auf dem Petersplatz tropfte es noch von den Blättern der grossen, alten Bäume, aber nun schien die Sonne hell und warm. Es wurde ein herrliches Fest mit Musik und Tanz und vielen Gästen. Die Spielleute mit ihren gestreiften Hosen waren vom nahen Petersplatz herübergekommen. Die Wandermusiker spielten mit ihren verschiedenen Instrumenten, Pfeifen, Fideln und Trommeln zur Freude aller Anwesenden viele heitere Musikstücke, sodass selbst die Kinder fröhlich mithüpften.

Doch kaum war das Hochzeitsfest vorüber, erkrankten plötzlich Offenburgs Tochter Ursula und ihr Gatte Peter. Mutter Anna machte sich grosse Sorgen. Sie wusste, bei einer schweren Krankheit bestand wenig Hoffnung auf Heilung. Sie eilte sofort in die Peterskirche, um zu beten. Danach galt ihr nächster Besuch dem Haus der Erkrankten, um den kleinen fünfjährigen Werner zu holen.

Im Krankenzimmer war es stickig, die abgestandene Luft roch säuerlich nach Schweiss und Urin. Man wagte offensichtlich nicht, ein Fenster zu öffnen. Die Augen von Ursula glänzten fiebrig und sie atmete schwer. Peter lag reglos zusammengekrümmt und mit geschlossenen Augen neben ihr unter der Decke.

«Was fehlt euch denn?», fragte Anna und betrachtete sorgenvoll das erhitzte Gesicht ihrer Tochter.

«Das kann keiner sagen», antwortete Ursula mit belegter Stimme und rang um Luft, «es ist völlig rätselhaft. Niemand kann es einordnen. Wir haben beide hohes Fieber und schrecklich Kopfweh und husten, bis wir Blut spucken.» Sie schloss erschöpft die Augen. Mit zitternden Fingern zog sie die Decke zum Hals. Anna betrachtete den fiebrig heissen Kopf ihrer Tochter und war hin- und hergerissen zwischen dem Wunsch, ihr zu helfen, und dem Gedanken, den Kleinen wegzubringen.

«Soll ich hier bleiben?», fragte sie schliesslich zögernd.

«Nein, nein, die Magd sorgt für uns. Wir haben alles versucht mit Kräutern und Tropfen von Fingerhut und Holunderwurzel, aber jetzt muss ein Arzt kommen. Er wird uns wohl zu Ader lassen. Er hat bereits unser Wasser beschaut, ich weiss aber nicht, was er herausgelesen hat. Bitte, Mama, kümmert Euch um unsern Werner und sorgt für ihn, bis wir wieder gesund sind.» Anna nickte, verabschiedete sich und nahm den kleinen Knaben an die Hand. Leise schritt sie aus dem Zimmer. Sie ahnte nicht, dass sie ihre Tochter nicht mehr sehen würde. Ursula und Peter starben beide zwei Tage darauf kurz hintereinander.

Anna sass still weinend im Pfaffenhof und konnte es nicht fassen.

«Ich weiss, wir müssen täglich mit dem Tod rechnen. Aber es tut so weh, ein Kind zu verlieren», murmelte sie mit erstickter Stimme. «Fünf Kinder haben wir schon verloren, Ursula ist nun das sechste. Wir waren gerade so glücklich über die Hochzeit von Ennelin – und nun das!»

«Sie sei wie ein Engel gestorben, hat mir die Magd erzählt. Auch ihr Mann Peter.»

«Aber nun steht der kleine Werner ganz ohne Eltern da. Wie bringe ich es ihm nur bei? Es ist alles unendlich traurig.»

«Wir werden uns um ihn kümmern, er wird selbstverständlich bei uns bleiben. Das können wir wenigstens noch für unsere Ursula tun, nicht wahr?», tröstete Henman und legte seinen Arm um sie. Er betrachtete sorgenvoll ihr Gesicht. Der Gedanke an den kleinen Werner machte ihr hoffentlich etwas Mut. Sie durfte sich nicht so gehen lassen, der Bub brauchte sie. Anna wischte sich die Tränen aus den Augen.

«Wir sind allerdings schon alt, fünfzigjährige Eltern! Möge uns der Herr noch so lange leben lassen, dass wir ihn grossziehen können.»

«Denkt nicht an die Zukunft. Im Moment hat es Werner auf jeden Fall weit besser als viele andere Kinder. Wie oft verliert ein Kind Vater oder Mutter und muss sich dann an eine Stiefmutter oder einen Stiefvater gewöhnen.»

«Ja, und ein Waisenkind hätte es ganz besonders schwer.»

«Ein Waisenkind ist oft ganz verloren, wenn es nicht Verwandte hat, die es gut mit ihm meinen. Viele laufen in Lumpen gekleidet umher und müssen Schweine hüten. Doch Werner bleibt bei uns. Ich werde auch sein Vermögen verwalten, bis er erwachsen ist. Er kann von hier aus jederzeit das Grab seiner Eltern auf dem Friedhof der Peterskirche besuchen.»

Das Kräuterweib Greda in Waldenburg lachte schadenfroh, als sie davon erfuhr. Endlich war ihre Rache gelungen. Endlich. Aber es stellte sich kein Gefühl der Befriedigung ein, wie sie erwartet hatte. Es verlangte sie nach mehr. Sollte der Tod einer Tochter schon alles gewesen sein? Ihr eigenes Leiden dauerte ja schon Jahre, da musste es doch auf der Seite der Offenburgs ausgeglichen werden.

Anfang September traf endlich Kardinal Cesarini in Basel ein, der Stellvertreter des Papstes. Der Einzug gestaltete sich pompös. So etwas hatte man in Basel noch nicht erlebt, die Aufregung verbreitete sich in der ganzen Stadt. Unter dem Geläute aller Kirchenglocken und einem von Adeligen getragenen Baldachin zog der Kardinal in die Stadt ein. Sein markantes Gesicht unter seinem grossen roten Kardinalshut mit den seitlich herunterhängenden Quasten machte allen tiefen Eindruck. Mit ihm trafen einige Hundert Diener, Pferde und viele weitere Geistliche ein. Es war ein imposanter, farbenprächtiger Zug, der sich zum Münster hin bewegte. Mit prachtvollen Gewändern und vornehmen Hüten zogen alle an der staunenden Menschenmenge vorbei.

«Nun werden bestimmt bald weitere Würdenträger folgen. Es sind unterdessen einige Bischöfe anwesend, auch der Erzbischof von Trier», meldete Henman Offenburg dem Bürgermeister. Er war froh, endlich einmal einen positiven Bescheid über das Konzil überbringen zu können.

«Aber es ist noch längst nicht die grosse Schar, die man an einer Kirchenversammlung erwarten könnte», rief dieser immer noch beunruhigt aus. «Ich habe vernommen, Papst Eugen wolle das Konzil mangels Beteiligung für aufgelöst erklären lassen.»

Henman winkte ab.

«Man hat beschlossen, dass niemand zur Sitzung erscheint, wenn das päpstliche Dekret verlesen wird. Somit können alle behaupten, nichts von diesem Beschluss gehört zu haben. Nicht einmal der Konzilspräsident wird da sein – einfach niemand.» Der Bürgermeister hob hoffnungsvoll den Kopf und lächelte befriedigt.

Der Konzilssaal befand sich im Obergeschoss der Niklauskapelle, einer Kapelle direkt neben dem Münster. Der Raum selbst war nicht besonders gross und sehr einfach gestaltet. Eine schlichte, mit wenigen Verzierungen versehene Holzbank führte an der Wand entlang, hufeisenförmig angelegt, sodass man sich gegenseitig anblicken konnte. Dadurch entstand eine intime, stimmungsvolle Atmosphäre, verstärkt durch das gedämpfte Licht der Fenster mit ihren in Blei gefassten Scheiben. Der Boden beeindruckte mit einem prachtvollen Muster aus quadratischen Tonplatten in verschiedenen Farben, Grün, Braun, Gelb und Weiss.

Als sich alle gesetzt hatten, blickte der Konzilspräsident Kardinal Cesarini ernst und herausfordernd in die Runde. Sein Gesicht mit den grossen Augen, der markanten Nase und dem schwungvollen Mund, vor allem aber sein beherrschender Blick machte allen Eindruck. Seine schmalen Wangen waren vor Aufregung etwas gerötet.

«Meine hochverehrten Brüder im Herrn. Wie Sie alle wissen, hat das Konzil von Konstanz einen grossen Erfolg verbuchen können mit der Beendigung der jahrzehntelangen Zerrissenheit der Kirche durch zwei, manchmal sogar drei Päpste. Diesmal werden von uns ebenfalls Lösungen für grosse Aufgaben erwartet. Wir brauchen Gottes Beistand, um sie in Angriff zu nehmen.» Alle nickten mit ernster Miene, einige murmelten ein leises «Amen».

«Wir müssen uns mit der Ausrottung der Ketzerei beschäftigen, ich meine damit vor allem die Hussiten. Dann ist es unsere Aufgabe zu versuchen, Frieden unter den Völkern des christlichen Abendlandes herzustellen, und schliesslich erwartet man von uns auch eine Reform der Kirche an Haupt und Gliedern.» Wieder nickten alle zustimmend.

«Für die Erarbeitung dieser Themen bilden wir nun Arbeitsgruppen. Eine Gruppe soll sich mit dem Hussitenproblem und der Vereinigung mit der Ostkirche beschäftigen. Diese Gruppe wird im Barfüsserkloster tagen. Nennen wir sie ‹pro fide›, für den Glauben.» Ein zustimmendes Gemurmel ertönte.

«Für den Frieden, ‹pro pace›, muss ebenfalls eine Arbeitsgruppe eingesetzt werden. Die vielen Streitigkeiten zwischen den Christen, wie zum Beispiel zwischen England und Frankreich, müssen dringend beendet werden. Jetzt, wo sogar Frauen in den Krieg ziehen.»

«Ihr sprecht von der Jungfrau, die man gerade auf dem Scheiterhaufen verbrannt hat?»

«Ja, diese Jungfrau von Orléans. Die einen sagen, sie sei vom Teufel besessen gewesen, die andern sind überzeugt, dass sie vom Heiligen Geist erfüllt war. Sie wird von den Franzosen bereits als Märtyrerin verehrt. Was immer diese Frau zu ihrer Tat bewogen hat, dieser Krieg muss endlich ein Ende haben. Und wir werden uns darum bemühen. Die Arbeitsgruppe soll im Augustinerkloster tagen.»

«Und was ist nun mit der Reform der Kirche?», warf jemand ein, «ich meine, das ist doch eine Hauptaufgabe. Man sollte über die Besetzung der Bischofsämter reden, über die Kurie, aber auch über das Verhältnis zwischen Papst und Konzil.»

«Natürlich, gewiss», antwortete Cesarini zögernd, weil er wusste, dass der Papst diese Vorstellungen wenig unterstützen würde, «nennen wir diese Arbeitsgruppe ‹pro reformatorio›. Tagungsort soll das Predigerkloster sein.» Cesarini machte eine Pause, um seine Gedanken zu ordnen, die Augenbrauen düster zusammengezogen. Seine schmalen Wangen waren unterdessen noch röter geworden vor Anspannung.

«Die Arbeitsgruppe, die sich mit den Angelegenheiten rund um unser Konzil kümmern muss, kann im Petersstift tagen, nennen wir sie ‹pro communibus›.» Der Kardinal schwieg einen Moment, dann fügte er mit gezwungener Munterkeit hinzu: «Ich werde nun den Papst in Rom wissen lassen, dass sein Dekret zur Auflösung des Konzils nicht zur Kenntnis genommen wurde, sondern dass wir im Gegenteil an der Arbeit sind. Gelobt sei Jesus Christus.»

«In Ewigkeit. Amen», antworteten alle.

Als Papst Eugen erfuhr, dass man seinen Beschluss nicht achtete, tobte er. Er verbot sofort allen Geistlichen, das Konzil in Basel zu besuchen.

«Nun waren alle unsere Vorbereitungen vergeblich», klagte der Basler Bürgermeister entsetzt, als er es hörte. «Zwei neue Häuser gekauft, um Bordelle einzurichten, die Badstuben nach Geschlecht getrennt, die Strassen gepflastert, Brücken gebaut, allen Leuten verboten, ihre Schweine frei herumlaufen zu lassen und ihren Haushalt nicht bei der Hauptfassade auszuschütten – alles für nichts.»

«Aber nicht doch. Ihr werdet sehen, mit seinem Verbot erreicht der Papst nur das Gegenteil. Je mehr er sich gegen das Konzil stellt, desto mehr Teilnehmer werden in Basel erscheinen», beruhigte Henman Offenburg seinen Bürgermeister, der vor Sorgen bald nicht mehr ein und aus wusste.

«Glaubt Ihr wirklich?»

«Ja. Das Konzil ist die oberste Vertretung der Christenheit, geleitet vom Heiligen Geist. Das ist so seit dem ersten Konzil von Nicäa, und am Konzil von Konstanz hat man es nochmals bestätigt.»

«Und der Papst kann da nicht mitreden?»

«Er müsste natürlich mit im Boot sein. Aber er will keine Reformen, weil sie in erster Linie ihn und die Kurie betreffen werden, deshalb will er auch kein Konzil. Wir erleben im Moment einen Machtkampf zwischen der Kirchenversammlung und dem Papst. Jetzt hat er sich zugespitzt. Aber ich bin sicher, Papst Eugen wird bald feststellen, dass sein Versuch, die Reform der Kirche zu verhindern, zum Scheitern verurteilt ist.»

«Ihr seid sehr zuversichtlich.»

«König Sigismund wird bald nach Basel kommen, um das Konzil zu unterstützen. Das hat er mir zugesichert. Doch jetzt ist er zuerst auf dem Weg zum Papst nach Rom, um die Kaiserkrone in Empfang zu nehmen.»

«Wenn Papst Eugen ihn dann nur nicht umstimmt!», meinte der Bürgermeister skeptisch.

«Ich glaube eher, dass Seine Majestät den Papst

umstimmen wird. Eugen ist nämlich auf die militärische Unterstützung von Sigismund angewiesen. Er hat viele Feinde in Italien.»

«Da soll einer noch mitkommen», murrte der Bürgermeister und schob seinen Hut aus der Stirn, «ist das nun eine politische oder eine kirchliche Versammlung?»

«Das eine ist vom anderen nicht zu trennen», antwortete Henman bedächtig, «das wissen alle, die damit zu tun haben. Der Papst herrscht in Italien gleichzeitig auch als weltlicher Fürst mit entsprechenden Ländereien. Da sind immer wieder Streitigkeiten zu erwarten. Andererseits braucht Sigismund das Konzil, um endlich mit den Hussiten Frieden schliessen zu können in seinem Reich. Für das Volk sind solche Überlegungen natürlich nicht bestimmt. Da weiss man, dass letztlich alles von Gott kommt.»

«Gut. Wenn das so ist, dann drängen sich zwei Dinge auf, die in Eile erledigt werden müssen, und zwar mit Ihrer Hilfe, lieber Offenburg», äusserte sich der Bürgermeister mit Bestimmtheit. «Ihr reitet zu König Sigismund und sorgt dafür, dass der Konflikt zwischen Burgund und Österreich beigelegt wird, damit die Konzilsteilnehmer endlich sicher nach Basel reisen können, und bittet andererseits um die Unterstützung des Königs für die Durchführung des Konzils.»

Die Verhandlungen mit König Sigismund fanden in Feldkirch statt, dauerten einige Zeit, waren aber von

Erfolg gekrönt. Als Henman Offenburg nach vier Wochen wieder in Basel ankam, vermeldete er stolz:

«Zwischen Burgund und Österreich ist nun ein Waffenstillstand geschlossen für die Dauer des Konzils. Damit sind die Strassen sicherer geworden. Gleichzeitig bringe ich einen Brief des Königs mit, in welchem er den Konzilspräsidenten Cesarini dringend bittet, das Konzil auf jeden Fall weiterzuführen, trotz dem Verbot durch Papst Eugen.»

«Grossartig. Das habt Ihr wunderbar hinbekommen.»

«Ja, ausser dass mein Pferd nun lahmt.»

«Oh je. Euer wundervolles Pferd? Ich habe Euch immer darum beneidet.»

«Es ist nicht mehr das jüngste. Ich habe es wohl überfordert, ich hätte kürzere Tagesetappen wählen sollen. Mein Pferdeknecht hatte mich mehrmals gewarnt. Nun pflegt er das Pferd mit grosser Hingabe, um es wieder auf gesunde Beine stellen zu können.»

Der folgende Winter war furchtbar kalt und schneereich. Eine solch schneidende Kälte, da waren sich alle einig, hatte es noch nie gegeben. Ein eisiger Wind fegte über das Land. Die Hasen auf den Feldern erfroren fast alle. Man brachte sie wagenweise in die Stadt und bot sie für einen Schilling feil. Doch es waren viel zu viele, sodass man sie schliesslich in den Rhein kippen musste. Die eisige Kälte hielt die Stadt fest im Griff. Niemand verliess mehr freiwillig für längere Zeit das

Haus, denn Frostbeulen und blaue Zehen waren die Folgen. Die meisten Häuser besassen nur in der guten Stube im ersten Stock kostbare Fensterscheiben und im selben Raum einen Kachelofen, sonst behalf man sich mit Lumpen oder auch mit Tierhäuten, um die Fenster etwas dicht zu machen. Das Gesinde wärmte sich in der Küche beim Herdfeuer auf, denn in seinen Kammern bildete sich selbst an den Wänden Eis, vor allem wenn der Nordwind blies. Das Wasser im Wasserkrug gefror jeweils während der Nacht, doch zum gründlichen Waschen hatte sowieso niemand Lust, man fuhr sich höchstens schnell über das Gesicht. Auch das Waschen der Kleider verschob man in die wärmere Jahreszeit.

Marie hatte trotzdem täglich am Brunnen Wasser zu holen. Weil der ganze Trog von einer dicken Eisschicht bedeckt war, rann nun das Wasser über den Rand auf den Boden, wo es sofort gefror und eine spiegelglatte Eisfläche bildete. Während Marie auf der Eisfläche balancierte, füllte sich der Eimer langsam. Sie beobachtete lächelnd, wie eine Katze durch den kalten Schnee lief und vorsichtig eine Pfote vor die andere setzte. Sie folgte dem Weg, den die Leute getreten hatten. Plötzlich übersprang sie geschmeidig den Schneewall am Strassenrand und verschwand blitzschnell in der nächstgelegenen Toreinfahrt. Fast genauso rasch lief danach auch Marie mit ihrem Wassereimer wieder ins Haus, denn ihre Kleider boten wenig Schutz gegen die Kälte. Wärmenden Pelz zu tragen, war nur den vornehmen Bürgern gestattet.

«Ich bewundere die Nonnen und Mönche, welche trotz der Kälte alle drei Stunden in der eiskalten Kirche beten; stellt Euch vor, alle drei Stunden mit klammen Händen beten und auf dem steinigen Boden knien!», äusserte sich die Magd Marie der Köchin gegenüber. Sie suchte offensichtlich das Gespräch, um noch etwas länger in der warmen Küche verweilen zu können.

«Und du kommst alle drei Stunden in die Küche», erwiderte die Köchin spöttisch. Marie ging nicht darauf ein. Sie warf einen Blick auf den kleinen Werner, der bei der Köchin sass, senkte ihre Stimme etwas und fragte:

«Mich nimmt wunder, ob dieser Johannes, der Chorherr von unserer Martha, immer noch im Petersstift weilt.»

«Wer eilt ins Petersstift?», fragte die Köchin und hielt die Hand ans Ohr. «Kannst du nicht etwas deutlicher reden?» Doch da trat Anna Offenburg hinzu und bedachte Marie mit einem vorwurfsvollen Blick.

«Hier wird nicht geschwatzt, es gibt noch einiges zu tun. Mein Mann wird heute wohl zurückkommen von seiner Reise nach Strassburg.» Marie war blitzschnell verschwunden. Anna wandte sich an die Köchin:

«Ich möchte etwas Besonderes auftischen, zur Feier des Tages.» Die Köchin wischte sich die Hände an der Schürze ab und schaute prüfend an die Decke, wo alle

Vorräte aufgehängt waren, um sie vor den Mäusen zu schützen.

«Ich schlage eine Hühnersuppe vor. Eine ‹Meertrübelsuppe›, wie sie der Herr besonders liebt, kann ich leider nicht zubereiten, denn wir haben keine Rosinen mehr. Danach vielleicht eine Pastete … und wie wäre es mit einem süssen Hirsebrei zum Abschluss?»

«Oh ja, Hirsebrei mit Honig», rief der kleine Werner begeistert. Er äusserte sich selten spontan, er war ein sehr stiller Knabe. Anna strich ihm liebevoll über den Kopf.

«Für dich ist es ja ebenfalls ein Fest, dass Grossvater und unser Pferdeknecht Franz heimkommen, damit du endlich wieder im Stall verweilen kannst, nicht wahr? Und morgen werden sie sicher noch mit dir zum Rhein reiten. Der Fluss ist ganz zugefroren, sodass man zu Fuss übers Eis ans andere Ufer gelangen kann.» Werner blickte sie mit seinen grossen, braunen Augen erstaunt an.

«Ohne Brücke von einem Ufer zum andern, alles auf dem Eis, das hast du bestimmt noch nie gesehen.» Anna wandte sich wieder an die Köchin. «Es ist wirklich ein eigenartiges Gefühl, auf dem zugefrorenen Rhein hin- und herzuspazieren. Doch ich wäre glücklich, wenn es endlich etwas wärmer würde, diese andauernde Kälte ist schrecklich. Sie durchdringt einfach alles. Ich friere ununterbrochen und huste nachts, dass ich kaum schlafen kann.»

«Ja, der Winter ist eine schreckliche Jahreszeit. Nur ich habe es nicht schlecht hier in meiner warmen Küche», antwortete die Köchin zufrieden und begann mit ihren kräftigen Händen am Herd zu hantieren, um die Glut anzufachen. Das Feuer wollte nicht recht brennen, es qualmte, und die Augen begannen zu tränen. Werner hustete und blickte die Köchin vorwurfsvoll an.

«Es wird gleich besser werden», versprach die Köchin und blies in die Glut, damit die Flammen endlich zu lodern begannen. «Werner, hol noch etwas Holz draussen im Hof, ich habe nicht mehr genug.» Der Knabe stand bereitwillig auf, er freute sich, einen Auftrag zu erhalten, bei dem üblicherweise ein starker Mann gefragt war.

Es wurde früh dunkel um diese Jahreszeit. Endlich hörte Anna Pferdegetrampel und machte sich auf den Weg, um ihren Ehemann willkommen zu heissen. Ihr Gesicht leuchtete erwartungsvoll.

«Schön, dass Ihr wieder da seid. Ging alles nach Wunsch, trotz der Kälte?» Henman nickte und übergab sein Pferd dem Pferdeknecht.

«Doch, soweit schon. Nur scheint es, dass ich bald nach Parma reisen muss. Es hat sich gerade gezeigt, dass ich nochmals mit König Sigismund zu reden habe.»

«Schon wieder verreisen? Aber Ihr seid ja noch gar nicht richtig zurück!»

«Ja, so geht es bei Verhandlungen zu und her. Der König ist auf dem Weg zur Kaiserkrönung in Rom.»

«Dann müsst Ihr ja über die Alpen! Ist das denn möglich bei diesem Wetter?»

«Nun, bis es losgeht, wird es bald Frühling sein», tröstete Henman und lächelte zuversichtlich. Trotz der langen Reise fühlte er sich keineswegs abgespannt oder müde. Seine Wangen waren rot vor lauter Kälte und seine Augen leuchteten. Während Anna ihm seinen schwarzen, pelzbesetzten Mantel abnahm, lächelte er ihr zu, denn er erriet ihre Gedanken. Er wusste, dass sie nicht so viele Wochen im Jahr allein sein wollte. Er strich ihr eine Haarsträhne aus dem Gesicht und sagte herzlich:

«Nun bin ich erst einmal hier, nicht wahr? Ich versichere Euch, es kommen auch wieder ruhigere Zeiten.» Annas Mund umspielte ein feines, ironisches Lächeln. Henman bemerkte es und musste zugeben, ruhige Zeiten würde sie mit ihm wohl kaum erleben. Doch Anna antwortete nur leise:

«Die Köchin hat Euch etwas bereitgestellt, Marie wird es in die warme Stube bringen.»

Wie immer während der langen dunklen Abende sassen die Dienstboten rund um das Feuer in der verrauchten Küche. Auf dem kalten Fussboden hatte die Köchin Stroh ausgebreitet. Die einzige Lichtquelle bildeten die Flammen, welche aus dem offenen Feuerloch leuchteten und deren Schein unheimliche Schatten an die Wände warf. Während alle um das knisternde Feuer sassen und der Pferdeknecht Franz in seinen Zähnen stocherte, erzählten sie sich unheimliche Geschichten. Es wimmelte nur so von Feen und Riesen, guten und bösen Geistern. Als die Köchin gerade eine dunkle Begebenheit wortreich ausschmückte, raschelte es plötzlich hinter der Truhe. Alle blickten erschrocken hin, der Magd Marie entfuhr ein kleiner, unterdrückter Schrei. Da erschien eine Maus auf der Querleiste, die die Wand entlang führte, blickte mit ihren kleinen, schwarzen Kugelaugen ängstlich auf die Menschen im Lichtschein des Feuers und verschwand sofort wieder. Sie war wohl der Wärme und dem Essensgeruch gefolgt. Alle lachten erleichtert.

«Brotkorb und Speck hängen zu hoch, die kriegst du nicht», spottete die Köchin und blickte zur Decke. Dort hing der Korb mit dem Brot an einem eisernen Ring, dazu weitere Vorräte, die für Mäuse unerreichbar aufbewahrt werden mussten. Franz gähnte herzhaft.

«Wollt Ihr sofort die Hand vor den Mund nehmen», fuhr ihn die Köchin an, «es ist doch allgemein bekannt, dass die Dämonen durch den Mund eindringen. Wenn Ihr den Mund so aufreisst, haben sie alle Möglichkeit, in Euern Körper hineinzuschlüpfen.» Franz blickte sich verstört um und presste seine Lippen aufeinander.

«Ich gehe jetzt schlafen, über dem Pferdestall ist es auch ziemlich warm», entgegnete er mit schmalem Mund.

Für Marie und die neue Magd Lisa war der Weg bis zur Kammer unter dem Dach nach solch unheimlichen Gesprächen eine regelrechte Mutprobe, trotz dem Lichtstock in der Hand. Sie waren froh, zu zweit über die dunkle Wendeltreppe hinaufsteigen zu können, und kicherten ununterbrochen. Das karge Licht warf lange, unheimliche Schatten auf die Wand. Rasch legten sie sich auf ihren Strohsack, bliesen das Licht aus und zogen die Decke über den Kopf. Marie wusste, die bange Dunkelheit war voller Geister. Sie horchte ängstlich auf jedes Knistern und Knacken. In der schwarzen Nacht, in der jedes Licht fehlte und menschliches Wirken kaum mehr möglich war, konnte man die Teufel flüstern hören, wenn der Wind durch die Ritzen blies. Marie hielt Gredas Amulett fest in ihren eiskalten Händen, froh und dankbar für diesen Schutz.

7. Kapitel

Mitte März machte sich Henman Offenburg zusammen mit einem Gesandten der Stadt Strassburg und einigen Dienern auf den Weg nach Parma. Es war etwas wärmer und heller geworden und die Luft war ganz klar. Ein besonderer Glanz lag auf dem Wasser der Birs, als sie über die Brücke ritten. Henman blickte mit Stolz auf das neu erstellte Bauwerk. Gleichzeitig dachte er befriedigt daran, dass nun auch eine Brücke über den Fluss Wiese führte, dank seiner Verhandlungskunst. Er fühlte sich frisch, atmete tief ein und ritt frohgemut voran. Er liebte das Reisen auf dem Rücken seines Pferdes, nichts als Weite und Himmel! Er schob seinen Hut etwas nach hinten und beobachtete vergnügt, wie die Bauern dabei waren, die Felder zu bearbeiten. In ihren kurzen, groben Leibröcken, die meist mit einem Gürtel zusammengehalten wurden und nur bis zu den Knien reichten, konnten sie ihre Feldarbeit unbehindert angehen. Einige Krähen hockten auf den gepflügten Feldern. Es roch nach frischer Erde. Bald würden die Landleute Dinkel, Hafer und Gerste anpflanzen, später dann noch Linsen, Erbsen und Bohnen. Henman bemerkte auch einzelne Felder, auf denen bereits der Roggen zu spriessen begann. Irgendwo sang eine Amsel in einer Hecke.

Er war sehr gespannt darauf, was er in Italien vorfinden würde. Er freute sich auf die grossartigen Paläste und weiten Plätze, aber auch auf den ausgezeichneten Wein. Der Weg über die Alpen verlangte allerdings Durchhaltevermögen und seine ganze Aufmerksamkeit. Es lag noch sehr viel Schnee. Trotzdem kamen sie rasch vorwärts, schneller, als Henman Offenburg es sich vorgestellt hatte. Es hing wohl damit zusammen, dass sie nur eine kleine Reitergruppe waren. Nachdem sie den Arlberg und Brenner passiert hatten, beobachtete Henman, wie sich das Licht veränderte und es langsam wärmer wurde, je weiter sie gegen Süden vorankamen. Die Wege waren nun oft verschlammt, das Vorwärtskommen war immer noch mühsam. Ein feiner blauer Himmel und ein leiser warmer Wind begleiteten sie.

«Mit dem Übernachten gibt es keine Probleme», meldete sein Pferdeknecht Franz, «in dieser Jahreszeit sind wenig Reisende unterwegs.» Meist bestand die Unterkunft aus einem Gästehaus mit Brunnen im Hof, mehreren Stallungen und Lagerschuppen, manche waren sogar noch mit Schlachthaus und Brauhaus versehen. Es war spürbar, dass man auf dieser Strecke mit Reisenden viel Erfahrung hatte.

«Heute Nacht müssen wir uns im Notfall in der Finsternis und ganz ohne Licht in den Hof tasten. Den Komfort eines Nachttopfes in der Kammer kann sich leider nicht jedes Haus leisten», fügte Franz hinzu und fuhr mit der Hand über seine laufende Nase.

«Ich glaube, es ist auch besser, nicht zu wissen, wann das letzte Mal die Bettwäsche gewechselt wurde», antwortete Henman und musterte skeptisch die Bettstatt, «hoffen wir, dass dafür das Essen gut ist.»

«Wir müssen uns wenigstens nicht mit Ungeziefer herumplagen, dafür ist es wohl noch zu kalt.»

Unterwegs fielen ihnen bald die vielen imposanten Burgen und Festungen auf, die Gegend schien übersät damit. Zu deren Füssen lagen kleine und grössere Kirchen und Kapellen mit bescheidenen Häusern darum herum gruppiert. Sie trafen auch vermehrt auf Maultiere und Maulesel, die mit Sack und Pack beladen dahertrotteten, sowie auf zahlreiche Schaf- und Ziegenherden. Schliesslich erreichten sie Verona und ritten über die imposante, dreibogige Brücke, die Ponte Scaligero, welche den reissenden Fluss Etsch überquerte. Henman weilte gerne in dieser Stadt mit ihren grossartigen Palazzi, zudem bewunderte er die römischen Bauwerke. Er wäre gerne noch länger verweilt, aber sie mussten weiter. In den folgenden Tagen reisten sie durch die fruchtbare Ebene mit dem breiten, träge dahinfliessenden Fluss Po, der deutlich das Leben der Leute prägte. Sein Wasser spiegelte den glänzend blauen Himmel wider, an welchem nun einige kleine Wölkchen dahinsegelten. Henman scheuchte ein ganzes Rudel Kiebitze auf, als der Pfad in die Nähe des Flusses führte, und beobachtete Fischreiher und bunt gefiederte Enten.

Schon nach zwei Wochen langten sie in Parma an.

Der Platz um den alten Dom mit dem Glockenturm gefiel Henman sehr. Auch das achteckige Baptisterium aus rosa Marmor, das zusammen mit dem Bischofspalast ein prachtvolles Ensemble bildete, studierte er mit Wohlgefallen. Das Innere des Baptisteriums, dessen Kuppel durch Marmorrippen in Felder aufgeteilt und mit wunderbaren Fresken reich ausgestaltet war, liess ihn staunend und tief beeindruckt stille werden. Die Geschichten der Bibel in Bildern – was für ein Reichtum!

Auch der Raum, in welchem ihn König Sigismund empfing, war mit kostbaren Gemälden geschmückt. Offenburg betrachtete sie mit Staunen. Die ihm unbekannte Art der Malerei mit neuen räumlichen Wegen faszinierte ihn ungemein. Als der König eintrat, wandte sich Henman rasch von den Bildern ab, zog seinen Hut und verneigte sich. König Sigismund begrüsste ihn herzlich und kam gleich auf das gemeinsame Problem zu sprechen. Die Nachricht von der päpstlichen Bulle, welche die Auflösung des Konzils befahl, hatte ihn natürlich längst erreicht.

«Die Bulle soll uns nicht schrecken. Ich lasse mich dadurch sicher nicht beirren und setze meinen Weg weiter fort», erklärte er Offenburg, während er langsam zu einem Faltstuhl schritt, «ich bin entschlossen, meine Kaiserkrone durch den Papst aufgesetzt zu bekommen.»

«Gleichzeitig wäre es wünschenswert, wenn Ihre Majestät auch die Einwilligung zum Fortbestehen des

Konzils in Basel erhalten könnten», tastete sich Henman vorsichtig zu seinem Hauptanliegen vor.

«Das versteht sich von selbst, das Problem mit den Hussiten muss endlich gelöst werden, damit wieder Friede einkehrt in mein Reich. Dazu brauche ich das Konzil. Die Versammlung von Konstanz hat Johannes Hus auf dem Scheiterhaufen verbrannt, aber es hat nichts gebracht. Im Gegenteil, die Proteste wurden noch heftiger. Ich habe gegen die Hussiten mehrere Kreuzzüge geführt, doch in allen fünf Kriegen wurden wir vernichtend geschlagen. Beim letzten war sogar Kardinal Cesarini mit dabei, der Präsident des Basler Konzils.»

«Ich darf Eurer Majestät versichern, die Konzilsväter haben sich die Lösung der Hussitenfrage zur Aufgabe gemacht. Eine Einladung an die Hussiten ist bereits erfolgt, damit sie eine Delegation nach Basel schicken. Und ich werde mich bemühen, die Konzilsväter zum Weitermachen zu überreden, trotz dem päpstlichen Verbot. Solange wir mit Ihrer Unterstützung rechnen können, wird es mir sicher gelingen, Majestät.»

«Seid gewiss, ich werde die Krone nur annehmen, wenn mir der Papst zusichert, das Konzil wieder anzuerkennen.»

«Die Konzilsväter in Basel sind recht beunruhigt. Die angestrebten Reformen betreffen natürlich auch die Kurie. Deshalb ist man in Rom auf das Konzil nicht gut zu sprechen und versucht, es zu blockieren.»

«Ich gebe Euch einen entsprechenden Brief an die Versammlung mit, damit sie meine Absichten klar ersehen. Und sobald die Krönung vollzogen ist, werde ich mich auf den Weg nach Basel machen, um das Konzil zu unterstützen», versicherte ihm der König.

Mit dem königlichen Schreiben in der Tasche ritt Henman wieder nach Basel zurück. Schliesslich konnte er vor den versammelten Konzilsteilnehmern ausführlich über den Willen des Kaisers berichten:

«König Sigismund hofft, bald in Rom anzukommen. Der König lässt Sie alle ermahnen, standhaft die Konzilsgeschäfte weiterzuführen und insbesondere das Hussitenproblem anzugehen. Seine Majestät versicherte mir, dass er zu Ihnen halten wird bis in den Tod.» Henman Offenburgs Rede und die Worte des Königs überzeugten. Somit nahm das Konzil, trotz dem päpstlichen Verbot, seinen Fortgang.

Franz, der Pferdeknecht der Familie Offenburg, trat in seiner bedächtigen Art in die Küche und blieb etwas verlegen stehen. Die Köchin sah ihn erstaunt an, denn es war nicht Essenszeit, sondern mitten am Vormittag. Sie knetete gerade mit blossen Unterarmen und den Händen einen Teig, liess sich dabei auch nicht unterbrechen, sondern fragte etwas ungehalten:

«Ihr seid nicht bei den Pferden? Was treibt Euch denn so früh in meine Küche?» Franz kratzte sich verlegen am Kopf.

«Nun, wie soll ich es Euch beibringen? Ich ging gestern am Kohlenberg vorbei und habe, ob Ihr es glaubt oder nicht, unsere Martha gesehen.» Die Köchin unterbrach das Kneten und starrte ihn an. Ihr Gesicht wurde noch röter, als es ohnehin schon von der Anstrengung der Arbeit war.

«Ihr wisst, ich höre nicht gut. Ihr habt wen gesehen?» Franz hob seine Stimme.

«Martha. Sie lebt. Sie hat mich sogar angesprochen und gelacht.»

«Gelacht? Martha?» Die Köchin schluckte und schwieg. Ihre Gedanken flogen wild durcheinander. Sie hatte Mühe, Klarheit zu gewinnen. «Dann war die Leiche der schwangeren Frau, die man damals gefunden hat, gar nicht Martha?»

«Offensichtlich nicht. Sie lachte, als ich ihr davon berichtete.» Die Köchin schüttelte ungläubig den Kopf.

«So, sie lachte. Aber – wo war sie dann?»

«Sie sei spontan mit ein paar Pilgern rheinabwärts gezogen, geflüchtet vor dem Spott der Leute. Sie habe sich verköstigen lassen, wie das üblich ist. Die Pilger werden ja kostenlos von den Leuten mit Essen versorgt.»

«Und das Kind? Sie war doch schwanger.»

«Als es so weit war, hat sie es vor eine Klosterpforte gelegt und ist fortgegangen.»

«Den Balg vor die Pforte gelegt und fortgegangen …», die Köchin schüttelte ungläubig den Kopf, «… ich kann es nicht fassen. Dieses geschändete, verlogene Weib! Bei uns würde sie dafür erträнkt.»

«Man muss wohl froh sein, dass sie das Kind nicht getötet hat, wie es bei anderen unerwünschten Neugeborenen manchmal gehandhabt wird.» Die Köchin begann wieder kräftig den Teig zu kneten, wütend und entsetzt. Wie sehr hatte sie sich schuldig gefühlt. Und nun lebte Martha.

«Ich hätte es wissen müssen, dass sie sich nichts antut. Sie nahm schon damals alles auf die leichte Schulter», ereiferte sie sich, «und ich habe mir solche Vorwürfe gemacht!» Franz zögerte wieder, schliesslich gab er sich einen Ruck.

«Das ist noch nicht alles. Das leichtfertige Weib ist … ist eine Hure geworden. Ihr wisst, umherziehende Dirnen können für kurze Zeit am Kohlenberg unterkommen, dort, wo die Aussenseiter leben, der Henker, die Folterknechte und Totengräber. Dort ist sie, zusammen mit den verwahrlosten Bettlern, Gaunern, Fahrenden und anderen Dirnen.» Die Köchin starrte ihn an.

«Unsere Martha eine liederliche Hure? Das kann nicht sein! Sie hätte doch wieder als Dienstmagd arbeiten können, wenn sie das Kind nicht mehr hatte.»

«Ja, das habe ich auch gesagt. Aber dazu hätte sie wieder zurückkommen müssen, alle ihre persönlichen Sachen lagen ja hier. So war sie ein Niemand und hätte nirgends eine Stelle bekommen. Im Übrigen, meinte sie, verdiene sie als Dirne mehr Geld und müsse auch nicht so schwer arbeiten.»

«Bah, nicht so schwer arbeiten! So weit musste es kommen: unsere Martha eine Dirne – ich kann es nicht fassen.»

«Es ist kein schönes Leben, was Martha vor sich hat.»

«Ganz gewiss nicht. Nirgends zu Hause, stets unterwegs und immer mit den Mannspersonen …», die Köchin stockte und räusperte sich, «wenn nur der zehnte Teil wahr ist, so ist es schon zu viel des Bösen. Wie sieht sie denn aus?»

«Nun, wie eine Hure eben aussieht in ihrem gelben Gewand. Für Martha scheint alles einfach zu sein, sie blickte mich herausfordernd an, bis sie bemerkte, wer vor ihr stand.»

«Vorläufig ist sie jung. Der Herr stehe ihr bei, wenn sie älter oder krank wird. Ich darf gar nicht daran denken. Da werden noch die Mäuse im Brotkorb verhungern.»

«Martha lebt in den Tag hinein und nimmt es, wie es kommt. Das war schon früher so, stets leichtsinnig und verführbar. Ich sagte schon immer: Der Teufel frisst mit ihr zusammen Suppe. Lügen und Hurerei sind gern beieinander.»

Die Miene von Franz drückte deutlich Missfallen aus. Dann drehte er sich abrupt um, stolperte aus der Küche und verdrückte sich in den Stall. Die Köchin knetete weiter kraftvoll den Teig, ihre Gedanken kreisten um das eben Gehörte. Als Marie aufgeregt hereinkam, wusste sie sofort, warum.

«Ich sehe, du hast schon gehört, dass Martha lebt.»

«Es ist also wahr!», rief Marie schrill und ihre Wangen röteten sich vor Aufregung. «Man hat es mir gerade am Brunnen berichtet, aber ich glaubte es nicht, wollte es nicht glauben.»

«Franz hat mit Martha gesprochen, sie ist es wirklich und wahrhaftig.»

«Und sie ist eine Hure!», flüsterte Marie und musste sich setzen. «Ich möchte nicht in ihrer Haut stecken. Der Teufel hat sie verführt.» Die Köchin nickte bedrückt und begann den Teig zu formen. Marie blickte sie unsicher und verstört an.

«Wie wird das nur enden?» Die Köchin zuckte vielsagend mit den Schultern und seufzte.

«Glaub mir, es kann nur böse enden. Dabei wurde sie von ehrlichen, redlichen Eltern geboren. Und nun ist sie durch und durch verdorben. Keine weibliche Scham, keine Zucht, Ehrbarkeit und Tugend – sie wird im Elend sterben.»

Von Ferne hörte man das Grollen eines nahenden Gewitters. Marie und die Köchin blickten sich beunruhigt an. Unwetter war Teufelswerk! Dann sah man die Dämonen am Himmel entlang tollen und durch die Wolken toben, und dazu erst noch feuerspeiende Luftdrachen. Es passte zu dem, was sie eben erfahren hatten.

«Ich sehe Marthas Höllenqualen schon vor mir, die Teufel, die ewige Pein, das Grauen», flüsterte Marie entsetzt. Doch da trat Anna Offenburg mit einem Arm voll Hemden in die Küche und blickte streng.

«Hier wird nicht getratscht, auch wenn es noch so viel zu berichten gibt. Man soll gewisse Dinge nicht zu ergründen suchen. Es ist eine traurige Neuigkeit, aber nun wird weitergearbeitet. Ein Gewitter naht. Habt Ihr alle Nachttöpfe geleert? Sonst müsst Ihr im Regen durch den Hof. Und diese Hemden hier sind in der Truhe zu versorgen. Liegt auch nichts in der Nähe der Fenster, das nass werden könnte?»

Die Luft war bissig kalt an diesem Januartag des Jahres 1433, denn es wehte ein eisiger Wind. Es roch nach Schnee, aber der Himmel hatte sich aufgehellt. Nur am Horizont lag eine graue Wolkenbank, die sich langsam näher schob. Trotz der Kälte stand die Basler Bevölkerung auf der Rheinbrücke, dicht gedrängt Kopf an Kopf, und starrte flussaufwärts. Wie ein Lauffeuer hatte sich die Nachricht in der Stadt verbreitet: Die Abgesandten der Hussiten kommen!

Es war ein eindrückliches Schauspiel, wie die Boote mit einer Besatzung von rund dreihundert Männern eines nach dem andern am Kleinbasler Rheinufer anlegten. Die Hussiten sangen kraftvolle Hymnen, die Chöre hallten über den Rhein und stiegen zum Münster empor, verloren sich dann aber in der Luft. Die Volksmenge bestaunte die vielen Ankömmlinge, welche nun über die Brücke nach Grossbasel schritten. Bald ging ein Raunen durch die Menge:

«Dort ist Prokop der Kahle!»

«Ist das nun der gefürchtete Kämpfer?»

«Ja, Prokop der Grosse nennt man ihn auch. Ein Feldherr mit vielen Siegen.»

«Aber auch Verteidiger einer radikalen Glaubenslehre, eigentlich ein Ketzer.»

«Weshalb denn?»

«Ich weiss nur, sie wollen, dass die Laien beim Abendmahl auch den Kelch erhalten, und dass sie gegen den Ablasshandel sind.»

«Die Stellung des Papstes passt ihnen auch nicht, so viel ich gehört habe.»

«Ich habe sie mir alle viel wilder vorgestellt.»

«Es sind Christen wie wir, doch schaut ihre Augen an. Sie strahlen eine Unbeugsamkeit aus, wie man sie bei Fanatikern oft sieht.»

«Mir macht es Eindruck, dass sie für ihre Sache einstehen.»

Während die Leute untereinander diskutierten, schoben sie sich hinter den Abgesandten her. Einige Hunde folgten ihnen, neugierig, was da vor sich ging. Im Gegensatz zu den Kardinälen hatte man für die Hussiten einfache, puritanische Wohnorte ausgewählt, wie es ihrer Gesinnung entsprach. Die Gasthöfe waren rasch belegt mit den vielen Personen, und das neugierige Volk verlief sich in den Gassen.

Der Erzbischof von Mailand, Bartolomeo Capra, hatte die Landung von der Pfalz aus mitverfolgt. Der Anblick der singenden Männer löste bei ihm gemischte Gefühle aus. Er hatte damals in Konstanz Johannes Hus zum Scheiterhaufen begleitet. Er erinnerte sich noch gut daran. Doch die Verbrennung des Anführers änderte leider nichts. Die hartnäckige Entschlossenheit der Hussiten irritierte ihn. Ob sich diesmal eine Lösung des Konflikts abzeichnen würde? Er bezweifelte es. Die Lehre der Kirche musste fest verankert bleiben, davon war Capra überzeugt. Er war strikt gegen alle Reformpläne. Er beobachtete geistesabwesend ein paar Enten am Rheinufer, die ihren Schnabel unter die Flügel geschoben hatten. Als er an die Forderungen der Hussiten dachte, schüttelte er entsetzt den Kopf. «Zweifel an der Autorität des Papstes, den Ablass abschaffen und den Laien den Kelch reichen! Das widerspricht der kirchlichen Lehre. Es sind und bleiben Ketzer, auch wenn sie Hymnen singen», brummte er und wandte sich angewidert ab. Mit gesenktem Kopf, gebeugtem Rücken und schlurfenden Schritten lief er langsam zurück zum Münsterplatz. Er würde ganz sicher nicht nachgeben und schweigen, nicht solange er Erzbischof von Mailand war. In seinen Augen lag eine Mischung aus Zorn und Entschlossenheit: Die Lehre der Heiligen Mutter Kirche musste gegen alle Widerstände verteidigt werden.

Im Februar erkannte Papst Eugen das Basler Konzil an, allerdings nicht rückwirkend. Der Krönung König Sigismunds zum Kaiser stand demnach nichts mehr im Wege. Doch den Konzilsvätern in Basel genügte die päpstliche Anerkennung keineswegs, schliesslich hatte das Konzil nicht erst jetzt begonnen, es tagte schon bald zwei Jahre. Die Beschlüsse während dieser Zeit, da waren sich alle Konzilsteilnehmer einig, musste der Papst auch noch anerkennen.

«Wir müssen Kaiser Sigismund überreden, möglichst rasch nach Basel zu kommen, damit die Konzilsväter keine weiteren Schritte gegen den Papst beschliessen», äusserte sich der Bürgermeister an der Ratssitzung und blickte herausfordernd in die Runde. «Wir sollten mit allen Mitteln versuchen, das Konzil zu unterstützen. Es bringt enorm viel für unsere Stadt.»

«Ja, die unzähligen Leute aus aller Herren Länder essen und trinken, brauchen Wohnraum und beleben die Stadt. Dazu kommen die vielen zusätzlichen Händler, die Goldschmiede, Maler und Wechsler sowie die ungeahnte Prachtentfaltung beim Einzug der hohen geistlichen Herren. Alle verdienen daran, dass es eine Freude ist. Es kommt mir vor, als ob jeden Tag Kirchweih wäre.»

«Richtig. Lasst uns sofort eine Delegation nach Rom entsenden, damit der Kaiser rasch nach Basel kommt», warf Konrad zum Haupt mit seiner hellen Stimme ein und rieb sich die Hände, denn in der Ratsstube war es recht kalt. Der Bürgermeister nickte ihm dankbar zu und wandte sich zu Henman Offenburg.

«Wir brauchen nicht lange zu beraten. Natürlich seid Ihr, Offenburg, der Geeignete dafür. Ihr seid sein langjähriger Vertrauter. Ihr könnt sicher viel erreichen, und abgesehen davon verhandelt Ihr auch schon lange mit den Konzilsvätern, um sie in Basel zu halten.» Henman stand mit ernster Miene auf.

«Gut, meine Herren. Ich werde Ihrer Bitte Folge leisten und mich wieder einmal im Auftrag meiner Stadt auf den Weg machen. Ich bin zuversichtlich, den Kaiser dazu bewegen zu können, rasch nach Basel zu kommen. Er wird die Dringlichkeit sicher einsehen.»

«Nach Rom!» Anna schüttelte den Kopf. «Immer, wenn Schwierigkeiten auftauchen, die unlösbar scheinen, schickt man Euch. Und gleich bis nach Rom! Ihr seid schon bald vierundfünfzig Jahre alt. Wäre das nicht eher eine Aufgabe für einen Jüngeren?» Henman hörte es nicht gerne.

«Ach, macht Euch keine Gedanken. Bis ich loskomme, ist es Sommer, da ist ein Ritt nach Rom angenehm. In dieser Jahreszeit bricht der Tag früh an und das Wetter ist trocken. Ich muss höchstens mit einem Gewitter rechnen. Beim letzten Mal war es März, als ich nach Parma reiste, damals lag noch viel Schnee, da mussten wir einige Bäche durchwaten und die Wege waren verschlammt. Und ausserdem ist Franz auch mit dabei.»

«Ihr könntet einen Wagen nehmen …», bemerkte Anna zögernd. Henman lachte spöttisch auf.

«Mit dem Wagen zu reisen, ist unmännlich! Damit reisen nur Alte und Kranke.» Anna schwieg. Er wusste, dass sie sich fügen und nichts weiter dazu sagen würde. Nur für die Kleidung und das Gepäck musste sie sorgen sowie etwas Wegzehrung für den ersten Tag, Brot, Käse und ein paar Nüsse.

«Wie lange werdet Ihr unterwegs sein?»

«Nun, ich rechne mit etwa zwei Monaten.»

«Und Ihr werdet den Kaiser und den Papst sprechen?», fragte sie ehrfürchtig. «Mir scheint es ungeheuerlich, dass Ihr mit den Höchsten der Welt in Kontakt seid.»

«Wenn alles so kommt, wie es geplant ist, dann werde ich mit beiden reden», nickte Henman schmunzelnd. Anna blickte ihn mit ihren braunen Augen staunend an. In was für einer Welt er sich zu behaupten wusste! Henman lächelte, es war ein schönes Gefühl, von ihr bewundert zu werden.

8. Kapitel

Anfang August, in der glühenden Hitze eines südlichen Sommertages, erreichte der Reitertrupp Rom. Der Himmel war wolkenlos, die Stadt brütete im Dunst des heissen Sonnenscheins und über den Dächern flirrte die Luft. Henman Offenburg blickte bewundernd auf die Bauten, die sich seinen Augen darboten. Rom mit eigenen Augen zu sehen, die mit Vegetation überwucherten antiken Bauwerke und Säulen, zwischen denen Büsche und Efeupflanzen sich breit gemacht hatten, die dunklen Zypressen in den Gärten, welche einen wirkungsvollen Gegensatz zu den gelben Ginsterbüschen bildeten, den langsam dahinziehenden Tiber, an dessen Ufer schwirrende Libellen ihre Kreise zogen, die Engelsburg oder gar den Hügel des Vatikans zu betrachten – alles war einzigartig und faszinierend. Doch Hitze, Staub und Müdigkeit lasteten schwer auf Henman. Die blonden Haare klebten an seinem Kopf. Er wischte mit dem Unterarm den Schweiss von der Stirn und musste sich eingestehen, dass Anna recht gehabt hatte mit ihrer Bemerkung, er sei nicht mehr der Jüngste. Die meisten anderen der Reitergruppe schienen jedenfalls noch frisch und voller Tatendrang.

Er schickte Franz voraus, um die Unterkunft vorzubereiten, für die Verpflegung besorgt zu sein sowie Stall und Hafer für die Pferde bereit zu halten. Während er mit seinem Pferd im Schatten einer Pinie ausruhte und in Betrachtung versunken da stand, zogen auf der Strasse viele Leute an ihm vorüber, Mägde, Handwerker, Reiter, aber auch Bauern auf ihren Ochsenwagen rumpelten vorbei, es herrschte ein ständiges Kommen und Gehen. Die Stimmen der gesprächigen, lebhaft gestikulierenden Italiener erfüllten die Luft, und der schrille Gesang der Zikaden drang an sein Ohr. Das riss ihn aus der Versunkenheit. «Ich bin in Rom», murmelte Henman beglückt und holte tief Atem, «Zikaden gibt es nur im Süden, genauso wie den unvergleichlichen Duft von Ginster und Thymian.»

Die fünfschiffige Basilika mit dem Grab des Heiligen Petrus war das ersehnte Ziel aller Rompilger. Auch Henman begab sich am folgenden Tag als Erstes zur Wallfahrtskirche. Dämmerung umfing ihn, als er eintrat. Er war überwältigt von der Grösse des Kirchenraums und der verwirrenden Vielzahl von Altären und Grabkapellen. Unzählige Kerzen brannten. Es roch intensiv nach Weihrauch. Er übertünchte den Geruch der durchschwitzten Kleider der zahlreichen Pilgerinnen und Pilger. Im Chor wurde eine Messe gelesen. Die vertrauten Worte drangen an sein Ohr: *Sanctus, Sanctus, Sanctus.* Trotz der Müdigkeit spürte Henman die ergreifende Atmosphäre dieses heiligen Ortes und er fiel auf die Knie. Seine Knochen schmerzten vom langen Ritt, aber er nahm es kaum zur Kenntnis. Tief bewegt wurde ihm bewusst, dass er ganz nahe bei den Gebeinen des Apostels Petrus weilte.

Es war eine faszinierende Welt, die sich ihm auftat. Hunderte von Pilgerinnen und Pilgern beteten inbrünstig, viele weinten vor Ergriffenheit. Sie waren monatelang gewandert mit dem Ziel, das Grab des Apostels aufzusuchen und etwas für ihr Seelenheil zu tun, ein Gelübde zu erfüllen, oder auf ein Wunder hoffend. Alles war ausgerichtet auf Gott, den Heiligen Petrus und auf den Papst. Henman fühlte sich klein und unscheinbar. Was wollte er in diesem mächtigen, eingespielten Kirchenstaat überhaupt erreichen? War das nicht ein unmögliches, ja überhebliches Unterfangen? *Dona nobis pacem,* klang es vom Chor her. Es war wie eine Antwort auf seine Frage. Gib uns Frieden – der drohende Bruch zwischen Konzil und Papst musste unbedingt verhindert werden. Henman schlug das Kreuz, erhob sich entschlossen und begab sich zum Ausgang. Er wollte keine Zeit verlieren und sofort den Kaiser treffen, um seine Aufgabe in Angriff zu nehmen.

Kaiser Sigismund empfing ihn leutselig. Er hatte seinen Wohnsitz im römischen Palast des Kardinals Louis d'Aleman, des Erzbischofs von Arles. Es war ein grosses Haus mit vielen Fenstern, ein richtiger Palast und wunderbar kühl. Offenburg überreichte Sigismund die

Briefe, die er als Gesandter mitbekommen hatte. Darunter befand sich auch der Beschluss der Konzilsväter, in welchem stand, dass der Papst das Konzil bis zum 11. September bedingungslos anzuerkennen habe. Sigismunds Miene verdüsterte sich zusehends. Er schüttelte den Kopf und meinte schroff:

«Damit bin ich höchst unzufrieden. Sorgen Sie dafür, dass das Vorgehen eingestellt wird, bis ich nach Basel komme.»

«Man hat es leider bereits an die Münstertüre in Basel angeschlagen, dass der Papst innerhalb der gesetzten Frist reagieren müsse, sonst würde er abgesetzt.» Auf Henmans Gesicht lag ein um Nachsicht bittendes Lächeln.

«Ich verlange die Einstellung dieser Forderung, bis ich in Basel persönlich mit allen reden kann.»

«Es ist der Grund meiner Anwesenheit, Ihre Majestät zu bitten, möglichst umgehend nach Basel zu kommen.»

«Das werde ich auch. Doch dies wird bis zur gesetzten Frist sicher nicht machbar sein. Ich komme hier nicht so rasch los. Aber ich werde bestimmt in Basel erscheinen, denn ich bin mir bewusst, der Konflikt mit den Hussiten lässt sich auf dem Schlachtfeld nicht gewinnen. Ich muss versuchen, ihn mithilfe des Konzils zu lösen.» Henman atmete erleichtert auf, aber nur bis zum nächsten Satz des Kaisers.

«Der Papst hat natürlich auf die Drohung der Konzilsväter reagiert, wie Sie sich denken können. Ich habe für Sie eine Audienz bei ihm in die Wege geleitet. Es ist unumgänglich, ihn zu beschwichtigen. Er will Basel bis ins vierte Geschlecht verdammen, weil die Stadt das Konzil in ihren Mauern beherbergt.»

Offenburg erschrak.

«Majestät, ich werde mein Möglichstes tun, den erzürnten Papst zu beruhigen. Ich habe ihn noch nie persönlich getroffen und hoffe, dass ich die richtigen Worte finden werde.»

«Da bin ich zuversichtlich, Sie finden bestimmt die passenden Worte, das haben Sie schon oft bewiesen. Meiner Meinung nach besitzt Papst Eugen als Politiker mehr Ehrgeiz als Geschick und Erfahrung.»

«Es wäre unverzeihlich, sich darauf zu verlassen.»

«Da habt Ihr gewiss recht. Doch ich verstehe mich unterdessen recht gut mit ihm. Drei Dinge unterscheiden uns allerdings.»

«Drei Dinge?»

«Er schläft bis in den Tag hinein, ich erhebe mich beim Morgengrauen vom Lager, er trinkt Wasser, ich Wein, er flieht schöne Frauen, ich suche sie.» Henman schmunzelte. Doch der Kaiser fuhr fort:

«Abgesehen davon gibt es auch Dinge, worin wir übereinstimmen: Er hat zum Beispiel kranke Hände, ich kranke Füsse.» Offenburg lächelte, denn er wusste über des Kaisers Gichtschmerzen Bescheid. Er schätzte seinen Humor.

«Nach Ihrer Audienz beim Papst, lieber Offenburg,

will ich Sie auf der Engelsbrücke zum Ritter schlagen. Sie haben sich diese Ehrung längst verdient.» Ein Ritterschlag in Rom gehörte zu den höchsten Auszeichnungen. Überrascht verneigte sich Henman tief. Welche Ehre wurde ihm da zuteil!

Zum ersten Mal von Angesicht zu Angesicht mit dem Heiligen Vater zu verhandeln, forderte von Henman Offenburg Mut und Geschick. Der hagere, graue Mann mit dem schmalen Gesicht, den braunen Augen und der langen Nase wirkte in seiner weissen Robe nicht unsympathisch. Henman musterte ihn verstohlen, während er sich ehrerbietig mit einem Kniefall verneigte. Papst Eugen hatte etwas leicht Grossspuriges an sich, was aber seiner Stellung durchaus angemessen schien. In seinen Augen lag etwas Unergründliches, das Henman nicht so rasch einordnen konnte. War es einfach Misstrauen? Aber gegenüber wem? Der Stadt Basel, die das Konzil beherbergte, oder gegenüber den Konzilsvätern? Oder galt das Misstrauen gar ihm persönlich? Mit wohl überlegten Worten versuchte Henman den Papst zu beschwichtigen und mit klaren Argumentationen zu überzeugen, dass die Stadt Basel nicht für die Entscheidungen des Konzils verantwortlich gemacht werden könne. Es gelang ihm schliesslich, den Papst von den angedrohten Massnahmen gegenüber der Stadt abzubringen. Erleichtert verabschiedete er sich ehrerbietig mit einem Kniefall.

«Was werdet Ihr nun als Nächstes tun?», fragte der Papst interessiert. Seine freundlichen Worte liessen seine Gesichtszüge milder erscheinen.

«Nun, Heiliger Vater, ich begebe mich zuerst in die Basilika, um ein Dankgebet zu sprechen.» Papst Eugen lächelte leise über diese diplomatische Antwort.

Dicke Wolken quollen über dem dunklen Schwarzwald empor, als sich Henman Offenburg zusammen mit Franz dem Pferdeknecht und dem Reitertrupp Anfang September wieder der Stadt Basel näherte. Die ersten Windstösse eines nahenden Gewitters bliesen ihnen ins Gesicht. Henman gab dem Pferd die Sporen, denn er hatte keine Lust, sich zum Abschluss noch einem Unwetter auszusetzen. Die Reise hatte lange genug gedauert. Wann war es gewesen, dass er die Stadt Rom verlassen hatte? Es dünkte ihn vor sehr langer Zeit. Alle Erlebnisse erschienen ihm in seiner Erinnerung unwirklich. Die Audienz beim Papst, die Gespräche mit dem Kaiser, die feierliche Stimmung in der Basilika des Apostels Petrus, der Ritterschlag auf der Engelsbrücke. Er wäre gerne noch länger geblieben, aber er hatte sich beeilt, um möglichst rasch wieder nach Basel zu gelangen. Noch war nichts geregelt, auch wenn im Moment die Zeichen zuversichtlich stimmten.

Vom Rückweg blieben ihm der neue, strahlend weisse Dom von Mailand sowie der Gotthardpass mit dem gefährlichen Abstieg durch die Schöllenenschlucht besonders in Erinnerung. Danach hatte er das saftige Grün auf der Nordseite der Alpenkette betrachtet und gleichzeitig an die gelben Stoppelfelder in der Po-Ebene gedacht, die blühenden Ginsterbüsche, den Duft von Lavendel und Thymian – hatte er das alles erlebt oder nur geträumt? Das kleine «Agnus Dei», ein ovales, gesegnetes Medaillon aus weissem Bienenwachs, das in seinem Gepäck steckte, bewies, dass er wirklich in Rom gewesen war. Es zeigte auf der einen Seite das Lamm Gottes, auf der anderen Seite Maria. Er hatte es für Anna erworben als Geschenk aus der Ewigen Stadt. Er hoffte sehr, ihr damit eine Freude zu machen.

Gerade als die ersten Regentropfen fielen, erreichte er den Pfaffenhof. «Geschafft», dachte er, tätschelte den Hals des Pferdes, das ihn den weiten Weg treu getragen hatte, stieg müde und etwas steif in den Beinen ab und führte es in den Hof. Er blieb einen Moment stehen, atmete die weiche Luft der ersten Regentropfen ein und blickte zum dunklen, fast schwarzen Himmel empor.

«Schön, wieder zu Hause zu sein, Franz, nicht wahr?», verabschiedete er seinen Stallburschen und übergab ihm sein Pferd.

«Dem Herrn sei Lob und Dank, Ihr seid zurück!», rief Anna von der Tür des Hauses her und eilte ihm entgegen.

Schmutzig und mit durchlöcherten Schuhen stand Greda vor einer Scheune, die sie als Unterkunft während der kühlen Herbsttage gefunden hatte. Sie rührte geistesabwesend in ihrem Kochtopf. Er war schwarz von Russ, und der Rand wies längst eingetrocknete Spuren von Essensresten auf. Die Risse in ihren Händen schmerzten. Doch sie bemerkte es kaum, denn eben hatte sie erfahren, dass die Kolerin gefangen genommen und angeklagt worden sei.

«Stellt Euch vor, ein Hans Buser von Läufelfingen hat unter Eid ausgesagt, die Kolerin sei eine Hexe», berichtete eine stämmige Bäuerin aufgeregt. Sie hatte ihr ein wenig Haferbrei vorbeigebracht, um die Neuigkeit erzählen zu können.

«Die Kolerin eine Hexe? Ich hoffe, das ist ein Scherz. Wie kommt er darauf?»

«Buser sagt, er habe sie um Pfingsten herum auf einem Wolf reiten sehen, als er nach Buckten unterwegs gewesen sei, um einen Becher Wein zu trinken. Der Wolf sei vorwärtsgelaufen, die Kolerin aber rückwärts auf ihm gesessen und habe ihn am Schwanz gehalten.»

«Was heisst schon ein Becher Wein?», schrie Greda erbost. «Betrunken ist er wohl gewesen!»

«Er sagt, die Kolerin sei mit dem Wolf mehrmals um einen Baum herum geritten. Er sei darüber so erschrocken, dass er sich zitternd versteckt habe. Dann seien sie zusammen weitergezogen, die Kolerin und der Wolf.» Greda sass in geduckter Haltung vor dem Feuer, eingehüllt in ihren dünnen Mantel. Sie nahm einen abgebrochenen Ast und legte ihn auf die Glut. Die auflodernden Flammen zeigten ein spöttisches, übelwollendes Lächeln auf ihrem Gesicht.

«Einen Wolf kann er ja tatsächlich gesehen haben, es laufen nachts genug hier herum, und gezittert und versteckt hat er sich bestimmt auch, aber alles, ohne die Kolerin zu sehen. Reicht das wirklich aus, um jemanden gefangen zu nehmen?»

«Buser meint ausserdem, dass ein Mönch dort wohne, der auch gesagt habe, da lebe eine Hexe.» Greda sah sie entsetzt an.

«Ein Mönch hat das gesagt? Wisst Ihr, was das bedeutet? Man wird sie zum Tode verurteilen.» Die Bäuerin zuckte zusammen.

«Meint Ihr wirklich?»

«Angehörige der Franziskaner und Dominikaner reden schon lange von einer teuflischen Hexensekte, die man verfolgen müsse. Was denkt Ihr, warum ich ausgewiesen wurde? Ich musste froh sein, nur verbannt zu werden, weil man mir nichts nachweisen konnte. Glaubt mir, ich habe erfahren, was passiert, wenn man verleumdet wird. Die Herren kennen kein Erbarmen. Keiner weiss, was es bedeutet, verbannt zu werden. Keiner überlegt, wovon man dann leben soll. Es ist eine langsame, grausame Vernichtung», brach es aus Greda heraus und ihre Augen blickten hasserfüllt. Ihr Gesicht war vor Erregung ganz rot.

«Als Hexe wird man aber auf dem Scheiterhaufen verbrannt. Das ist noch schlimmer.»

«Natürlich, keine Frage. Ich darf nicht daran denken, was dieser betrunkene Mann alles erfunden hat und was es nach sich zieht.» Irgendwo krähte ein Hahn. Greda hob den Kopf:

«Hört Ihr den Hahn? Das ist ein Zeichen. Hat nicht auch in der Bibel ein Hahn gekräht, als Petrus Christus verleugnete?» Die Bäuerin bekreuzigte sich. Sie strich unsicher mit ihrer rauen Hand über das Gesicht. Fast schien es ihr, als ob auch Greda eine Hexe sein könnte. Wunderlich war dieses Kräuterweib bestimmt. Geschichten der Bibel zu vermischen mit alltäglichen Vorkommnissen, gar mit den Aussagen eines unbescholtenen Dorfbewohners! Sie musste mit dem Priester darüber sprechen. Sichtlich verwirrt verabschiedete sie sich rasch und ging davon. Ihr Hund folgte ihr treulich nach. Greda hingegen blieb mit bitteren Gefühlen am Feuer sitzen. Ihre Gedanken kreisten um das eben Gehörte.

«Die Kolerin eine Hexe!» Sie schüttelte ungläubig den Kopf. Doch plötzlich sah sie die unheimlichen schwarzen Augen vor sich und hörte wieder die heisere Stimme: «Wer es wünscht, dessen Zukunft geschieht nach dem Wirken des Satans …» Waren das Worte einer Hexe? Man konnte alles falsch auslegen, wenn man Böses wollte. Da war ja dieser Basler Oberknecht und Hexenjäger Peter zum Blech, erinnerte sie sich schaudernd. Er würde die Sache auf jeden Fall weitertreiben.

Als sie den dünnen Haferbrei in einen Teller leerte, murmelte Greda wütend: «Während ich eine Wassersuppe fressen muss, sitzt Offenburg bestimmt mit einem achtpfündigen Karpfen am Tisch.» Es war wie ein innerer Zwang, weiterhin an Rache zu denken, zielstrebig und unerbittlich. Allerdings durchfuhr sie ein neuer Gedanke: Hatte sie mit der Gefangennahme der Kolerin nun keine Möglichkeit mehr dazu?

Die Morgenröte kündete einen Wetterwechsel an. Einige schmale Wolkenbänder glühten in unglaublichem Rot, während das Blau des Himmels daneben wässrig und fast durchsichtig erschien. Der Klang der Glocken, die zur morgendlichen Messe riefen, hallte weit über die Stadt.

Henman Offenburg ritt von seinem Haus hinüber zum Münster, um nach dem Gottesdienst mit den Konzilsvätern zu reden. Sie trafen sich alle im Konzilssaal, setzten sich auf die schlichte Holzbank und schauten schweigend und mit ernsten Gesichtern in die Runde. Henman wusste, er musste nun seine ganze Überredungskunst anwenden, um alle zu beruhigen und vor allem hinzuhalten. Ein Blick genügte, um das Misstrauen in den Gesichtern der Geistlichen wahrzunehmen, deutlich spürbar schlug es ihm entgegen. Unruhig rückte er sein eng anliegendes, schwarzes Wams zurecht.

Mit viel Fingerspitzengefühl berichtete er zuerst von seiner Unterredung mit dem Papst. Danach betonte er, dass ihm der Kaiser sein baldiges Erscheinen in Basel zugesichert habe. Nach einigem Hin und Her erklärten sich die Konzilsherren bereit, die Frist für das Einlenken des Papstes um dreissig Tage hinauszuschieben bis zum 11. Oktober. Henman versprach, bis dahin werde Kaiser Sigismund in Basel eintreffen.

«Ich weiss nicht, was der Kaiser dazu sagen wird», äusserte sich Henman nach der Versammlung ziemlich besorgt gegenüber seinem Stiefvater Konrad und fuhr sich sorgenvoll über sein kantiges Kinn, «Sigismund hat mir nie ein bestimmtes Datum seines Erscheinens zugesichert.»

«Du machst Scherze!», rief Konrad überrascht und riss die Augen auf.

«Das sind keine Dinge, über die man scherzt.»

«Willst du damit allen Ernstes behaupten, der Kaiser habe nichts gesagt vom 11. Oktober? Dann hast du deine Kompetenzen deutlich überschritten.» Konrad schüttelte missbilligend seinen runden, kahlen Kopf.

«Ich weiss, aber mir schien diese Notlüge vertretbar. Es war nicht einfach, mit den Konzilsvätern zu verhandeln. Leider neigen sie zu der Ansicht, wer nicht für sie sei, sei gegen sie. Ich verspreche ja seit Monaten, dass der Kaiser nach Basel kommen werde.»

«Und so hast du einfach ein Datum genannt. Unglaublich! Aber es war wohl der einzig mögliche Weg. Doch was geschieht, wenn du nun beim Kaiser in Ungnade fällst?»

«Ich hoffe, er wird verstehen, dass mir nichts anderes übrig blieb. Natürlich ist mir klar, dass sich ein Kaiser keine Termine diktieren lässt.»

«Es wäre schlimm, wenn du sein Vertrauen nicht mehr hättest.»

«Ich weiss, mein Vorgehen trägt mir weder Dankbarkeit noch Respekt ein. Aber vielleicht hilft es etwas, dass ich Seiner Majestät in Rom ein Darlehen geben musste. Und ich kann wohl damit rechnen, dass er bald wieder in Geldnöten ist. Ich zähle darauf, dass es ihn milder stimmen wird mir gegenüber.»

Konrad lachte laut auf und schüttelte gleichzeitig den Kopf.

«Deine Zuversicht ist bemerkenswert. Komm, ich habe einen guten Tropfen im Keller, lasst uns anstossen. Du bist ja, wie ich vernommen habe, in Rom zum Ritter geschlagen worden. Das bedeutet, du bist vom Achtburger zum Ritter aufgestiegen.»

«Ja, das war ein ergreifender Augenblick, eine Krönung meiner Laufbahn», erzählte Henman glücklich. «Der Himmel war blau, fast wie gemalt, man unterbrach sogar das Gedränge der Pilger, welche sonst in Scharen über die Engelsbrücke und mitten durch die Gaukler, Handwerker und Krämer ziehen. Es war plötzlich ganz still und feierlich. Mit der imposanten Engelsburg vor Augen habe ich den Ritterschlag erhalten.»

«Ein Basler wird auf der Engelsbrücke zum Ritter geschlagen – das ist beeindruckend, Henman von Offenburg!» Henman lächelte bescheiden und rieb sich verlegen am Hals.

«Wir werden noch einen Schluck darauf trinken. Was mich aber vorher noch brennend interessieren würde: Wie ging es unterdessen hier weiter mit den Hussiten? Hat man etwas erreicht?»

«Ich weiss es nicht. Man hielt stundenlange Reden, um sie zu überzeugen und wieder in den Schoss der Kirche zurückzuführen. Einige Auslegungen über die Kommunion haben eine ganze Woche lang gedauert.»

«Eine ganze Woche? Und alles in Latein?»

«Ja. Die Hussiten antworteten dann allerdings in Deutsch. Da wurden rasch die Türen geschlossen, damit niemand vom Volk etwas mitbekam. Doch einer der grössten Gegner der Hussiten, Erzbischof Bartolomeo Capra, ist verstorben. Ihm zu Ehren wurde ein feierliches Begräbnis im Münster abgehalten.»

«Capra? Das war der Erzbischof, der Johannes Hus zum Scheiterhaufen begleitet hat, nicht wahr?», fragte Henman sinnend. «Vielleicht ändert sich nun tatsächlich etwas. Doch wie steht es mit dem Konzilspräsidenten?»

«Nun, Cesarini glänzt mit hinreissender Beredsamkeit.»

«Das ist sicher beeindruckend, aber manchmal scheint mir gesunder Menschenverstand, wie ihn Kaiser Sigismund besitzt, wichtiger.»

Die Frist für das Ultimatum war der Sonntag, 11. Oktober 1433. Hatte Sigismund bis zu seiner Krönung ein geschicktes Wechselspiel mit dem Papst und dem Konzil getrieben, so war sein Erscheinen in Basel nun dringend angesagt. Das war sich Sigismund bewusst. Mit langen, pausenlosen Ritten trieb der fünfundsechzigjährige Kaiser sein Pferd zum Äussersten an und nahm auch keine Rücksicht auf seine Gichtschmerzen. Über Meran, den Reschenpass und den Arlberg erreichte er schliesslich Feldkirch, von wo er mit dem Schiff weiterfuhr und am 10. Oktober in Klingnau ankam. Der nächste Tag brachte den Ablauf des Ultimatums. Mit einer Fahrt auf dem Rhein sollte das pünktliche Erscheinen zu schaffen sein.

In Basel rechneten die Konzilsväter allerdings nicht mehr damit.

«Gestern ist der Churer Bischof angekommen und hat gemeldet, der Kaiser sei nicht mehr weit entfernt und das Konzil solle zuwarten mit dem Entscheid, den Papst abzusetzen», berichtete Henman hoffnungsvoll dem Bürgermeister und seinen Ratskollegen, «aber leider konnte er nicht sagen, wann genau der Kaiser eintreffen wird.»

«Ich habe sicherheitshalber Boten nach Laufenburg gesandt, um rechtzeitig in Erfahrung zu bringen, wenn der Kaiser sich nähert. Aber bis jetzt habe ich nichts von ihnen gehört.»

«Der Kaiser ist sicher nicht mehr weit entfernt, es kann sich nur noch um ein, zwei Tage handeln.»

«Aber die Konzilsväter warten nicht! Sie haben eine Sondersitzung einberufen direkt nach der heutigen Kirchweihmesse. Da fällt wohl die Entscheidung.»

«Ich kann mir auch nicht vorstellen, dass die Geistlichkeit noch einmal nachgibt», liess sich Nicolaus Murer mit Nachdruck vernehmen, «ich an ihrer Stelle wäre endgültig der Meinung, dass nun genug Wasser den Rhein hinunter geflossen ist.»

«Für den Empfang des Kaisers ist auf jeden Fall vorgesorgt. Wir halten den goldenen Baldachin bereit, die Unterkunft beim Johanniterorden ist organisiert, die Betten sind vorbereitet, die Mahlzeit ist besprochen und eingekauft. Sobald die Boten uns die nahe Ankunft des Kaisers melden, können wir alles in wenigen Stunden bereit machen.»

«Gut, lasst uns also in die Messe im Münster gehen. Ausdauer und Festigkeit im Glauben sind unsere einzige Hoffnung.»

«Die Festtagsstimmung in der Stadt ist vorhanden, hoffentlich schlägt sie nicht um, wenn der Kaiser nicht rechtzeitig kommt. Sollte sich das Konzil zu harten Schritten entschliessen, ist fertig gefeiert», murmelte Murer mit säuerlicher Miene. Henman schlug ihm aufmunternd auf die Schulter.

«Kommt, Eure hübsche Frau wartet sicher schon auf Euch. Sie wird Euch auf andere Gedanken bringen.»

Gegen ein Uhr mittags hörte man plötzlich Trompetensignale vom Rhein her.

«Der Kaiser kommt, der Kaiser ist da!», schrien alle durcheinander und wussten vor Aufregung nicht, sollten sie gleich zum Ufer eilen oder sich zuerst umziehen, um möglichst festlich gekleidet den Kaiser zu empfangen. Der Bürgermeister und die Ratskollegen trafen sich alle aufgeregt im Rathaus.

«Das hat gerade noch gefehlt – ganz ohne Vorwarnung! Warum haben unsere Boten uns nichts gemeldet?»

«Sie sind kurz nach dem Kaiser eingetroffen. Er war auf dem Wasser schneller als die Reiter.»

«Die Glocken läuten zum Glück bereits.»

«Aber die Bevölkerung muss den Zug begleiten, das Gras in den Gassen ist nicht gestreut, es hängen keine Bildteppiche aus den Fenstern – es ist furchtbar, eine Blamage für unsere Stadt!», rief Nicolaus Murer erbost und verwarf die Hände.

«Der Kaiser wird nicht erwarten, dass wir so rasch reagieren», liess sich Henman in gewohnt ruhiger Art vernehmen. Da klopfte es.

«Ein Bote des Kaisers», meldete man. Alle blickten erwartungsvoll auf. Welche wichtige Botschaft würde der Kaiser der Stadt Basel überbringen lassen?

«Gnädige, ehrfürchtige Herren, Seine Majestät der Kaiser lässt Sie wissen, dass er Schuhe und Socken braucht», stiess der kaiserliche Bote ausser Atem hervor. Alle schauten ihn verblüfft an.

«Schuhe und Socken … für den Kaiser?», stotterte der Bürgermeister irritiert.

«Ja, mit seinen verschmutzten Reitstiefeln will Seine Hoheit nicht in die Stadt einziehen. Seine Majestät ist so schnell geritten, dass er gar kein Gepäck bei sich hat.» Henman begann zu schmunzeln und warf einen stummen Seitenblick auf den Bürgermeister. War er der einzige, der die Taktik durchschaute? Die Mienen der anderen zeigten eine fassungslose, stumme Frage. Schliesslich räusperte sich Henman und meinte:

«Sehr schön, der Kaiser gibt uns damit Zeit für die nötigen Vorbereitungen.» Murer hob hoffnungsvoll den Kopf und der Bürgermeister nickte erlöst.

«Schuhe und Socken. Natürlich, sofort! Ein Ratsdiener soll zum nächsten Schuhmacher eilen und verschiedene Schuhe holen und Socken dazu und sie Seiner Majestät überbringen lassen.»

«Unterdessen haben alle Zeit, sich zu versammeln und zu einem Zug zu formieren. Holt den Baldachin aus Goldbrokat und die Träger. Dann begeben wir uns zur Schifflände», bestimmte der Bürgermeister überlegen. Er war froh, die Situation wieder im Griff zu haben.

Schliesslich begann der gemeinsame Einzug in die Stadt. Begleitet von den Räten, den Adeligen und Patriziern sowie von vielen Konzilsteilnehmern bewegte sich der Zug langsam zum Münster. Der Kaiser zog in seinen sauberen, neuen Schuhen und Socken langsam und würdevoll unter dem goldenen Baldachin die Freie Strasse hoch. Alle Kirchenglocken läuteten. Aus den Fenstern hingen die wunderbaren Tapisserien, die Leute standen andächtig Spalier. Männer, Frauen und Kinder bestaunten mit offenem Mund die Herrlichkeiten, die ihnen geboten wurden, die Farbenpracht, den goldenen Baldachin und die verschiedenen Wappen.

«Einen Kaiser habe ich noch nie gesehen», flüsterte die Magd Marie ehrfurchtsvoll zur Köchin, welche mit ihr zusammen in der Freien Strasse am Strassenrand stand, «er sieht genau so aus, wie ich ihn mir vorgestellt habe, gross und stattlich, blond und mit Augen, die alles sehen.» Marie und die Köchin hatten Anna Offenburg begleitet, die im «Haus zum Rosenfeld»[2] bei der Familie Iselin in der Freien Strasse zum Fenster hinausschauen durfte. Es war völlig undenkbar, sich als vornehme Dame an den Strassenrand zu stellen.

Der eindrückliche Einzug endete auf dem Münsterplatz. Das herbstliche Sonnenlicht liess die Fassade des Münsters in einem warmen Rot schimmern. «Benedictus qui venit in nomine Domini», riefen einige Konzilsteilnehmer. «Gelobt sei, der da kommt im Namen des Herrn.» Sigismund schritt durch das weit geöffnete, figurenreiche Hauptportal und langsam weiter zum Altar, während Orgelklänge ertönten, kniete nieder und betete. Danach aber zog er nicht, wie es üblich war, zu seinem Quartier. Nein, er wandte sich den Konzilsvätern zu und setzte sich mitten unter die Kardinäle auf den mit goldenen Tüchern ausgeschlagenen Sitz,

---

2 Heute Freie Strasse 40

der für ihn bereit stand. Es herrschte erwartungsvolles Schweigen. Sigismund entdeckte in den Gesichtern der Konzilsväter viel Skepsis, wenige lächelten. Vergeblich suchte er in ihren Reihen das prägnante Gesicht des Konzilspräsidenten. Er hatte sich auf ihn gefreut, da sie zusammen gegen die Hussiten gekämpft hatten und sich dabei nähergekommen waren.

«Wo ist Konzilspräsident Kardinal Cesarini?», fragte Sigismund gedehnt.

«Er ist krankheitshalber abwesend», beeilte sich Johannes von Ragusa mit einem feinen Lächeln zu antworten. Sigismund betrachtete ihn einen Moment sinnend. Er wusste, dass der Generalsekretär des Konzils ein Dominikanermönch war und sich vehement gegen die Standpunkte der Hussiten geäussert hatte. Er nahm sich vor, mit diesem Mann ein privates Gespräch zu führen, um dessen Ansichten näher kennenzulernen. Er machte einen intelligenten Eindruck, seine wachen Augen nahmen Sigismund sofort für ihn ein. Er räusperte sich.

«Eminenzen, meine verehrten Herren Kardinäle und Herren Bischöfe, ich habe, trotz meinem Alter und meinen Gichtschmerzen, keine Mühe gescheut, um am heutigen Tag beim Konzil zu erscheinen. Entschuldigen Sie bitte meine einfache Reisekleidung. Das Gepäck wird erst nachkommen, denn viele meiner Reisebegleiter konnten das hohe Tempo nicht mithalten, wurden krank und blieben zurück. Ich habe die Gewaltsritte bei Tag und Nacht auf mich genommen, um das Ultimatum des Konzils einhalten zu können.» Ein zustimmendes Gemurmel ertönte. Wie es Sigismund erwartet hatte, wurde seine Achtung gegenüber den Konzilsvätern wohlwollend zur Kenntnis genommen. Einige dankten ihm, indem sie ihre Mitren vom Kopf zogen.

«Ich möchte Ihnen versichern, dass die Verhandlungen auch mir sehr wichtig sind. Trotzdem ersuche ich Sie, erst morgen über die Papstabsetzung zu diskutieren.»

«Placet», riefen mehrere Kardinäle, aber vereinzelt hörte man auch ein «Non placet». Darauf erhob sich der Erzbischof von Tours und hielt eine freundlich gesonnene Lobpredigt auf den Kaiser, in welcher er die Bedeutung Sigismunds und die Krönung zum Kaiser hervorhob und darauf hinwies, wie wichtig der Herrscher als Beschützer des Konzils sei. Normalerweise pflegte man auf eine solche Begrüssungspredigt nicht zu antworten. Doch Kaiser Sigismund hielt es anders. Er ergriff das Wort und beschwor die Versammlung, sich der Gefahr eines neuerlichen Schismas bewusst zu sein und zu bedenken, dass weder er noch die Fürsten damit einverstanden seien. Nach diesen mit Nachdruck gesprochenen Worten wurde über eine Fristverlängerung abgestimmt. Der Kaiser wünschte, sie auf eine Woche hinauszuzögern, die meisten wollten «wegen der glücklichen Ankunft des Kaisers» die Verlängerung annehmen.

Danach endlich bewegte sich der feierliche Zug weiter zum Quartier beim Johanniterorden in der St. Johanns-Vorstadt. Es dämmerte bereits, als der Kaiser in das grosse, gut beheizte Refektorium einzog. Der Raum erstrahlte im Schein einiger Fackeln. Bürgermeister und Oberzunftmeister huldigten mit wohl gesetzten Worten dem Oberhaupt und überreichten die Geschenke der Stadt, darunter fünf wunderbare Bildteppiche und einen goldenen Becher gefüllt mit eintausend Gulden. Unerwartet traf auch der Konzilspräsident Cesarini ein, der ganz überraschend genesen war. Ein Anflug eines verschmitzten Lächelns blitzte in den Augen des Kaisers auf, als er ihn begrüsste. Danach konnte er sich endlich an die reiche Tafel setzen. Henman flüsterte dem Bürgermeister leise zu:

«Der Kaiser ist einfach grossartig. Innert weniger Stunden ist es ihm gelungen, sein Anliegen durchzusetzen, nicht wahr?»

«Ja, es ist beachtlich, wie er das fertiggebracht hat, trotz den Feindseligkeiten, die in der Luft lagen. Die Gefahr der Papstabsetzung ist vorerst gebannt und die Konzilsväter sind als Vermittler zwischen Hussiten und dem Kaiser immer noch miteinbezogen.»

«Die Idee mit den Schuhen und Socken – ist er nicht ein einfallsreicher Meister der politischen Taktik?» Der Bürgermeister schmunzelte.

«Ja, auf so einen Gedanken muss man erst kommen. Es gab uns allen Zeit, die überraschende Ankunft zu verarbeiten, und zeigte zudem den Konzilsvätern eindrücklich, wie sehr der Kaiser sich beeilt hat.»

«Des Kaisers neue Socken! Davon wird man noch lange erzählen.»

9. Kapitel

«Stellt Euch vor, Nicolaus Murer ist gestorben», meldete einige Wochen später Henman bedrückt, als er abends nach Hause kam.

«Nein!» Anna bekreuzigte sich. «Friede seiner Seele! Ich weiss, Ursula Murerin machte sich grosse Sorgen. Er hatte plötzlich Schmerzen im Bauch und musste sich laufend übergeben. Die Ärzte meinten, das Gleichgewicht der Säfte sei gestört, und haben ihn zur Ader gelassen.»

«Richtig, Blut und Schleim sowie gelbe und schwarze Galle müssen im Gleichgewicht sein.»

«Leider hat der Aderlass nichts bewirkt. Er litt weiterhin sehr starke Schmerzen.»

«Mir hat man gesagt, er hätte an der Seitenkrankheit gelitten. Darauf deuteten die seitlichen Schmerzen im Bauch. Er hat sie sicher fromm ertragen, er wird darum Hoffnung auf das ewige Seelenheil haben dürfen.»

«Ja, im Himmel wird es ihm vergolten, das ist gut zu wissen. Ich werde der Murerin gleich einen Besuch abstatten.»

«Ich komme mit. Als Nachbarn verabschiedet man sich schliesslich von einem Toten. Er war ein grossartiger Mann. Ich habe seine Mitwirkung im Rat sehr geschätzt. Noch vergangene Woche hat er eifrig mitdiskutiert. Wie rasch es gehen kann! Aber ich muss mit Euch noch etwas anderes besprechen: Morgen bringe ich einen Herrn vom Konzil hierher. Könntet Ihr für ein gutes Mahl sorgen? Er nennt sich Enea Silvio Piccolomini und ist weit gereist. Er kann sich mit seinem Latein sehr geschickt und elegant ausdrücken, noch besser als der von allen bewunderte Konzilspräsident. Und er überzeugt durch messerscharfes Argumentieren. Er weilt gerne in unserer Stadt und berichtet auch ungemein interessant über seine Erlebnisse.»

«Aber wohl kaum über Dinge, die auch eine Frau interessieren?»

«Oh doch, gestern zum Beispiel meinte er, die Basler Frauen würden sich viel zu züchtig kleiden.»

«Zu züchtig? Um Himmels willen, was erwartet er von uns? Jeder weiss, die Putzsucht der Frau ist ein Strick des Teufels.»

«Nun, er gab zu, dass die Damen bei Festlichkeiten durchaus sehr elegant gekleidet seien. Aber im Alltag, meinte er, kämen die Baslerinnen so solide und anständig daher, man könne eine Frau kaum von einer Dirne unterscheiden.» Anna zog erbost die Brauen zusammen und zupfte unwillig die Falten ihres Ärmels zurecht.

«Solche Worte wird er hoffentlich in meinem Beisein nicht in den Mund nehmen! Das ist in meinen Augen schon fast beleidigend.»

«Nein, nein, in seiner charmanten Art vorgetragen, wirkte es keineswegs so. Er erzählte mir von den Italienerinnen. Es hat dort viele prunkvolle Paläste, die natürlich einen festlichen Rahmen bilden. Da legt man grossen Wert auf vornehme Stoffe und Schmuck. Piccolomini selbst ist dezent angezogen, meist in Schwarz und mit nicht sehr langen Schnabelschuhen.»

«Von diesen prachtvollen Palästen in Italien habt Ihr mir auch schon erzählt. Man kann es sich nur schwer vorstellen. Wir Frauen bekommen selten die Gelegenheit, eine Reise zu machen, während Ihr laufend unterwegs seid.» Sie lächelte undurchsichtig.

«Meint Ihr?»

«Aber ja. Ihr seid mehr unterwegs als zu Hause. Ich hingegen war noch nie irgendwo. Ihr könnt unendlich viele, ferne Orte sehen, Landschaften voller Wälder, Seen und wogende Kornfelder. Und mit wem Ihr Gespräche führt! Sei das nun der Kaiser oder der Papst. Und ich kann mich glücklich schätzen, wenn Ihr einmal daheim seid», murrte Anna, versuchte aber ihre Worte mit einem Lächeln zu entschärfen. Henman empfand es als ungehörig, dass sie solche Gedanken laut äusserte, aber die Bemerkung Piccolominis über die Dirnen wurmte sie offensichtlich. Abgesehen davon war er überzeugt, dass sie gar nicht auf Reisen gehen wollte. Sie ging in ihrer Haushaltsführung und dem Besuch bei den Kindern und Enkeln vollkommen auf. Henman legte seine Hand auf die ihre. Wozu war er berühmt für sein diplomatisches Geschick?

«Das ist das Los der Frauen – Ihr sorgt für ein behagliches Heim und ermöglicht uns das Wirken nach aussen. Das ist nicht nur in Basel so, sondern auch in Italien, das weiss Piccolomini. Auf ein exzellentes Essen bei Euch freut er sich schon sehr. Euern Fisch in Weisswein, bestreut mit Petersilie, Salbei und Thymian, wird er bestimmt mögen.» Um Annas Mund zuckte es.

«Und mit Knoblauch, Pfeffer und Salz», ergänzte sie herausfordernd. Henman fühlte sich durchschaut. Sie waren wohl schon zu lange miteinander verheiratet. Doch um einzulenken, und auch etwas neugierig geworden, fügte sie bei: «Wie sieht dieser Piccolomini denn aus?»

«Nun, er ist klein, fast von zierlicher Gestalt, aber sehr lebhaft und mit grossem Scharfsinn ausgezeichnet. Ich denke, er wird so um die dreissig Jahre alt sein. Er kam als Sekretär eines Kardinals nach Basel. Eigentlich ist er ein Dichter mit echtem Talent, doch davon kann man nicht leben.»

«Ein Dichter! Und was dichtet er?»

«Ich glaube Liebesnovellen. Er ist auch ungemein belesen und kennt viele Werke der Antike. Mir gegenüber betonte er, wir Basler würden uns nicht um antike Literatur kümmern und hätten noch nie etwas von Cicero gehört.» Henman lächelte in sich hinein. Annas Fragen zeigten, dass sie dem angekündigten Besuch doch noch etwas abgewinnen konnte. Sie würde ihm wohl auch mehr als nur Fisch auftischen.

Die Anwesenheit des Kaisers mit all seinen Baronen in Basel brachte es mit sich, dass nun viele Geistliche zum Konzil drängten. Über zweihundert waren unterdessen in Basel eingetroffen, darunter sieben Kardinäle, zwei Patriarchen, Erzbischöfe, Bischöfe, Äbte und Gesandte, nicht zu vergessen ihre ganze zahlreiche Dienerschaft. Es war eine glanzvolle Zeit. Die Basler Bevölkerung säumte neugierig die Strassen beim imposanten Einzug der verschiedenen Gesandtschaften, wie zum Beispiel der erlauchte Botschafter von Venedig oder der Herzog von Österreich mit seinem grossen Gefolge.

«Franz, wo wart Ihr gestern Nachmittag?», fragte Henman Offenburg streng, als ihm sein Stallknecht im Hof über den Weg lief. «Ich habe Euch überall gesucht. Ihr hättet mich begleiten sollen.» Franz drehte verlegen seinen Hut in der Hand.

«Ich … nun, ich habe den Einzug des Gesandten von Kastilien mitverfolgt. Über tausend arabische Pferde. Können Sie sich das vorstellen, Herr? Ich musste sie mir einfach ansehen. Dazu Edelleute und Pagen, gekleidet in Seide und kostbare Gewänder. Der Zug wollte nicht enden.» Henman musste ein Lächeln unterdrücken.

«Tausend arabische Pferde – doch, das kann ich verstehen, dass sie Euch als Pferdeknecht interessiert haben. Es gibt aber täglich etwas zu sehen. Wo bleibt dann die Arbeit?», fragte er streng. «Ihr müsst zuerst mit mir sprechen, wenn ihr fortgehen wollt, das wisst Ihr genau. Vorgestern der Einzug des Sultans, der dem Kaiser

Geschenke brachte, gestern war es der Gesandte von Kastilien und morgen wird es der Einzug eines andern sein, es hört ja nie auf. Und Pferde, die man betrachten kann, sind immer dabei. Das darf nicht mehr vorkommen, verstanden?»

Franz nickte zerknirscht, während Henman sich ins Haus begab.

Das grosse Tor knarrte und Marie trat in den Hof. Sie hatte vom Tadel nichts mitbekommen. Sie kam zurück vom Brunnen und stellte den schweren Kessel aufseufzend auf den Boden. Mit wichtiger Miene berichtete sie:

«Man sieht in Basel jetzt sicher fast so viel wie in Rom. Die vielen Prozessionen, die Kardinäle, Erzbischöfe, Bischöfe, Prälaten und Äbte mit ihren weissen Mitren und dazu die vielen Diener. Ich wollte, ich könnte an Weihnachten die Messe im Münster mitfeiern.» Franz nickte, doch sein Gesicht blieb säuerlich.

«Unsereiner wird da keinen Platz finden.»

«Natürlich nicht. Ich habe den Kaiser einmal kurz erblicken können, als er auf der Estrade vor dem Münster thronte und Recht sprach. Er verkörpert die gottgewollte irdische Macht sehr eindrücklich.»

«Aber er liebt auch die weltlichen Freuden! Bei den Banketten in der Trinkstube der Edlen verschmähe er die Blicke der schönen Frauen keineswegs, hat man mir erzählt.»

Marie blickte träumerisch in den Himmel. Sie liebte Geschichten, die von Kaiser und Adel handelten.

«Ich weiss. Da soll es ganz ausgelassen zugehen. Und alles funkle nur so vor lauter Gold und Silbergeschirr.»

«Und was das kostet! Ich kann mir gar nicht vorstellen, wie man alles bezahlen kann. Doch der Kaiser findet bestimmt Mittel und Wege, die unsereinem verschlossen bleiben.»

Marie nickte bedeutungsvoll und blickte zur Tür, hinter der Henman Offenburg verschwunden war.

«Unser Herr Offenburg hat ihm schon manches Darlehen gegeben, habe ich gehört», flüsterte sie verschwörerisch.

«So ist es wohl», antwortete Franz und zuckte mit den Schultern, «doch was verstehen wir schon davon!»

Von der Weihnachtsmesse erzählte man sich in Basel noch lange. Nicht nur die Geistlichkeit, auch der ganze Adel von Basel war beeindruckt und bewegt. Das Münster war voll besetzt und alle blickten durch den steinernen, mit Masswerk reich verzierten Lettner, der das Volk von der Geistlichkeit trennte, zum Chor und dem Hochaltar. Von tiefen Stimmen getragen, stiegen rein, jubelnd und lobpreisend die Messgesänge empor. Vor dem Hochaltar stand der Kaiser in vollem Ornat mit dem Schwert in der einen und dem goldenen Reichsapfel in der anderen Hand und begann nun mit seiner kräftigen Stimme feierlich die Bibelstelle des Weihnachtsevangeliums zu rezitieren:

«Es begab sich aber zu der Zeit …» Demut und Ehrfurcht vor dem Gesalbten des Herrn, dem obersten Herrscher dieser Welt, ergriff alle im Halbdunkel des Münsters. Der Glanz des Kaisers, der hohen Geistlichkeit, der Messe und des wunderbaren Kirchenraumes wirkte ganz unmittelbar. War es sonst durchaus üblich, dass man während der Messe hin und her ging und miteinander ein kurzes Gespräch führte, schwiegen nun die vielen Kirchenbesucher tief beeindruckt. Die mächtigen Pfeiler und massiven Mauern des Münsters boten einen imposanten Rahmen, vermittelten Schutz und Schirm. Und die vielen Kerzen, vor allem auch eine grosse, goldene Altartafel vor dem Hochaltar, leuchteten und glitzerten fast überirdisch.

«Und Friede auf Erden und den Menschen ein Wohlgefallen», schloss der Kaiser. Die festlich gekleideten Kardinäle, Erzbischöfe und Bischöfe – man zählte über hundert Mitren – beendeten mit ihrem vielstimmigen «Amen» den eindrücklichen Gottesdienst.

«Ich bin tief bewegt von dieser Feier. Friede auf Erden – noch selten habe ich diese Worte so ernst und fast wie ein Versprechen empfunden», meinte Anna leise, als sie am Arm von Henman das Münster verliess.

«Ihr habt recht. Es lässt einen hoffen. Mit den Hussiten hat es bereits eine erste Einigung gegeben. Man erlaubt ihnen nun, beim Abendmahl nicht nur das Brot, sondern auch den Wein an die Gläubigen zu verteilen.»

Henman nickte grüssend zu einem adeligen Herrn hinüber. Dann wandte er sich wieder Anna zu.

«Es ist ein spannendes Turnier mit vierundzwanzig Pferden angesagt hier auf dem Münsterplatz. Ein besonderes Ereignis.»

«Es wird enorm viel geboten, jetzt, wo der Kaiser hier ist, nicht wahr? Wir wohnten doch gerade erst einem Turnier bei.»

«So ist es. Die vielen hochstehenden Herren, welche nun in Basel weilen, schätzen es, unterhalten zu werden.»

Friede auf Erden – die Konzilsväter selbst hielten sich wenig daran. Im Gegenteil. Täglich folgten heftige Streitereien über die Sitzordnung im Münster. Man sass üblicherweise nach Rang geordnet. Der Kaiser nahm seinen Sitz ein, auf der einen Seite des Kaisers sass der Markgraf von Brandenburg, bekleidet mit einem Mantel mit Kragen und Kapuze ganz aus Biberfell. Er hielt das Szepter. Auf der anderen Seite war der Herzog von Bayern mit dem Reichsapfel in der Hand, neben diesem der Grossmarschall mit dem entblössten Schwert. Nun aber wollte jeder Gesandte als Nächster an die Reihe kommen. Die Empfindlichkeiten des nationalen Stolzes zeigten sich unverhüllt. Die Abgeordneten von England, Frankreich und Spanien waren alle überzeugt, wichtiger zu sein als die anderen, aber auch diejenigen von Burgund und Deutschland erhoben Anspruch darauf, gleich nach den königlich Beauftragten zu folgen. Es ging so weit, dass man sich gegenseitig vom Stuhl warf und eine regelrechte Prügelei unter den Dienern begann. Und das im Münster!

«Der Kaiser liess gestern sogar eine Bankreihe entfernen, um den Streitereien ein Ende zu setzen», berichtete der Bürgermeister an der Sitzung mit rotem Kopf vor Empörung.

«Wir werden am besten eine bewaffnete Garde in der Nähe des Münsters stationieren, damit wir im Notfall eingreifen können», entgegnete der Oberzunftmeister und schüttelte missbilligend den Kopf. Alle nickten mit ernsten Gesichtern.

«Wir haben ausserdem noch weitere Probleme zu lösen, die uns das Konzil beschert. Die Mietzinse der Häuser werden laufend überboten, weil wir nun kaum mehr geeignete Wohnräume zur Verfügung haben für die vielen geistlichen und weltlichen Herren. Wir müssen die Höhe der Zinsen strikte festlegen.»

«Unbedingt. Doch auch Fleisch, Gemüse und Korn werden immer teurer. Ein venezianischer Gesandter schimpfte bereits, es gäbe hier Läden so teuer wie Blut. Wir können nur hoffen und beten, dass es keine Missernte gibt.»

«Schlimmer sind noch die verschiedenen Währungen, die eingetauscht werden. Alle Teilnehmer des Konzils kommen mit anderem Geld, mit Münzen, die wir nicht kennen, wie zum Beispiel ungarische Dukaten. Der Münzmeister Peter Gatz muss jede fremde Münze prüfen, und danach muss er den Wert der Münze festlegen und den entsprechenden Gegenwert in Silbermünzen auszahlen. Nun ist aber kaum mehr genug Silber vorhanden, um Münzen zu prägen.»

«Ich kenne Peter Gatz schon sehr lange, er hat für mich die Bankgeschäfte geführt während des Konzils von Konstanz. Was soll man seiner Meinung nach tun?», fragte Henman Offenburg.

«Er ist sicher sehr tüchtig. Er fordert, dass von nun an alles Silber nur noch an ihn verkauft werden darf», berichtete der Bürgermeister, «wir werden an der heutigen Sitzung die entsprechenden Beschlüsse fassen müssen. Zuerst die Höhe der Mietzinse festlegen, dann das Problem mit den Essensvorräten angehen und schliesslich die Sache mit dem Silber für die Münzprägung beraten.» Ein zustimmendes Gemurmel ertönte.

«Etwas Erfreuliches habe ich vorher noch zu vermelden», fügte der Bürgermeister hinzu, «vor der Stadtmauer in Kleinbasel hat Heinrich Halbysen eine Papiermühle in Betrieb genommen. Das ist im Hinblick auf die vielen Konzilsteilnehmer, die in ihre Länder Berichte verschicken, eine gute Sache. Von nun an gibt es Basler Papier, und wir müssen den erhöhten Papierbedarf nicht mehr mit Papier aus Italien oder Frankreich decken.»

«Und er stellt auch Spielkarten her!», rief ein Ratsmitglied dazwischen und erntete von Lachen begleiteten Applaus.

Nach sieben ereignisreichen Monaten verliess der Kaiser die Stadt wieder.

«Mit der Abreise Seiner Majestät fehlt nun der Glanzpunkt des Konzils», eröffnete der Bürgermeister etwas betrübt die Ratssitzung.

«Sicher. Doch die vier Arbeitsgruppen machen sich weiterhin mit Fleiss hinter die Geschäfte. Es bleibt noch viel zu tun», antwortete Henman, «es geht einerseits um eine Einigung mit der Ostkirche, andererseits will man auch zwischen England, Frankreich und Burgund vermitteln.»

«Vermitteln! Ich kann es schon gar nicht mehr hören. Dabei dauert es meist nicht lange, und es findet sich wieder ein Grund zum Streiten, und es gibt erneut Krieg. Doch das Volk träumt immer von Frieden», warf ein älterer Ratsherr mürrisch ein. Er sah ziemlich leidend aus, gelblich im Gesicht. Henman betrachtete ihn von der Seite. Es war immer derselbe, der sich kritisch äusserte. Aber er trug selten zu einer Lösung bei.

«Was die lang andauernden Auseinandersetzungen zwischen Frankreich und England angeht, trifft das vielleicht zu», mischte sich Henman mit Nachdruck ins Gespräch ein, «aber jetzt handelt es sich um nichts weniger als um die Verteidigung des christlichen Glaubens. Konstantinopel wird von den Türken derart hart bedrängt, dass es dringend die Hilfe aller Christen braucht. Deshalb ist der byzantinische Kaiser zu Verhandlungen über einen Zusammenschluss der Ost- und Westkirche bereit.» Die Ratsherren nickten bekräftigend, doch der Bürgermeister schaute weiterhin bekümmert in die Runde.

«Es gibt auch wieder neuen Zündstoff zwischen Konzil und Papst: Das Konzil macht Vorschriften über die finanziellen Bedürfnisse der Kurie, die Finanzen sollen neu unter die Kontrolle der Kirchenversammlung zu stehen kommen. Verständlich, dass der Papst durch Sondergesandte dagegen protestiert», meinte er mit gerunzelter Stirn.

«Ach ja, und er ist natürlich auch gegen die angestrebten Reformen beim Zölibat. Die Diskussionen darüber werden heftig geführt. Aber nur hinter verschlossenen Türen.»

«Ach, das Zölibat! Die Geistlichen halten sich sowieso nicht daran», warf der Ratsherr mit dem gelblichen Gesicht spöttisch ein.

«So ist es, viele verstossen gegen die Regel. Ein Kirchenvater hat deshalb gemeint, es scheine ihm heilig und klug, anstatt so viele Seelen in die Hölle fahren zu lassen, diese Anordnung lieber aufzuheben.» Die Ratsmitglieder blickten sich vielsagend an und schmunzelten.

Ein duftiger Maientag kündigte sich an. Der Himmel hatte sich aufgehellt, rasch wurde es wärmer. Nur ein laues Lüftchen wehte. Henman und Anna traten Arm in Arm aus der Peterskirche, in der sie die Messe besucht hatten, und verteilten einige Almosen an die zahlreichen Bettler, welche laut jammernd das Portal umlagerten. Danach betrachteten sie zusammen den frisch vollendeten Turm der Kirche, welcher aus dem Ziegeldach herauszuwachsen schien.

«Es ist grossartig, dass ein Chorherr Geld zur Vollendung des Kirchturms gestiftet hat, nicht wahr?», äusserte sich Anna bewundernd.

«Ja. Und darüber hinaus erst noch eine Tafel für den prachtvollen Alabaster-Altar.»

«Alles für sein Seelenheil», entgegnete Anna mit einem herben Unterton.

«Was stört Euch dabei?», fragte Henman und blickte sie erstaunt an.

«Nun, ich denke an unsere Magd Martha, die von einem der Chorherren geschwängert wurde und elendiglich leben muss. Für das Seelenheil jenes Herrn braucht es viele Stiftungen.» Henman zuckte gleichgültig mit den Schultern.

«Martha war auch mit dabei, vergesst das nicht.»

«Ein einfaches, siebzehnjähriges Mädchen und ein gebildeter Chorherr. Ich meine, da trifft ihn viel Schuld.»

«Es ist nicht an uns, darüber zu urteilen», antwortete Henman bestimmt und wandte sich zum Gehen. Uneheliche Kinder? Das war Frauensache.

Marie, die Magd der Offenburgs, stand beim Brunnen. Während das Wasser in den Eimer floss, starrte sie träumerisch in den blauen Himmel und verfolgte den Flug einiger Schwalben. Sie versuchte, die Zeit zum Füllen des Wassereimers möglichst lange hinauszuziehen. Im nahen Engelhof am Nadelberg diente nämlich seit einiger Zeit ein Pferdeknecht, den sie schon beim ersten Anblick in ihr Herz geschlossen hatte. Sie hoffte darauf, ihn beim Brunnen treffen zu können. Er war nicht mehr ganz jung, aber mit seinen blonden Haaren und den kräftigen Schultern gefiel er Marie sehr.

Am Palmsonntag hatte sie zufällig in seiner Nähe gestanden, als sie die Prozession mitverfolgte. Sie trug zwei Zweige in der Hand, einen blühenden und einen grünen. Sie pflegte jedes Jahr zwei davon segnen zu lassen, denn sie wusste, dass diese vor Krankheiten, Blitz und Unwetter schützten. Sie steckte sie jeweils in ihrer Kammer ans Kruzifix, welches sie von ihrer Mutter geerbt hatte.

«Wozu zwei Zweige?», fragte ein gross gewachsener Mann neben ihr spöttisch. Er war ihr schon vorher aufgefallen wegen seiner makellosen Zähne. Marie blickte verlegen zu Boden. Es schickte sich nicht, fremde Männer anzusehen, doch sie musterte ihn verstohlen. Agnes, die Magd der Murers, schien ihn zu kennen und lachte.

«Die Marie glaubt an vieles. Sicher meint sie, mit zwei Zweigen auch noch das Ungeziefer in ihrer Kammer fernzuhalten.» Marie schaute sie erbost an.

«Oh, dem ist so! Beim Vieh halten gesegnete Zweige das Ungeziefer durchaus fern.»

«Dann werde ich auch zwei segnen lassen, das kann

ich in unserem Pferdestall immer brauchen», erwiderte der Mann und blickte sie mit seinen blauen Augen herausfordernd an. Doch Agnes spottete weiter:

«Ungeziefer hat es nicht nur beim Vieh. Flöhe, Wanzen und Spinnen gibt es auch ...»

«In deiner Kammer möchte ich bestimmt nicht nachsehen», fiel ihr Marie spitz ins Wort. Nun lachte der Mann und schaute sie aufmunternd an.

«Ich bin Ulrich, der neue Pferdeknecht im Engelhof.»

«Und ich bin die Marie. Ich diene bei den Offenburgs an der Petersgasse.»

«Im Pfaffenhof beim Franz?»

Marie lächelte und nickte.

«Ja, der Franz ist unser Pferdeknecht.»

Mehr Worte hatten sie nicht gewechselt, aber seither ging er Marie nicht mehr aus dem Kopf. Sie wartete ungeduldig auf den folgenden Sonntag, weil sie damit rechnen konnte, dass Ulrich auch in der Peterskirche zur Messe erscheinen würde. Die Köchin betrachtete sie sinnend und meinte:

«Ich denke fast, unsere Herrin hat bald ein leeres Bett in der Mägdekammer.» Marie blickte verlegen zu Boden. Eine zarte Röte erschien auf ihrem Gesicht. «Du musst nicht rot werden. Ich habe schon gehört, Ulrich, der neue Pferdeknecht im Engelhof, habe es dir angetan.»

«Wer hat das gesagt?»

«Nun, der Franz. Dieser Ulrich hat sich nach dir erkundigt.» Maries Wangen begannen zu glühen.

«Nach mir? Das kann nicht sein.» Aber die Köchin lachte, drehte sich zum Herd und machte sich an der Feuerstelle zu schaffen. Sie hatte bereits alles Gemüse gerüstet, nun musste sie die Glut im Herd anfachen, damit sie sich ans Kochen machen konnte.

«Passen würdet ihr auf jeden Fall zusammen», meinte sie leichthin. Marie wurde es warm ums Herz. Sie diente nun schon über fünfzehn Jahre bei den Offenburgs und gehörte mit ihren knapp über dreissig Jahren bereits zu den reiferen Frauen. Aber es lag durchaus im Bereich des Möglichen, noch einen Mann zu finden, vor allem einen Witwer. Marie war etwas füllig, aber mit ihren blonden Haaren, welche das runde Gesicht mit den blauen Augen und den roten Backen umrahmten, durchaus hübsch. Sie scheute keine Arbeit, sie konnte überall zupacken. Ausserdem hatte sie jahrelang jeden Batzen gespart. Nur einmal war sie schwach geworden und hatte etwas gekauft, das nicht dringend notwendig gewesen war: das Amulett von Greda, dem Kräuterweib.

Der ersehnte Sonntag war gekommen, doch Marie hatte vergeblich Ausschau gehalten nach Ulrich. Darum stand sie nun verträumt und erwartungsvoll am Brunnen. Es gab vor allem zwei Möglichkeiten für Bedienstete, sich zu treffen, um einige Worte austauschen zu können, einerseits in der Kirche und andererseits am Brunnen. Ein Hund lief schnüffelnd auf sie zu, aber sie bemerkte es nicht. Der Wassereimer war leider viel zu rasch gefüllt. Sie wischte ihn langsam am Rand ab, goss das Wasser wieder zurück in den Trog, füllte ihn nochmals auf, doch dann gab es keinen Grund mehr, länger zu verweilen. Ulrich erschien nicht. Enttäuscht lud sie den Eimer auf ihren Kopf und schritt die wenigen Meter bis zum Tor des Pfaffenhofs, indem sie sehnsüchtig den Petersberg aufwärtsblickte. Aber niemand war zu sehen. Nur der junge Hund blieb ihr auf den Fersen.

Als sie in den Hof trat, stand Ulrich zusammen mit Franz beim Pferdestall! Fast wäre Marie gestolpert. Ein Gefühl von Glück und Verlegenheit raubte ihr fast den Atem. Sie blieb stehen und konnte nicht vermeiden, dass sie errötete. Ulrich kam lachend auf sie zu, während Franz auf den Boden spuckte und im Stall verschwand.

«Es ist peinlich und verwerflich, was in unserem Münster vor sich geht», ereiferte sich der Bürgermeister an der Ratssitzung. «Gestern wurde am Konzil nicht nur heftig disputiert, sondern die Beratungen arteten in handgreifliche Streitereien aus.»

«In handgreifliche Streitereien? Die Konzilsväter? Warum denn nur?»

«Es geht um die Zusammenkunft mit der Ostkirche», erklärte Henman Offenburg geduldig. Hatten es die anderen immer noch nicht begriffen? «Die Griechen mit ihrem Kaiser Johannes wollen nicht nach Basel reisen, um mit dem Konzil über einen Zusammenschluss zu beraten. Es sei zu weit entfernt vom Meer. Darauf hat der Papst vorgeschlagen, dass man sich in Italien trifft, doch das wollen viele der Konzilsväter nicht.»

«Die Papstgetreuen mit Kardinal Cesarini an der Spitze sind durchaus für Italien, doch die Mehrheit will ein Treffen zwischen dem Konzil und den Griechen in Avignon durchführen. Allen voran Kardinal d'Aleman von Arles.»

«Da bin ich gespannt, was die Griechen dazu meinen. Mir kommt es fast so vor wie der Esel, der sich zwischen zwei Hafersäcken befindet und nicht weiss, aus welchem er fressen soll.»

«Ja, der Teufel schmiedet mit Genuss seine Waffen! Doch was jetzt vor sich geht, ist nicht nur peinlich, es ist im höchsten Masse unchristlich», ergriff der Bürgermeister sichtlich erregt wieder das Wort, «gestern versuchten die beiden Parteien sich gegenseitig von der Kanzel zu drängen. Sie warfen einander wüste Beschimpfungen zu und brachen in laute Protestrufe aus, es entstand ein heftiger Tumult. Sie schrien, tobten, lärmten und pfiffen im Münster, als ob sie auf dem Jahrmarkt wären.»

«Das kann nicht sein! Es sind doch geistliche Herren. Man dürfte ein gewisses Mass an Beherrschung erwarten und auch Respekt vor dem kirchlichen Raum, oder nicht?»

«Würde man meinen. Aber unserer bewaffneten Bürgerwehr blieb keine andere Wahl, als ins Münster einzumarschieren. Sie musste sich mitten durch das

Getümmel einen Weg bahnen und mit barschen Worten für Ruhe und Ordnung sorgen. Und das in unserem Münster!» Die Ratsmitglieder sahen sich ratlos und entsetzt an.

«Morgen soll der Entscheid fallen, ob Avignon oder Italien, hat man mir übermittelt», wusste Henman und schob aufgeregt seinen Hut nach hinten.

«Gut, dann werden wir die Bürgerwehr verdoppeln, um sicher zu gehen. Sie soll sich vor dem Münster bereithalten», bestimmte der Oberzunftmeister barsch. Alle gingen besorgt auseinander.

Beim ersten Tageslicht, kurz nach vier Uhr früh, nahm Kardinal Louis d'Aleman beim Hochaltar im Münster seinen Platz ein. Er war in sein rotes Ornat gekleidet, auf dem Haupt trug er die mit Gold verzierte Kopfbedeckung. Seine grauen Haare legten sich um sein hageres Gesicht, aus welchem die dunklen Augen zielbewusst umherblickten. Er war entschlossen, diesmal das Pontifikalamt zu zelebrieren, danach von der Kanzel die erwählte Stadt der Zusammenkunft mit den Griechen verkünden zu lassen und keinerlei Widerstand oder Störungen mehr zu dulden. Er wusste die Mehrheit hinter sich und wollte an diesem Tag klare Fakten schaffen. Deshalb hatte er bei der Kanzel alle seine Getreuen versammelt, damit sie diese als Erste erreichen konnten. Sie hielten das Pergament mit dem Beschluss in der Hand, der Avignon als den erkorenen Ort bestimmte.

Kardinal d'Aleman fröstelte. Es war kalt im Münster. Die Sandsteinmauern schienen in der Dämmerung fast drohend in die Höhe zu wachsen. Die Seitenschiffe lagen tief im Schatten. Nur die bunten Glasscheiben im Chor begannen in der aufgehenden Sonne zu glitzern. Die reichausgemalten Gewölbe mit dem Leben der Maria sowie die Kerzen auf den vielen Altären vermittelten Wärme und Zuversicht. Es war ganz still im hohen Kirchenraum, niemand sprach. Der Kardinal und seine Getreuen warteten angespannt auf den Beginn der Messe und hielten sich wacker aufrecht. Gegen sechs Uhr erschien die Gegenpartei. Konzilspräsident Kardinal Cesarini war verblüfft, die anderen schon vorzufinden. Seine Augen unter den schwungvollen Brauen musterten skeptisch die Anwesenden. Doch vorerst wurde in Ruhe die Messe zelebriert. Danach versuchte Cesarini ein weiteres Mal, mit seinen Argumenten die anderen davon zu überzeugen, das Konzil nach Italien zu verlegen.

«Um es noch einmal klar und deutlich zu sagen: Es geht um die Vereinigung der Ost- mit der Westkirche. Seit vierhundert Jahren gehen wir getrennte Wege. Jetzt haben wir es in der Hand, diesem Zustand endlich ein Ende zu setzen. Es darf doch nicht daran scheitern, dass wir uns in der Westkirche nicht über den Ort der Verhandlungen einigen können! Der Papst muss unbedingt dabei sein – und ich als sein Stellvertreter hier am Konzil plädiere deshalb dafür, die Verhandlungen in Italien durchzuführen.» Kardinal d'Aleman erhob sich. Er sah sich genötigt, zu antworten, obwohl seine Argumente allen bekannt waren.

«Ehrwürdige Brüder, ich erinnere daran, dass das Konzil die oberste Instanz darstellt und deshalb die Verhandlungen führen muss. Jetzt aber will Papst Eugen die Lorbeeren einheimsen, wenn es um die Vereinigung mit der Ostkirche geht. Wir lassen nicht so umspringen mit uns. Der Papst kann gerne nach Avignon kommen, dann zeigt er, dass ihm die oberste Instanz der Kirche, nämlich das Konzil, wichtig ist.»

«Der Papst gedenkt keine Kompromisse zu machen …», erwiderte Cesarini zischend.

Kardinal d'Aleman gab nun ein Zeichen, dass man auf der Kanzel den Beschluss mit Avignon verlesen solle. Doch auch Cesarini wollte seinen erwählten Ort in Italien von der Kanzel verkünden lassen. Alle stürmten darauf zu. Sie war aber längst von den Leuten des Kardinals d'Aleman besetzt. Es gab kein Durchkommen. Da stieg ein Bischof der Partei Cesarinis kurz entschlossen auf eine Bank und begann, sein Dekret laut und deutlich zu verlesen. Kardinal d'Aleman sprang auf, rot vor Wut.

«Steigt sofort von dieser Bank herunter, das ist eines Kirchenmannes unwürdig, Euch wird der Bannstrahl treffen!» Der Bischof aber hob seine Stimme noch etwas an und las ungerührt weiter, während auf der Kanzel mit ebenso lauter Stimme gleichzeitig der andere

Beschluss verlesen wurde. Jeder versuchte den anderen zu übertönen. Und nachdem die beiden Redner geendet hatten, fingen die Parteien an, das *Te Deum laudamus* zu singen, wie es sich gehörte. Da aber die Redner nicht zur selben Zeit fertig waren, gab es ein musikalisches Durcheinander, jede Partei brüllte ihr *Dich Gott loben wir* zu anderer Zeit, es war nicht zum Anhören.

«Das ist schändlich und einer Kirchenversammlung absolut unwürdig!», rief ein Abgesandter zornig und zutiefst enttäuscht aus. «Eitelkeit und Herrschsucht sind Gifte des Teufels.» Angewidert rauschte er aus dem Münster.

Die Streitereien waren für Papst Eugen der lang erhoffte Anlass, endlich eingreifen zu können: Er erklärte kurzerhand, das Konzil sei nun nach Italien verlegt! Alle papsttreuen Konzilsteilnehmer, welche sich für das Treffen in Italien eingesetzt hatten, kehrten Basel den Rücken, unter ihnen auch der Konzilspräsident Cesarini. Die Mehrheit, welche zusammen mit Kardinal d'Aleman als Treffpunkt Avignon bevorzugt hatte, blieb in der Stadt. Doch das Konzil war damit auseinandergebrochen.

«Nun ist aus dem Wunsch nach Vereinigung mit der Ostkirche die Spaltung des Konzils geworden», fasste Henman mit düsterer Miene die Geschehnisse zusammen.

Zwei Monate später erlebte Basel wieder einmal einen heissen, trockenen Sommer. Bereits seit Wochen brannte die Sonne unbarmherzig auf die Getreide- und Gemüsefelder. Die Erde wandelte sich immer mehr zu Staub, und es fiel kein einziger Regentropfen. Die Hühner scharrten vergeblich im trockenen Boden. Eine weitere Missernte war zu befürchten und eine damit verbundene Teuerung. Die Magd Marie kümmerte es wenig.

«Wir … wir werden heiraten, Ulrich und ich», eröffnete sie etwas verlegen, aber auch stolz in der Küche.

Die Köchin schaute sie amüsiert an.

«Wie ich schon einmal bemerkte: In der Mägdekammer wird ein Bett frei! Aber du bleibst doch sicher weiterhin bei uns? Vom Engelhof, wo Ulrich dient, bis hierher ist es ja nicht weit.»

«Natürlich bleibe ich hier in Diensten, wenn es recht ist. Wir wollen im Herbst zusammenziehen. Es gibt kein grosses Fest, aber ich möchte an meinem Hochzeitstag möglichst schön aussehen. Könnt Ihr mir raten?» Die Köchin strich sich mit ihren zerfurchten Händen über die Wangen.

«Nun, da gibt es Hilfsmittel. Willst du das Gesicht über alle Massen schön machen, so nimm die Milch einer Eselin und wasch damit dein Antlitz.»

«Ja, davon habe ich schon gehört, aber das kann ich mir nicht leisten.»

«Meine Mutter hat mir einmal ein anderes Mittel verraten: Rosenöl wird mit Hühnerfett in ein Tongefäss gegeben und zum Sieden gebracht. Dann löst man weisses Wachs darin auf, fügt Eiweiss hinzu und passiert es durch ein Tuch. Danach braucht es noch Kampfer, Muskat und Gewürznelken und …»

Marie unterbrach sie lachend:

«Das ist viel zu aufwendig! Ich will ja nicht erst im nächsten Jahr heiraten. Wisst Ihr nichts Einfacheres, das aber rasch wirkt?»

«Dann nimm Liebstöckelwurzel, siede sie in Wasser, winde den Sud aus und wasch damit jeden Morgen das Gesicht.»

«Liebstöckelwurzel? Das wird es wohl in der Apotheke geben.»

«Dieses Rezept mit dem Liebstöckel hat mir ein Kräuterweib verraten. Es weilt schon lange nicht mehr in Basel.»

«Ihr meint doch nicht etwa Greda?»

«Doch genau, Greda meine ich. Du hast sie ja auch gekannt.»

«Und das Rezept ist von ihr? Ohne weitere Kräuter, die man bei Vollmond mit drei Vaterunser pflücken muss?»

«Nur Liebstöckelwurzel, nichts anderes. Aber sag, was ziehst du an der Hochzeit an?»

«Da bleibt nicht viel Auswahl. Wie alle Mägde besitze ich nur einen einzigen vorzeigbaren Rock. Abgesehen davon ist die Kleidertracht ja vorgeschrieben, jeder Stand hat nur beschränkte Möglichkeiten, etwas zu verändern, ob beim Pelzwerk, den Farben, Kappen oder Hüten.»

«Natürlich, die Ordnung der Stände ist ebenso hierarchisch wie die der Engelscharen», schmunzelte die Köchin. «Wichtiger ist natürlich, dass du deine Aussteuer bereithältst.»

«Natürlich, und Gespartes habe ich auch», meldete Marie stolz, «Ulrich hat ebenfalls etwas auf der Seite. Und seine Stelle als Pferdeknecht im Engelhof ist nicht schlecht bezahlt. Ich denke, wir können zuversichtlich eine Ehe eingehen.»

«Ja, so gehört es sich. Man heiratet erst, wenn man die finanziellen Mittel aufbringen kann, um eine Familie zu ernähren. Sonst nagt man rasch am Hungertuch, vor allem wenn Kinder kommen. Das erlebt man immer wieder. Wie ich schon sagte, ihr passt gut zusammen.»

10. Kapitel

Nach dem trockenen Sommer beherrschte ein früher Winter die Stadt, und die Kälte machte wieder einmal allen zu schaffen. Von starken Winden angetrieben, flogen dicke Nebelfetzen über den grauen Himmel. Die kleinen Bäche und Kanäle glitzerten schwärzlich, während der Rhein fast einem See glich und deutlich erste Zeichen des Zufrierens zeigte. Zwei Tage lang war ununterbrochen Schnee gefallen. Auf den Dächern lag er so hoch wie schon lange nicht mehr.

Henman und Anna sassen beim Abendessen in der warmen Stube. Ein Kienspan aus Föhrenholz gab etwas Licht und verbreitete eine angenehme, trauliche Stimmung.

«Werner liegt in seiner Kammer und klagt über einen heissen Kopf», berichtete Anna und blickte besorgt zu Henman, «ich war gerade in der Kirche, um für seine Genesung zu beten.» Henman hob den Kopf.

«Ist es schlimm?»

Anna zuckte ratlos mit den Schultern.

«Ich weiss es nicht. Er sagt ja nie etwas.»

«Wegerichwurzeln mit drei Bechern Wein und ebenso viel Wasser heilen ein dreitägiges Fieber», beschied Henman kurz. Er wusste, er war nicht ganz bei der Sache.

Seine Gedanken beschäftigten sich mit dem Problem, wie er Anna seine neuen Reisepläne schmackhaft machen sollte. Es würde nicht einfach werden.

«Ja, das habe ich bereits in die Wege geleitet», spann Anna das Gespräch weiter, «im vergangenen Jahr war er ja auch schon krank, und der ganze Winter ging vorüber, bis er wieder zu Kräften kam.» Henman gab keine Antwort. Die Magd Marie brachte die heisse Hühnersuppe und frisches Brot. Anna nahm den Holzlöffel, begann aber nicht zu essen, sondern berichtete von ihrem Besuch in der Kirche.

«Ich musste durch den tiefen Schnee waten, meine Schuhe wurden ganz nass. In der Kirche war es so bitterkalt, dass sogar das Weihwasser im Becken gefroren war, und beim Beten sah ich den Atemdampf vor meinem Mund. Mit meinen klammen Fingern und auf dem eiskalten Boden konnte ich nicht so lange beten, wie ich eigentlich vorhatte. Hoffentlich hilft das Bitten trotzdem.» Henman schwieg noch immer. Er bemerkte, wie Anna heimlich sein Gesicht musterte. Sie spürte offensichtlich, dass etwas anders war, sie wusste nur nicht was. Da legte er entschlossen den Löffel hin, nahm sich ein Stück Weizenbrot, blickte sie einen Moment mit seinen hellen Augen forschend an, bevor er ihr eröffnete:

«Frau, ich werde nach Jerusalem reisen.» Anna begann zu husten. Sie hatte sich verschluckt. Kein Wunder bei dieser unerwarteten Eröffnung.

«Nach Jerusalem?», fragte sie, nachdem sie sich etwas erholt hatte. «Das … das kommt sehr plötzlich.»

«Nun, das Konzil will mit der Ostkirche Frieden schliessen. Deshalb reise ich mit einer Delegation zum Patriarchen nach Konstantinopel. Und von Konstantinopel aus ist es nicht mehr sehr weit nach Jerusalem. Ihr wisst, ich wollte schon immer dorthin.» Anna blickte ihn mit grossen Augen an.

«Ich habe keine Ahnung, wo Konstantinopel und Jerusalem liegen. Ich weiss nur, dass sie sich im Osten befinden. Es ist eine sehr weite Reise, unendlich viele Tagereisen, nicht wahr? Werdet Ihr lange fort sein?»

Henman schaute ihr nicht in die Augen, seine Finger spielten mit dem Holzlöffel. Er wusste, die Antwort würde sie nicht freuen.

«Ich kann dazu nichts Genaues sagen. Einige Monate wird es sicher dauern, vielleicht auch ein Jahr.» Anna schnappte nach Luft und blickte ihn entsetzt an.

«Das ist nicht Euer Ernst! Ich bin es ja gewohnt, auf Euch warten zu müssen, aber ein volles Jahr …»

«Ich sagte, vielleicht», widersprach Henman und hob seine Stimme, «es hängt davon ab, wie die Verhandlungen vorwärtsgehen. Das Konzil hoffte, die Abgeordneten der Ostkirche in Basel empfangen zu können. Doch der Weg nach Basel ist dem Kaiser der Griechen zu mühsam. Papst Eugen bestimmte, dass man sich zu den Verhandlungen in Italien trifft, doch das Konzil denkt an Avignon, weil es auch nicht weit vom Meer entfernt liegt. Vorerst reisen wir also nach Avignon.» Anna hielt sich mit beiden Händen den Kopf und blickte ihn an, fast flehend.

«Konstantinopel, Avignon, Jerusalem, mir schwirrt der Kopf! Die Aufzählung nutzt mir wenig, ich habe keine Ahnung, wo diese Orte liegen. Doch ich kann beurteilen, wie lange ein Jahr ist und dass so eine Reise übers Meer gefährlich werden wird.»

«Man segelt immer dicht den Küsten entlang und legt unterwegs an den verschiedenen Häfen an. Bei günstigem Wind werden in kurzer Zeit Strecken zurückgelegt, von denen man als Reiter nur träumen kann. Und Ihr wisst, ob Krankheit, Tod oder gesunde Rückkehr, es liegt immer in Gottes Hand.» Sie fuhr sich nervös mit der Zunge über die Lippen.

«Sicher. Aber liegt es nicht auch in seiner Hand, ob eine Einigung zwischen den beiden Kirchen gefunden werden kann und wo das stattfinden wird?»

Henman blickte sie erstaunt an. Worauf wollte sie hinaus?

«Natürlich. Man darf aber trotzdem nicht einfach die Hände in den Schoss legen und abwarten. Man muss etwas unternehmen. Ausserdem hilft eine Pilgerreise nach Jerusalem meinem Seelenheil», antwortete er barsch und bestimmt. Dagegen liess sich nun wirklich nichts sagen. Anna schwieg wie erwartet. Doch so rasch gab sie nicht klein bei.

«Mit achtundfünfzig Jahren nach Jerusalem reisen! Das ist ein tollkühnes Unterfangen», murmelte sie kleinlaut, und ihre Stimme klang belegt. Sie strich sich langsam über die Haare. Sie begannen deutlich grau zu werden. Ihre Augen blickten müde und traurig. Henman bemerkte es, und es berührte ihn seltsam.

«Mein Stiefvater Konrad wird Euch beistehen, während ich weg bin. Damit habt Ihr eine männliche Stütze. Er wohnt ja gleich nebenan. Und unser Sohn Peter sowie unsere Tochter Ennelin mit ihren Ehegatten sind ebenfalls da.»

«Und Werner ist auch schon zwölf, ich weiss», ergänzte Anna bitter und erhob sich abrupt. «Ich will nachsehen, ob es ihm etwas besser geht.» Henman blickte ihr ruhig und gelassen nach. Er wusste, sie würde sich damit abfinden. Es war alles gesagt und auch alles beschlossen.

Anfang Oktober 1437 gelangte die Galeere mit Henman Offenburg und den Gesandten des Konzils an Bord zum Hafen von Pera, kurz vor Konstantinopel. Hier wurde haltgemacht.

«Habt Ihr die päpstliche Flotte bemerkt, die vor Anker liegt?», fragte Johannes von Ragusa, der Abgesandte des Basler Konzils, erregt und seine dunklen Augen funkelten.

«Eine päpstliche Flotte, seid Ihr sicher? Das kann doch nicht sein», antwortete Henman verdutzt.

«Doch, gewiss, ich habe die Wappen und Zeichen deutlich erkannt. Papst Eugen ist uns zuvorgekommen.»

«Das gefällt mir gar nicht», meinte Henman düster.

«Ich glaube, einer der Befehlshaber hat sogar versucht, unsere Landung zu verhindern. Habt Ihr nichts bemerkt?»

«Ich habe nur gesehen, dass es Probleme gab. Da haben wir ja ein prachtvolles Beispiel christlicher Zwietracht geliefert, und das vor den Toren von Byzanz!»

Bald fuhren die Schiffe mit den Abgesandten mit entfalteten Fahnen des Konzils und begleitet von Trompetenklängen in schönster Ordnung zum Hafen am Goldenen Horn von Konstantinopel. Der Anblick der Stadt vom Meer aus verschlug Henman beinahe die Sprache. Es war ein erregender Anblick. Die Sonne stand tief am Horizont, wie eine rote Scheibe, und das Häusermeer lag bereits im Schatten. Deutlich hob sich die mächtige Kuppel der Hagia Sophia hervor, beleuchtet von den letzten Sonnenstrahlen.

«Der Patriarch von Konstantinopel ist Herrscher einer wundervollen Stadt. Schaut Euch die mächtigen Stadtmauern an, ist das nicht ein gewaltiges Befestigungswerk?», meinte Henman beeindruckt zu seinem Begleiter. «Und beachtet das Aquädukt, welches die Stadt mit Trinkwasser aus dem Hügelland versorgt. Es soll sogar unterirdische Zisternen geben als Reservoir.»

«Ja, man sieht, dass Konstantinopel die mit Abstand grösste und wichtigste christliche Metropole im Osten ist, trotz vielen Stadtbränden, Seuchen und Erdbeben.»

Freudige Rufe der Bewohner empfingen sie, nachdem sie gelandet waren. Während sie durch die Stadt streiften, konnte sich Henman Offenburg nicht sattsehen. Unzählige Händler bevölkerten die Strassen und den Markt. Es gab Waren aus aller Herren Länder zu kaufen, auch Gemüse und Früchte, die er noch nie gesehen hatte. Alle schrien durcheinander, jede Ecke hatte ihren eigenen Geruch. Am Boden hockten viele zerknitterte, heruntergekommene Gestalten, die laut rufend irgendeine Dienstleistung anboten.

Trotz dem kunterbunten Leben in den Gassen konnte sich Henman nicht des Gedankens erwehren, dass die Stadt eine Insel im mächtigen Osmanenreich bildete, bedroht von allen Seiten durch die Andersgläubigen. Die Hilfe der Christen im Westen wurde dringend benötigt. Um eine Einigung zwischen den beiden Kirchen stand es deshalb nicht schlecht. Doch bald erfuhren sie, dass bereits alle Abmachungen getroffen waren. Kaiser Johannes erklärte ihnen, er werde sich in Ferrara mit dem Papst treffen.

«Das war gerissen von Papst Eugen, er hat uns ausgestochen», murrte Henman, während er versonnen auf den Bosporus und das Goldene Horn blickte. Er hatte zusammen mit dem Konzilsabgeordneten Johannes von Ragusa einen kleinen Hügel bestiegen. Die Stadt lag weit ausgebreitet unter ihnen.

«Eugen ist hartnäckig, wir haben ihn offensichtlich unterschätzt», erwiderte Ragusa langsam und schüttelte missbilligend den Kopf. Seine braunen Haare wehten im Wind. Er hob seine Hand, um die Augen vor der grellen Sonne zu schützen.

«Aber alles hat seinen Preis. Diese herrliche Stadt Konstantinopel ist praktisch von den Türken umzingelt. Hilfe ist dringend angesagt. Papst Eugen wird Soldaten schicken müssen, und zwar rasch, da bleibt ihm keine andere Wahl.»

«Piccolomini – Ihr kennt ihn ja auch – hat mehrmals mit wohlgesetzten Worten darauf hingewiesen, dass es eine Schande für die Christenheit wäre, wenn Konstantinopel an die Türken fallen würde. Eine Stadt in unserem eigenen Haus, in Europa.»

«Europa? In diesen Dimensionen habe ich noch nie gedacht. Aber Piccolomini hat recht, Konstantinopel liegt tatsächlich auf europäischem Boden, und bis jetzt fielen nur Städte in die Hände der Andersgläubigen, die in Afrika oder Asien lagen. Ich weiss, er ist ein glühender Verfechter eines Kriegszuges gegen die Türken. Doch schaut Euch die Stadt an, die unter uns liegt. Ringsherum wohnen bereits Türken.»

«Ihr denkt, diese einzigartige Stadt der Christenheit sei unaufhaltsam dem Untergang geweiht?»

«Offen gestanden kann ich es nicht glauben, wenn ich sie so liegen sehe, die grossartige Hagia Sophia, die Klöster, die vielen Schätze, die mächtige Stadtmauer», Henman verfolgte mit den Blicken eines der vielen Schiffe auf dem in der Sonne glänzenden Bosporus, «doch wir dürfen uns nicht täuschen lassen, der Antichrist liegt auf der Lauer.»

Während Henman Offenburg im fernen Konstantinopel weilte, brachte der Sommer am Oberrhein eine weitere Missernte, denn es regnete wochenlang ununterbrochen. Mit braunen Fluten wälzte sich der Rhein durch die Stadt. Der Fluss Birs führte Hochwasser, und man fürchtete um die neue Brücke. Würde sie den Wassermassen standhalten? Die Wege waren alle aufgeweicht und es bildeten sich riesige Pfützen. Auch die Felder standen unter Wasser, in den Wiesen hörte man keine Grillen mehr zirpen, viele Jungstörche starben.

«Habt Ihr von dem traurigen Unfall gehört? In Kleinbasel ist ein Kind in den Fluten des Rheins ertrunken, vor den Augen der Mutter», berichtete Marie aufgeregt der Köchin, als sie vom Brunnen zurückkam.

«Und niemand konnte es retten?»

«Nein, das Wasser war viel zu hoch und reissend. Ist das nicht schrecklich, wenn man als Mutter das eigene Kind ertrinken sieht?» Die Köchin nickte betroffen.

«Ich darf es mir gar nicht vorstellen. Aber was gibt es nicht alles an Gefahren für kleine Kinder! Ich könnte dir Dinge erzählen … ich weiss noch genau, wie ein Kind in der Gerbergasse in einen Gerberbottich fiel und niemand bemerkte es … oder damals, als in der Freien Strasse ein Kind aus dem Fenster im zweiten

Stock stürzte, weil es unten ein Pferd vorbeigaloppieren hörte.»

«Und erinnert Ihr Euch an den Knaben am Andreasplatz, der sich am Herdfeuer verbrannte, weil niemand aufgepasst hatte? Seine schrecklich schmerzenden Brandwunden – ich darf gar nicht daran denken, wie er leiden musste!» Sie betrachteten beide das lodernde Feuer im Herd und schauderten. «Und alle Bittgänge und Gebete nutzten nichts», schloss Marie mit belegter Stimme.

Nicht nur die Bediensteten, auch die Ratsherren machten sich Sorgen.

«Alles ist verfault, Ernteerträge sind keine zu erwarten. Die Versorgung der Konzilsteilnehmer, ihrer Diener und Pferde wird immer mehr zu einem Problem für unsere Stadt», berichtete der Bürgermeister an der Ratssitzung niedergeschlagen. «Die Nachbarn verweigern die Ausfuhr ihres Getreides, da sie selbst zu wenig haben, und Anfragen in Worms, Nürnberg und Ulm bringen auch nicht die gewünschten Mengen.»

«Das Wetter war dort auch nicht viel besser. Alles wird teurer. Einige Bäcker behelfen sich, indem sie die Brote kleiner machen. Doch ich fürchte, Spekulationen werden nicht ausbleiben. Ich bin fast froh, dass einige Geistliche nach Italien abgereist sind.»

«Nun, die wirtschaftliche Blüte, die uns das Konzil gebracht hat, ist sichtlich beendet», meinte ein Ratsmitglied resigniert.

«Aber es waren immerhin sechs fette Jahre», entgegnete der Bürgermeister. «Unterdessen besitzen wir eine Papiermühle, die ausgezeichnetes Papier herstellt, bedeutende Maler wohnen und arbeiten in unserer Stadt, Händler, Wechsler …»

«Doch leider ist der Basler Bischof gestorben», unterbrach ihn ein frommes Ratsmitglied mit säuselnder Stimme, «mit Johann von Fleckenstein besass die Stadt einen umsichtigen Herrn.»

«Oh, auch der neue Bischof Friedrich zu Rhein ist mit der Stadt sehr verbunden», beschwichtigte der Bürgermeister, «seine Schwester leitet ja als Äbtissin das Kloster Klingental.»

«Das ist für mich eher eine schlechte Empfehlung. Die Nonnen dort benehmen sich gar nicht so, wie es sich für fromme Schwestern gehört.»

«Ich weiss. Doch bedenkt, es sind lauter adelige Damen aus höchsten Kreisen in jenem Kloster. Sie leisten sich ein entsprechendes Umfeld.»

«Aber was sie alles treiben! Kürzlich wurde ihnen per Dekret Mässigung und ein gehorsameres Leben anbefohlen, aber sie trommelten und lärmten mit Gegenständen, dass sie danach mit gutem Gewissen sagen konnten, sie hätten nichts davon gehört.»

«Und sie baden erst noch in aller Öffentlichkeit im Rhein!», rief ein Ratsmitglied angewidert dazwischen. Einige Ratsherren lachten hämisch.

«Meine Herren, ich bitte um Ruhe. Wir haben andere

Sorgen, als das Leben der Nonnen vom Kloster Klingental zu verurteilen. Ich denke, ich werde mich bei den Konzilsvätern für die Teuerung entschuldigen und ihnen unsere Situation erklären. Da in der Stadt nichts wächst und das umliegende Land fremden Herren gehört, haben wir die Preise nicht in der Hand. Und wir können niemanden drängen, seine Sachen wohlfeiler abzugeben.»

«Der grosse Kreis um den neuen Konzilspräsidenten Kardinal d'Aleman weilt treu in unserer Stadt. Sie werden Verständnis haben.»

«Ich habe gehört, dass man am Konzil weitere Reformen beschlossen hat: Zum Beispiel soll kein Ämterkauf mehr möglich sein.»

«Schwieriger wird es wohl, durchzusetzen, dass weniger Abgaben an Rom fliessen sollen. Der Papst braucht das Geld dringend für seine Kriege. Eugen wird diesen Beschluss nie anerkennen.»

«Papst Eugen steht dem Konzil in Basel so oder so nicht wohlwollend gegenüber, wie wir alle wissen. Er ist der Meinung, das Konzil finde nun in Ferrara statt.»

«Es wird auch noch über anderes geredet hinter den verschlossenen Türen», äusserte sich ein Ratsmitglied mit gedämpfter Stimme, «ich habe vernommen, dass man sogar über das Thema der Hexerei diskutiert.»

«Die Ausbreitung des Hexenzaubers ist sicher der Rede wert, aber es ist auch besser, wenn nichts davon nach aussen dringt.»

«Dann wollen wir es ebenfalls so halten», erklärte der Bürgermeister mit grosser Bestimmtheit und schloss die Sitzung.

Unterdessen setzte Henman Offenburg seine Reise ins Heilige Land fort, zum Ziel seiner Träume: Jerusalem. Zusammen mit drei Begleitern bestieg er im Hafen von Konstantinopel eine grosse Galeere. Für die Fahrt hatten sie sechshundert Gulden zu bezahlen, eine ansehnliche Summe. Bald merkten sie, dass die Reise unter keinem glücklichen Stern stand. Seit der Fahrt von Frankreich nach Konstantinopel waren einige Wochen verstrichen und die Jahreszeit zeigte sich nun ausgesprochen ungeeignet für Seereisen. Mit Herbststürmen und widrigen Winden musste täglich gerechnet werden. Henman und seine Begleiter achteten nicht weiter darauf und stachen ins Meer, dem grossen, fernen Ziel entgegen. Trotz unruhiger See kamen sie gut voran. Aus der Tiefe der Galeere stieg allerdings ein ekelerregender Gestank auf. Essensreste, Fischabfälle, alles lag umher. Die Ruderer hatten offensichtlich keine Erlaubnis aufzustehen, auch nicht um ihre Notdurft zu verrichten. Zudem lagen die Passagiere zusammengepfercht auf ihren Strohsäcken im engen Schiffsraum, der nur durch vier Luken mit Frischluft versorgt wurde. Man schlief wie gewohnt fast nackt, drehte dem Nachbarn die kalte Schulter zu und hoffte auf eine möglichst ungestörte Nacht. Neben den Reisenden stand jeweils ein Nachttopf bereit. In der stockdunkeln Nacht danach zu tasten, war jedoch nicht einfach und brachte oft einen Topf zum Umkippen. Aber Offenburg plagte nicht nur der Gestank, sondern auch das zahllose Ungeziefer, Flöhe und Wanzen. Das Trinkwasser scheute er zu sich zu nehmen, es stank so sehr, dass es ganz offensichtlich ungeniessbar war. Er hatte zum Glück etwas Wein mitgenommen. Auch das Brot war voller Maden. Er sehnte das Ziel herbei.

Doch da brach mit einem plötzlichen Wetterumschlag ein furchtbarer Sturm los. Die Galeere hüpfte auf dem Wasser wie ein Ball. Die Segel zerfetzten, bevor man sie herunternehmen konnte. Henman klammerte sich an einen Mast und dachte an Anna. Sie hatte ihn höchst ungern ziehen lassen, er musste einfach wieder heimkehren! Er hörte sie noch in sein Ohr flüstern, dass sie den lieben Gott täglich bitten werde, ihn am Leben zu erhalten. Doch im Moment zweifelte er, ob er diesen Sturm überleben würde. Er sah sich bereits auf den Grund des Meeres sinken. Der Wind pfiff ihm um die Ohren, mannshohe Wellen mit schäumenden Gischtkronen donnerten an die Bordwand. Er konnte sich nur mit Mühe aufrecht halten. Die meisten Mitfahrer wurden seekrank, was den abscheulichen Gestank noch erhöhte. Die Wogen schlugen mit Wucht über die Reling, während die Ruderer mit vereinten Kräften versuchten, das Ufer zu erreichen. Es war schon zum Greifen nahe, da brach die Galeere auseinander. Henman und seine Begleiter dachten, ihre letzte Stunde hätte geschlagen. Sie wurden ins Meer geschleudert. Henman ruderte verzweifelt mit den Armen, hielt sich an einem Holz fest und spürte so etwas wie Boden unter seinen Füssen, doch die nächste Welle zog ihn wieder unter ihm weg. Er wurde hochgehoben, tauchte unter und schluckte viel salzhaltiges Wasser. Seine Augen brannten, doch irgendwie schaffte er es trotzdem, sich ans Ufer zu kämpfen. Seine Ohren sausten, er war nass bis auf die Haut, aber unter sich fühlte er Sand und Steine.

«Gott sei Lob und Dank für die Rettung», dachte Henman hustend und prustend. Er lag erschöpft am Strand, seine nassen blonden Haare lagen zerzaust um seinen Kopf. Er hörte die brausenden Wellen und den heulenden Wind, wusste sich aber in Sicherheit. Es überkam ihn ein rätselhaftes Glücksgefühl. Er war gerettet! In allerletzter Not an Land gespült. Unvermittelt hob er den Kopf, stützte sich auf die Arme und sah sich nach seinen Kameraden um. Auch sie lagen praktisch unversehrt da, nur einer blutete etwas. Es schien eine Schramme zu sein, die er sich zugezogen hatte. Henman rappelte sich auf und ging zu ihm hinüber. Die tropfnassen Kleider klebten an seinem Körper.

«Alles soweit in Ordnung?», fragte er vorsichtig.

«Ja, es geht mir gut. Hauptsache, wir sind gerettet. Es ist wie beim Glücksrad am Basler Münster. Einmal ist man unten und einmal trägt es einen hinauf. Durch solche Erfahrungen lernt man, nie zu verzweifeln und sein Vertrauen auf Gott zu setzen.»

«Gut. Dann machen wir uns trotz allem weiter auf den Weg nach Jerusalem, auch wenn unser Gepäck verloren ist, mitsamt den Geleitbriefen.»

«Und Schuhe habe ich auch keine mehr.»

«Entbehrungen einer Pilgerreise!»

«Zum Glück haben wir in unseren Rocksäumen weitere Gulden eingenäht. Jaffa kann nicht mehr weit entfernt sein. Lasst uns ein Schiff suchen, das uns dorthin bringt.»

In Jaffa boten Christen aus Rama und Jerusalem Wein, Brot, Eier und Früchte zum Kauf an. Henman biss mit nie gekannter Freude in diese frische Ware. Dattelpalmen mit dicken Fächerkronen und schlanken Stämmen standen in Gruppen da und spendeten Schatten. Die engen Gassen und verschachtelten Behausungen mit den ockerfarbenen, dicken Mauern und kleinen Höfen, in denen sich das Leben abspielte, liessen Henmans Herz höher schlagen. Es kam seinen Träumen und den Erzählungen vom orientalischen Leben sehr nahe.

Sie wurden alle registriert und erhielten neue Geleitbriefe. Bald brachen sie Richtung Jerusalem auf, eskortiert von türkischen Soldaten und begleitet von Franziskanern, welche aus der Heiligen Stadt stammten. Auf den Rücken von Eseln ging es recht flott voran, wenn auch nicht so bequem wie mit Pferden. Im Gebiet des Sultans war es den Pilgern verboten, mit Pferden und Waffen nach Jerusalem zu reiten. Die Hitze und der Staub machten ihnen den Weg zur Qual, doch Henman hatte auf seinen vielen

Reisen schon einiges erdulden müssen. Seine aufmerksamen Blicke entdeckten Oliven- und Feigenbäume sowie hin und wieder Zedern, aber auch Kamele. Etwas ungemütlich wurde es, als Beduinen sie unterwegs mit Steinen bewarfen und einige wilde Hunde ihnen wütend bellend an die Beine fuhren. Eilig ritten sie weiter.

Nach wenigen Tagen langten sie vor Jerusalem an. Henman schwieg ergriffen. Die Stadt vor Augen zu haben, von der er seit Jahren geträumt hatte, war ein überwältigendes Gefühl. Er wusste, dieser Anblick würde unauslöschlich in seinem Gedächtnis eingeprägt bleiben. Nun durfte er die heiligen Orte besuchen, den Berg Zion, das Haus Marias, den Stein, auf dem Jesus gesessen und den Jüngern gepredigt hatte, die Geburtskirche, die Schädelstätte. Doch als Erstes ritten sie zum Heiligen Grab, um den ersehnten Ablass zu bekommen.

«Ich weiss nicht, ob ich wache oder träume», murmelte Henman ergriffen. Die vielfältigen Eindrücke, das fremde, ungeheuerlich weihevolle Gepräge der christlichen Stätten, das Bewusstsein, nun am Ort seiner Träume angekommen und Christus näher zu sein, liessen ihn erschauern. Auch den andern erging es so, bemerkte Henman, denn hin und wieder hörte er ein halb unbewusstes Aufschluchzen, unterbrochen von einem leise gemurmelten *Ave Maria*.

In den Gassen herrschte ein reges Treiben. Juden, Griechen, Abessinier, Syrer, Muslime – Henman konnte sie kaum unterscheiden. Ein Sprachengewirr drang an sein Ohr, tief verhüllte Frauengestalten huschten über den Weg und Gerüche verschiedener orientalischer Gewürze kitzelten seine Nase. Die meisten Waren hatte man zum Verkauf auf einem Tuch am Boden ausgelegt. Von Ferne erklang Musik, klagende, wehmütige Klänge. «Genau so habe ich mir den Orient vorgestellt, aber es ist noch viel faszinierender», dachte Henman begeistert. Das Fremdartige zog ihn magisch an, aber er wusste, dass es auch nicht ganz ungefährlich war, und so mischte er sich nie alleine unter das Volk. Die Häuser und Hütten waren von unzähligen Familienmitgliedern bewohnt, Kinder rannten barfuss durch die Gassen, Hunde schnupperten an den Abfällen, hin und wieder huschte eine Ratte von einem Keller zum anderen. Henman durchwanderte zusammen mit seinen Gefährten die engen Gassen, das Viertel der Christen und das Viertel der Juden, und besuchte mit Ehrfurcht alle heiligen Stätten. Dabei sammelte er weitere Ablässe.

Der Aufenthalt gipfelte in der Zeremonie, in welcher er zum Ritter des Heiligen Grabes geschlagen wurde. Im Grabestempel, bei verschlossenen Türen, verbrachten alle die Nacht mit Gebeten, Andachten und Gesängen. Um Mitternacht wurde ihnen in feierlicher Weise die Ritterwürde erteilt. In der magischen Stille überkamen Henman Offenburg sonderbare Gefühle, die ihm fast den Atem nahmen. Der Duft des Weihrauchs benebelte ihn, zudem überfiel ihn eine grosse Müdigkeit, beides zusammen liess ihn zweifeln, ob er nicht doch träumte. Er erinnerte sich an seinen Ritterschlag auf der Engelsbrücke in Rom durch Kaiser Sigismund, unglaublich schön und würdig. «Rom – und nun Jerusalem», dachte er ergriffen, eingehüllt vom Zauber dieser einzigartigen Nacht, der feierlichen Zeremonie, und erfüllt von all den vielen tiefen Erlebnissen.

Nach zehn Tagen wurde es allmählich Zeit, an die Heimkehr zu denken. Die Vorstellung, irgendwann wieder in Basel zu sein, kam Henman ganz unwirklich vor. An die bevorstehende Fahrt über das weite Meer dachte er allerdings mit Widerstreben. Er hatte keine guten Erinnerungen an die Seereise. Der fürchterliche Sturm, die Enge an Bord, das ständige Schwanken, die vielen Mitfahrer und ihr Schnarchen in der Nacht, die Geräusche, die sie sonst noch machten – doch es blieb ihm keine andere Wahl.

Es gelang ihm, beim Mast in der Mitte der Galeere einen Platz zu ergattern, hier war der Seegang etwas weniger heftig zu spüren. Zudem sorgte eine nahe Luke für etwas frische Luft. Auch auf der Rückreise wollte man in der Nähe der Küste segeln, damit man bei drohendem Sturm Schutz in einem Hafen finden oder sich wenigstens in den Windschatten einer Insel flüchten konnte. Allerdings war es zuerst nicht möglich, denn die Strecke nach Zypern und Kreta führte längere Zeit über das offene Meer. Die Segel blähten sich, und schon nach kurzer Zeit war kein Land mehr zu sehen.

«Die tagelange Reise über die offene See ist unheimlich, von Jaffa bis Zypern und von dort bis Kreta kann man nirgends Land sehen. Nichts als Wasser, Wasser und Himmel», meinte ein Mitfahrer mit ängstlicher Stimme.

«Ja, auch ich hoffe und bete, bald wieder Land zu erblicken. Nach dem Sturm und dem Schiffbruch, den wir erleben mussten, fühlt es sich besonders ungemütlich an, kein Land in sichtbarer Nähe zu haben. Abends schläft man ein mit dem unschönen Gedanken, sich am Morgen auf dem Grund des Meeres wiederzufinden.»

«Und jetzt noch diese Flaute. Schon ein paar Stunden treiben wir nun im Wasser, die Segel hängen fast schlaff herunter.»

«Trotzdem ist es mir lieber als ein Sturm.» Einige Reisende vertrieben sich die Zeit mit Glücksspielen, andere diskutierten lauthals und wieder andere beteten.

«Das sind ja Basler Karten!», rief ein Kamerad plötzlich erfreut aus. Er hatte sich zu den Kartenspielern begeben, um zuzusehen. Henman trat neugierig näher. Tatsächlich, auf dem Schilten sieben war deutlich ein Baslerstab zu sehen.

«Eicheln, Rosen und das Wasserzeichen Halbysens, ein halbes Hufeisen! Es sind tatsächlich Basler Spielkarten», meinte auch Henman begeistert, nachdem er die Karten eingehend gemustert hatte. Es war ein eigenartiges Gefühl, mitten auf dem weiten Meer Basel so nahe zu sein. Doch da entstand Unruhe.

Basler Spielkarten, 15. Jahrhundert

«Schaut, dort vorne ist ein Segel am Horizont», schrie ein Mitreisender aufgeregt.

«Hoffentlich kein Schiff von Seeräubern, sonst sind wir verloren!», rief der Kapitän besorgt. Voller Angst verfolgten alle mit den Augen die Richtung, die das fremde Schiff einschlug. Es waren ungemütliche, lange Minuten, bis feststand, dass das Schiff nicht Kurs auf sie zu nahm, sondern langsam hinter dem Horizont verschwand. Aufatmend setzten sich alle wieder hin. Nun kam sogar etwas mehr Wind auf, und die Segel blähten sich.

«Te Deum laudamus», riefen die Mitreisenden, welche inbrünstig gebetet hatten, hoch erfreut aus. Die Stunden vergingen trotzdem unendlich schleppend. Henman schaute über das weite Meer, das in unterschiedlichen Farben schillerte, manchmal Blau, dann Grün, hin und wieder fast Schwarz. Er betrachtete die wogenden, mit Schaum gekrönten Wellen und beobachtete, wie sie sich überschlugen, verfolgte die rastlosen Wolken am Himmel und fühlte sich zwischen Wasser und Himmel als Teil des Ganzen, immerwährend auf Reisen. Doch dann entdeckte er Tiere, an denen er sich ergötzte. Mehrmals begleiteten sie längere Zeit Delfine, manchmal sah er mit Staunen fliegende Fische, einmal sogar einen Wal.

«Wenn wir in Venedig ankommen, werde ich in der Kirche ein Dankgebet sprechen für die erfolgreich verlaufene Fahrt über das weite offene Meer», äusserte sich

Henman, während er in Gedanken versunken über die endlos scheinende Wasserfläche blickte.

«Ich denke, das Dankgebet werde ich bereits in Kreta sprechen. Von da an können wir dann mehrheitlich in Küstennähe segeln und nachts jeweils in einem Hafen vor Anker gehen.»

«Trotzdem, erst wenn wir Venedig erreicht haben, sind wir wieder auf sicherem Boden.»

Als die Galeere nach vielen Zwischenhalten einige Wochen später in Venedig einfuhr und Henman Offenburg die prunkvollen Paläste erblickte, fühlte er eine tiefe Dankbarkeit in sich. Die Einfahrt in Venedig war unbeschreiblich schön. Der zartblaue Himmel, die in der Sonne leuchtenden weissen Paläste, der hohe Campanile und die Markuskirche mit den Gebeinen des Evangelisten Markus, der riesige Platz davor, alles war äusserst beeindruckend. Unzählige Masten ragten in den Himmel, ganze Schiffskonvois waren zu sehen. Es wimmelte von Waren und Lastenträgern mit Karren und Wagen, die unermüdlich Schiffe entluden. Es war deutlich auszumachen, dass diese Stadt als Brücke zwischen dem Orient und dem Abendland diente. Der Reichtum war nicht zu übersehen.

Aufatmend begab sich Henman an Land. Er mischte sich unter die unzähligen Kaufleute und Handwerker. Das vielfältige Nebeneinander von Albanern, Slawen, Griechen, Deutschen und Türken, von Händlern, Knechten und Söldnern sowie die Kanäle und Gondeln faszinierten Henman ungemein. Tuch, Seide und Glas, Gewürze und Parfüme wurden gehandelt, aber auch Salz und Getreide. «Hier müsste man ein Bankgeschäft führen! Das gäbe reichen Gewinn», fuhr es Henman durch den Kopf. Trotzdem drängte es ihn, bald weiterzureisen. Einzig den Blick vom hohen Campanile von San Marco wollte er sich noch gönnen, denn alle berichteten begeistert von der einmaligen Aussicht. Er war nun schon ein ganzes Jahr unterwegs, er wollte nur noch möglichst rasch nach Hause. Die Ungewissheit, ob er in Basel alles wohl geordnet vorfinden und seine Familie wiedersehen würde, liess ihn unruhig werden. Ob alle das Jahr gesund überstanden hatten? Er durfte sich gar nicht ausmalen, was er empfinden würde, wenn jemand von der Familie unterdessen krank geworden oder gar gestorben wäre.

Als er die tief verschneiten Alpen glücklich hinter sich gebracht hatte, ritt er zielstrebig durch die geheimnisvolle, verträumte Winterlandschaft Basel entgegen. Am 21. Februar erblickte er von Weitem die Kirchtürme der Stadt und betrachtete beim Näherkommen mit einem unbeschreiblichen Glücksgefühl die schneebedeckten Dächer im Abendlicht. Es schien ihm, die Welt sei stillgestanden. Alles war genau so, wie er es vor einem Jahr verlassen hatte. Aber natürlich wusste er, dass ihn einige Überraschungen erwarteten.

«Während Eurer Reise starb Kaiser Sigismund», meldete ihm Anna, nachdem sie ihn stürmisch begrüsst und die Familienneuigkeiten berichtet hatte.

«Sigismund ist tot?», rief Henman erschrocken.

«Er ist während der Adventszeit plötzlich verstorben, auf seinem Thron im vollen Ornat. Ein wahrlich kaiserlicher Hinschied.»

Henman schwieg. Die Nachricht traf ihn schwer, er hatte Sigismund sehr geschätzt, sie hatten viel zusammen erlebt.

«Man hat im Münster ein feierliches Requiem für ihn abgehalten mit allen hohen Würdenträgern, den Konzilsvätern und dem Rat von Basel.»

«Nur ich habe gefehlt», haderte Henman mit dem Schicksal.

«Man bleibt nicht ein Jahr weg und verpasst nichts», konnte sich Anna nicht verkneifen zu bemerken. Henman blickte sie verständnisvoll an.

«Die Frauen herrschen auf ihre Weise», dachte er und fügte laut hinzu: «Ich weiss, es war ein unerhörtes Unterfangen, und es hätte auch nicht viel gefehlt und ich wäre ertrunken. Unsere Galeere erlitt kurz vor Jaffa Schiffbruch.» Anna starrte ihn mit grossen Augen an. Doch er fügte nichts mehr hinzu, er wollte lieber nicht darüber reden. Der junge Werner hing aber an den Lippen seines Grossvaters.

«Und Euer Gepäck?»

«Es ging mit der ganzen Galeere unter. Dafür mussten wir danach keine Plünderungen mehr befürchten. Und wir gelangten trotzdem an unser Ziel. Ich bin wie Jesus auf einem Esel reitend in Jerusalem eingezogen. Es war ein unbeschreibliches Hochgefühl. Danach habe ich alle heiligen Stätten besucht, konnte die Orte sehen, wo Christus gelebt hat, sein Grab …»

«Ich wollte, ich wäre dabei gewesen», antwortete Anna sehnsüchtig. «Ihr müsst herrliche Dinge gesehen haben.»

«Auch hier in Basel kann man Neues bewundern», warf Werner ein. «In der Leonhardskirche ist ein wunderbarer Hochaltar aufgestellt worden. Die Leute strömen in Scharen in die Kirche, um einen Blick auf die Bilder werfen zu können.»

«Ein Konrad Witz aus Rottweil hat ihn gemalt», setzte Anna hinzu. Offenburg nickte.

«Das Konzil zieht von überall her ausgezeichnete Maler an, weil grössere Aufträge zu erwarten sind.»

Werner fuhr begeistert fort:

«Die Figuren wirken sehr lebendig. Ich konnte Bartholomäus erkennen mit dem Messer, und den Engel der Verkündigung und Maria. Ich bin sehr gespannt, wie der Flügelaltar an Festtagen aussehen wird, wenn er geöffnet ist. Es soll viel in Gold gemalt sein, welches wunderbar schimmern wird im Kerzenlicht, hat man mir erzählt.»

Henman betrachtete staunend seinen Enkel Werner, der sich in diesem Jahr seiner Abwesenheit sehr zu seinem Vorteil entwickelt hatte. Aus dem scheuen Knaben war ein interessierter, wacher Junge geworden.

«Ihr könnt euch nicht vorstellen, welche Herrlichkeiten ich unterwegs sah, nicht nur in Jerusalem, sondern auch in Konstantinopel. Die Hagia Sophia mit einer riesengrossen Kuppel und schillernden, goldenen Mosaikbildern. Das glitzerte und leuchtete bei Kerzenschein, dass man sich im Paradiese fühlte.» Henman badete in seinen Erinnerungen, während Anna und Werner entzückt seinen Erzählungen lauschten.

«Und Kamele? Und Drachen? Habt Ihr welche gesehen?», fragte Werner neugierig.

«Nein, Drachen sind mir keine begegnet, aber fliegende Fische. Sie sahen fast aus wie Drachen. Das war sehr aussergewöhnlich anzusehen. Kamele haben wir einige angetroffen, vor allem auf dem Weg nach Jerusalem. Es sind wirklich erstaunliche Tiere, grösser als ein Pferd, mit eindrucksvollen Augen und dichten Wimpern. Alle reiten damit, doch das Auf- und Absteigen scheint schwierig zu sein, es braucht eine besondere Technik. Wir selbst durften nur auf Eseln reiten. Erschöpft, verschwitzt und geschunden gelangten wir zum Ziel. Dann trat alles in den Hintergrund durch das Erlebnis, Jerusalem sehen und erleben zu können – einzig und allein das zählt!»

11. Kapitel

Das Jahr 1439 sollte allen in Erinnerung bleiben. Henman Offenburg weilte gerade zusammen mit einigen Konzilsgesandten in Mainz, als eine Horde von zwölftausend Armagnaken, Soldaten des französischen Kronprinzen, ins Elsass einfiel.

«Unsere Kornkammer ist total verwüstet!», jammerte der Bürgermeister und rang die Hände. «Nun hatten wir zuerst die grosse Dürre, dann im letzten Sommer die Überschwemmungen und nun die Soldaten des Dauphin. Es wird sicher wieder eine Teuerung absetzen. Wir müssen für Korn und weitere Vorräte besorgt sein.»

«Die Soldaten sind furchtbare Schinder, sie treiben ihren Mutwillen in allen Dörfern. Frauen und Töchter wurden aufs Übelste geschändet, Kirchen niedergebrannt, das Vieh der Bauern wurde erstochen …»

«Gestern hat man sogar am Ufer der Birs eine junge Tochter gefunden mit durchgeschnittener Kehle und ….»

«Man sagt, Papst Eugen habe die Schinder ins Land gerufen, um das Konzil zu sprengen.»

«Man sagt viel, wenn der Tag lang ist! Doch es braucht keine Soldaten. Eine Pestepidemie reicht auch. Sie nähert sich unaufhaltsam unserer Stadt!», meldete der Oberzunftmeister tief besorgt. Alle schwiegen erschrocken.

«Ums Himmels willen, unser Konzil und die Pest! Das geht doch nicht – wir müssen etwas unternehmen.»

«Gegen die Pest ist man bekanntlich machtlos.»

«Wir wollen nicht vergessen, dass die Seuche durch den Willen Gottes kommt. Es gibt kein anderes Mittel, als ihn demütig um Hilfe zu bitten. Lasst uns einen Bittgang machen zur Schwarzen Madonna von Einsiedeln.»

«Oder zur Heiligen Mutter Gottes von Todtmoos.»

Aber der Schwarze Tod war schneller. An Ostern erreichte er die Stadt Basel. Es zeigte sich, dass keine Prozession, kein ärztlicher Rat und keine der Arzneien wirksam waren dagegen. Nur wenige genasen, alle anderen starben innert drei Tagen, nachdem die ersten Pestbeulen oder schwarzen Flecken zu sehen waren. Hunderte wurden dahingerafft, darunter viele Konzilsväter. Niemand war mehr auf den Strassen zu sehen, die tiefen Totenglocken läuteten unaufhörlich. Ganze Familien wurden ausgelöscht. Man begrub mehrere Personen miteinander in einem Grab, es gab nicht genug Zeit und Platz für alle.

Henman war kaum zurückgekommen aus Mainz, da hatte man ihn gleich wieder nach Wien geschickt, trotz der Pestepidemie. Er sollte noch einmal versuchen, des Königs Schutz und Schirm für das Konzil zu gewinnen. Henman bemerkte, dass Anna sich Sorgen machte. Sie liess ihn höchst ungern ziehen.

«Was, wenn Ihr unterwegs krank werdet? Gar an der Pest? Ihr seid nicht mehr der Jüngste, bald sechzig Jahre alt, und ältere Menschen trifft der Schwarze Tod besonders leicht.»

«Niemand wird davon verschont. Gott bestimmt, wen es trifft oder auch nicht», antwortete er barsch, obwohl es ihm nicht so zuversichtlich zumute war. Doch wozu sie noch mehr beunruhigen?

Die Mägde hatten weiterhin jeden Tag am Brunnen Wasser zu holen. Dort erzählten sie sich jeweils entsetzt von den neuesten Todesfällen. Marie kam eines Tages ganz aufgelöst zurück.

«Ennelin, die Offenburgtochter ist gestorben, habe ich gerade vernommen. Ist das nicht traurig?» Die Köchin stand verzagt in der Küche.

«Ich weiss, ihr Stallknecht kam eben vorbei mit der Nachricht.»

«Wo man hinsieht, alle werden krank und sterben. Heilige Mutter Maria, hilf.»

Im ersten Stock stand Anna Offenburg in der guten Stube. Ihr Gesicht war ganz weiss, die Augen blickten unsagbar matt. Neben ihr stand Henmans Stiefvater Konrad, verlegen und hilflos. Die Köchin hatte ihn holen lassen.

«Ennelin … unsere Ennelin ist nicht mehr. Der Herr steh mir bei», flüsterte Anna mit erstickter Stimme und sank auf die Bank an der Wand, «und Henman ist in Wien!» Konrad strich sich ratlos über seinen kahlen Kopf. Was konnte er dazu sagen?

«Der Tod ist allgegenwärtig, und er kommt immer zu früh.» Aber seine gut gemeinten Worte erreichten Anna nicht. Sie sank immer mehr in sich zusammen.

«Alle meine Töchter muss ich verlieren – es bleibt nur noch Brida. Peters Frau ist auch schon erkrankt. Niemand wird für uns sorgen, wenn wir alt sind, Konrad, niemand! Ich habe Angst. Der Herr erbarme sich.» Konrad setzte sich schwer atmend neben sie und legte ihr beruhigend die Hand auf den Arm.

«Ich weiss genau, wie es sich anfühlt. Auch ich habe eine Tochter verlieren müssen vor wenigen Tagen, meine geliebte Dorothea. Wir sind nicht die Einzigen, die einen Verlust ertragen müssen, wir zählen täglich fast dreihundert Tote, darunter auch viele Konzilsväter. Gegen die Pest haben wir leider kein einziges Mittel.»

«Esst Baldrian und Bibernell, so sterbt ihr nicht so schnell, sagt man doch.»

«Viele nehmen Bibernell, die Pestwurzel, sie wächst ja ganz in unserer Nähe, in Bettingen. Aber es hilft leider kaum einmal. Die Bader versuchen es mit dem Aufschneiden der Beulen, aber alles ist vergebliche Mühe, man ist machtlos.»

«Es ist wohl eine Strafe Gottes», murmelte Anna, «selbst die hohen Geistlichen des Konzils müssen sterben.»

«Ja, der Tod holt alle ohne Unterschied, reich und arm, Bischof oder Bader.» Anna sass zusammengesunken da, stumm und kraftlos.

«Kommt, lasst uns für das Seelenheil unserer Ennelin beten gehen», bat Konrad und erhob sich schwerfällig. Sie nickte und stand ebenfalls langsam auf, schwankte leicht und musste sich bei Konrad abstützen.

«Wie viele Prüfungen legt uns doch der Herr auf!», seufzte sie. «Beten wir für Ennelin, beten wir für Eure Dorothea und auch für alle Kranken. Maria und die Heiligen anzuflehen, muss doch helfen!»

Wie oft hatte sie schon um Hilfe gefleht, dachte Anna ergeben, dutzendmal, nein hundertmal im Jahr. In der Kirche, wenn die Madonna im goldenen Schimmer zu ihr heruntergelächelt hatte, war sie getröstet zurückgekehrt in den Alltag. An den Prozessionen hatte sie ehrfürchtig das Bildnis Marias verfolgt, wie es schwankend durch die Menge getragen wurde, goldschimmernd im warmen Sonnenschein, mit der Krone im Haar und dem kleinen Sohn auf dem Arm. Jedes Mal war sie tief berührt und voller Zuversicht heimgekehrt.

«Maria und die Pestheiligen Sebastian und Rochus werden uns helfen, Gott barmherzig zu stimmen, damit er ein Ende macht mit der Seuche», meinte Konrad zuversichtlich, während er mit Anna am Arm langsam die wenigen Schritte zur Peterskirche emporstieg.

«Gebete sind wichtig, und fromm sein bedeutet nichts anderes, als Vertrauen zu haben», antwortete Anna, nun schon wieder mit etwas kräftigerer Stimme.

«Vertrauen haben! Ein wahres Wort. Viele Konzilsväter sind trotzdem eilig abgereist. Nur Kardinal d'Aleman hält eisern die Stellung. Er weiss genau, wenn auch er der Stadt den Rücken kehrt, ist das Konzil beendet und der Papst hat die Oberhand.» Anna blickte ihn stumm von der Seite an. Was kümmerte sie das Konzil!

Greda, das Kräuterweib in Waldenburg, lachte schadenfroh, als sie vom Tod der Offenburgtochter erfuhr. Im trüben Licht der anbrechenden Dämmerung sah man ihr triumphierendes Lächeln. Es war für sie eine Genugtuung, dass das Schicksal bei der wohlhabenden Familie wieder einmal zugeschlagen hatte.

«Erstaunlich, wie lange die Beschwörung der Kolerin wirkt», dachte Greda. Sie hatte nie mehr etwas von ihr gehört, seit sie gefangen genommen und nach Basel gebracht worden war. «Wenn der Schadenzauber weiterhin wirkt, ist sie wahrscheinlich noch am Leben», murmelte Greda hoffnungsvoll, dann lächelte sie hämisch, «dafür hat es den Hexenjäger Peter zum Blech erwischt. Er wurde gelähmt. Die Rache der grausam Verfolgten!»

Greda ging es im Moment nicht schlecht, deshalb hatte sie auch keine Zeit für weitere Rachegedanken aufgewendet. Wegen der Pestepidemie waren ihre Kräuter nun ausserordentlich begehrt. Sie versuchte, die Leute, welche nach jedem Strohhalm griffen, mit möglichst vielen Kräutern, Amuletten und Salben zu versorgen, doch sie wendete vor allem das Pestkraut Bibernell und den Meisterwurz an.

«Bibernell treibt das Pestgift aus dem Herzen», versicherte Greda ein ums andere Mal, wenn jemand sie händeringend um Hilfe bat. Oft führte sie auch Rituale mit Kröten durch, deren kleine Buckel an Pestbeulen erinnerten.

«Ich beschwöre dich, Drüse und Geschwür», murmelte sie dabei und umkreiste um Mitternacht sieben Mal das Tier, das sie dazu in einen Topf gesetzt hatte. Die Menschen griffen in ihrer Verzweiflung und Angst nach allem, was sie anbot. Niemand wusste, wie sich die Krankheit ausbreitete oder was man dagegen tun könnte. Man war ihr hilflos und schutzlos ausgeliefert.

Doch es brauchte zudem einige schlaue Redewendungen, damit man Greda nach einem Misserfolg nicht dafür verantwortlich machen konnte. «Wenn der Teufel bereits zugeschlagen hat, ist es schwierig, ihm etwas entgegenzuhalten», war einer der Sätze, die sie gerne verwendete. Sie betonte stets, dass sie die Kräuter mit drei Vaterunser gepflückt habe, und verschwieg die angewendeten Beschwörungsformeln. Hin und wieder rettete sie sich mit dem Hinweis, dass auch die bösen Geister Gott gehorchen müssten. In diesem Fall seien die Mittel eines Kräuterweibes ohne Wirkung. Sie hatte äusserst vorsichtig vorzugehen, es war eine Gratwanderung. Wehe, wenn ihr jemand Zauberei oder Ketzerei nachreden würde. Man suchte sowieso nach Sündenböcken, um die Epidemie zu erklären. Eine alleinstehende Frau wie sie war ein besonders geeignetes Opfer dafür.

Der Juni war heiss, schwül und feucht. Die spärlich rinnenden Gewässer und die Kanäle stanken bestialisch. Oder roch der Abfall auf den Gassen so? Einige kleine Abwasserbächlein waren nur noch trübe Rinnsale voller Müll. Selbst am Tag huschten die Ratten zwischen den Abfällen umher. Den lästigen Fliegen konnte man kaum mehr wehren. Die Gassen blieben öd und leer, nur ein paar Hunde und Katzen lagen ausgestreckt im Schatten der Häuser. In den Dachkammern der Mägde war es unerträglich heiss. Das Ungeziefer vermehrte sich rasant bei dieser Bruthitze. Doch auch in der Küche verweilte man nicht gerne, denn das Feuer im Herd heizte mächtig auf. Man musste es auch die Nacht hindurch am Glühen halten, um die langwierige Prozedur des Feuermachens zu umgehen. Es war sonst zu mühsam, mit dem Feuerstein Funken zu schlagen und den Zunder in Brand zu bekommen, es gelang selten auf Anhieb.

Endlich zeigte sich im Westen dunkles Gewölk am Himmel, das sich drohend näher schob. Der Himmel begann sich zu verfinstern. Trotz der schwülen Hitze sass Kardinal Louis d'Aleman mit den Geistlichen zusammen im Konzilssaal neben dem Münster. Seine grauen Haare waren unterdessen fast weiss geworden und bildeten einen schönen Kontrast zur roten Kopfbedeckung. Er hatte sich durch die Pestepidemie nicht erschüttern lassen, von keiner der Todesnachrichten. Dem Kardinal waren durch den Schwarzen Tod ein

Kaplan und ein Sekretär sowie acht Kanzlisten hinweggerafft worden. Nur er selbst war verschont geblieben. Und er wusste, er würde sich auch der eben erhaltenen schlechten Nachricht nicht beugen. Mit eisiger Empörung und kalter Stimme berichtete er:

«Meine Brüder im Herrn. Ich habe Euch trotz der Pestepidemie rufen lassen, weil ich die wenig erfreuliche Mitteilung zu machen habe, dass sich Papst Eugen in Florenz mit dem Kaiser von Konstantinopel und den Erzbischöfen von Nicäa, Ephesus und Kiew getroffen hat. Auch die Patriarchen von Alexandria, Antiochia und Jerusalem waren dabei, hat mir gerade ein Bote gemeldet.»

Auf diese Mitteilung hin entstand grosse Unruhe. Alle redeten aufgeregt durcheinander und wirkten verstört.

«Wir können doch jetzt während der Pestepidemie niemanden bitten, nach Basel zu kommen», äusserte sich ein Bischof fast entschuldigend und wischte sich den Schweiss von der Stirn.

«Bitte, ehrwürdige Brüder, mässigen wir uns», fiel Johannes von Ragusa den eifrig diskutierenden Geistlichen beschwörend ins Wort. «Ich halte einmal mehr fest, dass am Konzil von Konstanz beschlossen wurde, dass die vom Heiligen Geist geleitete Versammlung die höchste Autorität der Kirche ist. Sie alleine entscheidet über das weitere Vorgehen. Deshalb hat das Konzil mit der Ostkirche zu verhandeln und nicht der Papst.» Die meisten Konzilsväter nickten, keiner der Anwesenden wagte dieser Beweisführung zu widersprechen. Mit vor Hitze und Aufregung hochrotem Kopf ergriff ein Erzbischof trotzdem das Wort:

«Nein, Not kennt kein Gebot! Ich beschwöre Sie, vergessen wir unseren Stolz. Meiner Meinung nach drängt die Zeit, denn Konstantinopel wird von allen Seiten bedroht. Lasst sie verhandeln, auch wenn es nicht hier mit uns, sondern in Italien ist. Wir dürfen die Stadt der Christenheit nicht den Türken überlassen.»

Doch Kardinal Louis d'Aleman hatte längst einen Entschluss gefasst. Er setzte sich kerzengerade hin, verlangte mit herrischer Geste Gehör, blickte mit seinen scharfen, durchdringenden Augen einen Moment lang schweigend in die Runde und sprach dann aus, was ihm auf der Zunge brannte:

«Papst Eugen hat die oberste Instanz – das Konzil – umgangen. Ich beantrage deshalb seine Absetzung!» Alle starrten ihn an, das Schweigen war fast körperlich spürbar. «Wir werden Eugen absetzen und einen neuen Papst wählen», erklärte er nochmals mit grosser Bestimmtheit.

In diesem Moment fuhr ein Blitz nieder, gefolgt von einem heftigen Donnerschlag. Er unterstrich die Forderung nach Absetzung des Papstes auf ungeheure, fast magische Weise. Ein Gewitter entlud sich über der Stadt.

Am 25. Juni, dem Tag nach Johannis, versammelten sich alle Konzilsabgeordneten und der Rat der Stadt feierlich im Münster. Kardinal d'Aleman hatte zuvor aus allen Basler Kirchen die zahlreichen Reliquienschreine holen lassen. Er brauchte die Unterstützung der Heiligen. Es waren sehr viele, denn Ruhm und Bedeutung einer Kirche mass man hauptsächlich an der Zahl ihrer Reliquien. Da standen nun die verschiedenen prachtvollen Schreine unterschiedlicher Grösse und Formen vereint im Chor des Münsters, alle von erlesener Schönheit, mit Edelsteinen besetzt oder aus Kristallglas, Email, Gold und Silber. Es glitzerte und funkelte im Kerzenlicht. Die Geistlichen in ihren Gewändern und den festlichen Mitren auf dem Kopf bildeten dazu den eindrücklichen Rahmen.

Nachdem er die Messe gelesen hatte, schritt Kardinal d'Aleman feierlich zum Hochaltar, verneigte sich ehrerbietig und wandte sich der vereinigten Konzilsversammlung zu. Obwohl sein Herz vor Aufregung klopfte, verkündete er mit lauter, klarer Stimme, welche durchs ganze Münster hallte:

«Im Namen des Vaters und des Sohnes und des Heiligen Geistes sowie im Angesicht und kraft dieser Reliquien erkläre ich hiermit Eugen IV. als Papst abgesetzt.»

Der Bürgermeister und der Rat trafen sich nach der ereignisreichen Messe aufgeregt im Rathaus.

«Meine Herren, nun dauert das Konzil schon acht Jahre – und jetzt haben wir noch eine Papstwahl zu bewältigen!», rief der Bürgermeister und konnte sich kaum fassen.

«Die Wahl eines Gegenpapstes, genau genommen», entgegnete der Oberzunftmeister mürrisch. Man sah ihm an, dass er diesem Entscheid nicht viel abgewinnen konnte. «Endlich hat man am Konzil von Konstanz das Schisma beendet – und was passiert? Wir haben wieder zwei Päpste. Und das am Konzil von Basel.»

«Ich gebe zu bedenken, dass es auf unsere Stadt zurückfallen könnte, wenn Eugen IV. etwas dagegen unternimmt. Ein kirchlicher Bann zum Beispiel, weil unsere Stadt dem Konzil Schutz bietet.» Alle nickten mit ernsten Mienen.

«Da Eugen abgesetzt ist, kann er auch keinen Bann mehr aussprechen, oder nicht?»

«Wir brauchen dringend den Schutz und Schirm des Königs. Die Pestseuche ist zwar immer noch nicht abgeklungen, Tausende sind bereits gestorben, aber trotzdem habe ich Henman Offenburg als Gesandten nach Wien geschickt. Hoffentlich kann er – nein – er muss etwas bewirken», rief der Bürgermeister händeringend.

Das grosse Sterben erreichte während der heissen Tage den Höhepunkt.

«Die Leute fallen wie die Blätter im Herbst», jammerte die Magd Marie in der Küche, «selbst vor den hohen geistlichen Herren macht die Pest nicht halt. Dabei wird alles versucht, dem Schwarzen Tod beizukommen. Man lässt die Kranken nicht schlafen, damit das Gift nicht zum Herzen ziehen kann. Und auf die Beulen legt man grünen Rettich oder feuchten Lehm.»

«Was legt man auf? Sprich doch lauter.»

«Rettich oder feuchten Lehm», schrie Marie der Köchin ins Ohr.

«Lehm? Ich trinke lieber Bier, das schützt besser.» Sie verscheuchte einige lästige Fliegen, welche sich unermüdlich immer wieder auf das Hühnerfleisch setzten, welches zum Kochen bereitstand. Marie starrte sie entgeistert an.

«Bier gegen die Pest? Daran glaube ich nie. Beten ist das Einzige, was wirklich hilft, zu Rochus, zum Heiligen Sebastian oder zur Muttergottes. Ich fühle mich sicher unter dem Schutz der Heiligen Maria. Mir ist sie am nächsten. Und es ist wunderbar, dass man ihrem Bild überall in der Stadt begegnet. Ich liebe besonders das Bild am Fischmarktbrunnen. Mit einem fast geheimnisvollen Lächeln trägt dort Maria ihr Kind auf dem Arm.»

«Oder das neue Bildnis der Muttergottes am Spalentor. Das ist ganz wunderschön. Das kann ich nicht genug anstaunen. Ich betrachte möglichst auch jeden Tag den Heiligen Christophorus an der Hausfassade im Imbergässlein. Er schützt vor einem verhängnisvollen, plötzlichen Tod.» Marie nickte und schickte sich an, mit dem Wasserkessel zum Brunnen zu gehen.

«Ich fürchte mich nur vor dem Tag, an welchem unser Herr zurückkommt und erfahren muss, dass seine

Tochter Ennelin gestorben ist. Ich hatte immer den Eindruck, sie sei sein Liebling.»

«Das denke ich auch. Zuvor mussten sie ja mehrere Kinder zu Grabe tragen, das war furchtbar traurig. Ich kann mich noch gut an diese Zeit erinnern. Deshalb war die Geburt der kleinen Ennelin ein besonderes Geschenk nach den bitteren Jahren.»

Auch Anna fürchtete sich vor dem Moment, Henman eröffnen zu müssen, dass Ennelin nicht mehr da war. Sie hatte es selbst noch nicht einordnen können. Sie hoffte, die richtigen Worte zu finden.

Als Henman fröhlich in die Stube trat und sich über das Wiedersehen nach den langen Wochen freuen wollte, bemerkte er gleich, dass etwas nicht stimmte. Ihr gequälter Gesichtsausdruck fiel ihm sofort auf.

«Was ist los?», fragte er, aufs Schlimmste gefasst.

«Ennelin …», versuchte Anna mit versagender Stimme die traurigen Worte auszusprechen, und Tränen traten in ihre Augen. Henman hatte sofort begriffen.

«An der Pest?», fragte er leise. Anna nickte. Henman sank auf die Bank. Mit gesenktem Kopf versuchte er, sich zu fassen.

«Wann?», brachte er schliesslich heraus. Anna setzte sich zu ihm und legte ihren Kopf an seine Schulter.

«Vor drei Wochen.» Lange sassen sie still beieinander. Wie oft hatten sie schon um ein Kind getrauert! Ennelin war das siebte, das sie verlieren mussten.

«Peters Frau ist auch gestorben», fügte Anna nach langem Schweigen leise hinzu. Henman nickte nur, es war alles zu viel, die unergiebigen Verhandlungen in Wien, der wochenlange Ritt zurück mit mehr oder weniger angenehmen Übernachtungen, und nun diese traurige Mitteilung. Von zehn Kindern blieben nur noch Franz, Brida und Peter.

«Was ist mit Brida?», fragte er ängstlich.

«Sie und ihre Familie sind zum Glück bis jetzt verschont geblieben.»

Henman nickte. Wie viele Schicksalsschläge hatte er in seinem Leben schon hinnehmen müssen!

«Ein langes Leben mit vielen traurigen Momenten», sprach er niedergeschlagen aus, was ihm durch den Kopf ging, «und ich bin erst noch ohne Ergebnis aus Wien zurückgekommen, den Bürgermeister wird es wenig freuen.» Doch der Schmerz über den Tod seiner geliebten Ennelin liess ihn das Problem mit dem Konzil gering erscheinen.

Der Herbst kam, die letzten Früchte wurden geerntet, das Gemüse und Korn wurde eingebracht. Die Störche hatten die Stadt längst verlassen und sich auf den Weg nach Süden gemacht. Die Bäume fingen an, mit ihrem bunten Laub letzte Farbtupfer zu setzen. Doch schliesslich bliesen kalte Winde die dürren Blätter durch die Gassen, und man begann die Kälte zu spüren. Damit wurde aber auch die verseuchte Luft gereinigt, endlich war die Pestepidemie ganz abgeklungen. Ein Aufatmen ging durch die Stadt. Zögernd begann man zum Alltag zurückzukehren, reinigte zuerst gründlich die Häuser, wusch sorgfältig die Kleider und wagte sich nach und nach wieder auf die Strasse.

Nun konnte man sich endlich auch ungestört an die Vorbereitungen der Papstwahl machen. Allerdings, ein Kardinalskollegium, wie es für eine solche Wahl üblich war, liess sich nicht zusammenstellen. Nur gerade ein einziger Kardinal war anwesend: der Präsident des Konzils, Louis d'Aleman. Seine hagere Gestalt kannte man unterdessen in der ganzen Stadt.

«Eminenz», unterbreitete der Bischof von Basel dem Kardinal seine Sorgen, «durch die Pestepidemie starben zahlreiche Kardinäle, die uns nun für die Papstwahl fehlen, auch Erzbischöfe und Patriarchen wurden hinweggerafft.»

Der Kardinal nickte bekümmert. Da trat Piccolomini hinzu und berichtete:

«Auch der Patriarch von Aquileja ist leider an der Pest gestorben. Seine letzten Worte waren, dass er den Himmel dringend unterrichten müsse über die Begebenheiten hienieden. Der Patriarch war überzeugt, der Himmel sei schlecht unterrichtet über die Vorkommnisse auf Erden, er meinte, er könne ihm nun die Nachricht von der Absetzung des Papstes überbringen.» Der Bischof lächelte milde.

«Sie waren auch krank, Piccolomini, nicht wahr?»

«Ja, ich rechnete schon mit meiner letzten Stunde.

Aber ein deutscher Arzt hat mich behandelt – und ich wurde wieder gesund.»

«Es scheint, dass der Herrgott noch etwas mit Ihnen vorhat», ergänzte der Kardinal, und Piccolomini nickte lächelnd.

«Wer weiss? Doch im Augenblick müssen wir uns etwas einfallen lassen, wie wir trotz den fehlenden Kardinälen eine Papstwahl durchführen können. Ich erinnere mich an das Konzil von Konstanz. Damals waren es auch nicht ausschliesslich Kardinäle, welche die Papstwahl vorgenommen haben.» Der Bischof blickte erfreut auf und rieb sich zufrieden die Hände.

«Das ist gut. Dann, Eminenz, geben wir Ihnen Priester und Bischöfe zur Seite, aufgeteilt auf alle Länder.»

«Und wo könnten wir das Konklave abhalten?»

«Nun, die Trinkstube der Edlen, das ansehnliche ‹Haus zur Mücke›, wäre dafür geeignet», meinte Piccolomini. «Es ist gross genug und steht in der Nähe des Münsters. Dort könnte die Wahl stattfinden. Ich werde den Rat von Basel darüber unterrichten. In zwei Wochen, Ende Oktober, sollten wir alles soweit vorbereitet haben.»

Es gab alle Hände voll zu tun, um das grosse Haus für die Papstwahl bereitzustellen. Alle Fenster wurden mit Holz zugenagelt. Im Innern teilte man mit Tüchern und Hölzern dreiunddreissig einzelne kleine Zellen ab, in denen für jeden Geistlichen ein Bett, ein Tisch und ein

Stuhl Platz fanden. Es durfte auf keinen Fall eine bequeme Unterkunft sein, damit die Wahl nicht zu lange andauerte. Im ersten Stock baute man einen Altar auf, um regelmässig Messen lesen zu können. Kerzen und Kienspan mussten das Tageslicht ersetzen, wärmende Feuer waren jedoch wegen der Brandgefahr verboten.

Der letzte Oktobertag war ein prächtiger Herbsttag, die Sonne brach früh durch den Nebel und wärmte die Luft. Der Himmel schien in seinem durchsichtigen Blau fast unwirklich. Keine Wolke war zu sehen. «Ein prachtvoller Tag, wie geschaffen für bedeutende Unternehmungen», murmelte der Bürgermeister stolz, denn er fühlte sich für alles verantwortlich.

Im Münster hatten sich bereits die Würdenträger versammelt. Aus allen Städten und Ländern waren die geistlichen Herren angereist, um dieses Ereignis mitzuerleben. Kein freier Platz war zu finden, und alle warteten nun auf den Entscheid, welche Teilnehmer man für das Wahlgremium auserkoren hatte.

«Einige haben bereits ihr Festkleid angezogen und die Dienerschaft mitgenommen, weil sie fest damit rechnen, zum Wahlgremium zu gehören», meinte Piccolomini spöttisch zu seinem Sitznachbarn.

«Ist Hoffart nicht eine der sieben Todsünden?», antwortete jener und runzelte die Stirn. In diesem Moment erschien Kardinal Louis d'Aleman. Alle Augenpaare verfolgten den Einzug seiner gross gewachsenen Gestalt im roten und mit Gold bestickten, funkelnden Ornat.

Er zelebrierte zuerst feierlich die Messe, trat danach vor die Konzilsväter, ergriff das Wort und redete allen ins Gewissen. Er wusste, was von dieser Papstwahl abhing, und seine Stimme bebte merklich.

«Wir stehen vor einem Ereignis von allergrösster Tragweite. Die Zukunft unserer Kirche hängt von Ihrem Entscheid ab.» Er ermahnte die zukünftigen Wähler, daran zu denken, dass das Konzil einen frommen und gerechten Papst brauche, aber möglichst auch einen wohlhabenden Mann.

«Damit meint er natürlich den Herzog Amadeus von Savoyen», flüsterte Piccolomini seinem Nachbarn zu.

«Aber ist der nicht verheiratet?», fragte dieser erstaunt.

«Das war er. Doch seine Frau und mehrere seiner Kinder starben. Danach zog er sich in ein Kloster am Genfersee zurück, in die Abtei Ripaille. Er ist fromm, aber auch wohlhabend.»

«Braucht es denn Geld?»

«Aber ja. Vergesst nicht, das Konzil dauert nun schon acht Jahre. Die Schulden belaufen sich unterdessen auf über vierzigtausend Dukaten. Abgesehen davon muss der neue Papst von etwas leben können. Das Konzil hat ja praktisch die Abgaben an den Papst gestrichen.»

«Und wo sitzt dieser Herzog von Savoyen? Ich sehe ihn nirgends.»

«Er weilt noch in seinem Kloster.»

Nun begann man die ausgewählten Namen der zweiunddreissig Geistlichen zu verlesen, welche mit dem

Kardinal zusammen die Papstwahl vorzunehmen hatten: elf Bischöfe, darunter der Basler Bischof zu Rhein, sieben Äbte und dazu vierzehn weitere Geistliche und Gelehrte, wie Johann von Ragusa, fein säuberlich aufgeteilt auf die verschiedenen Länder.

Nach dem *Te Deum laudamus* zogen alle in einer grossen, feierlichen Prozession über den Münsterplatz zum Haus, in welchem das Konklave stattfinden sollte. Die Sonne schien auf die Fassade des Münsters und tauchte sie in ein warmes Rot, während die Geistlichen singend über den Platz zogen. Kardinal d'Aleman segnete die Leute, die rechts und links zu Hunderten das Geschehen mitverfolgten, und weihte feierlich das Haus, das nun das Konklave beherbergen sollte. Die ausgewählten geistlichen Herren zogen ein, das Tor wurde geschlossen und mit dem Schlüssel – cum clave – sorgfältig verriegelt. Diesen Schlüssel hatte Piccolomini zu verwahren, ein ehrenvoller Auftrag. Offensichtlich hielt man viel von dem quirligen Dichter, der mit beeindruckender Gewandtheit Latein sprach. Er musste zudem dafür sorgen, dass keinerlei Mitteilungen von aussen die Wähler im Innern erreichen konnten.

Siebenundachtzig Personen – die Dienerschaft eingerechnet – hatten in dem grossen, unwirtlichen, dunklen und kalten Haus so lange auszuharren, bis der Name des neuen Papstes feststand. Auch das Essen musste Piccolomini kontrollieren, niemand durfte etwas anderes erhalten als Wild, Fleisch, Fisch oder Vogel. Das Schaffleisch, das für den Archidiakon aus Kraukau gereicht worden war, wies er deshalb zurück.

«Die Kälte und das karge Essen sind eine Zumutung», rief dieser wütend aus.

«Nehmen Sie sich ein Beispiel an Kardinal Louis d'Aleman», wurde er von Piccolomini zurechtgewiesen.

«Ach, dieser Franzose ist überhaupt kein Mensch aus Fleisch und Blut! Er isst nicht und schläft nie, er liest nur und betet!»

«Ich habe Nachbarn, die husten und schnupfen, dass ich nicht schlafen kann, das ist weit schlimmer.»

«Was heisst schon schlafen! Um drei Uhr beginnt bereits die Frühmesse, wie soll ich da um sieben Uhr zur Wahl einen klaren Kopf haben?» Piccolomini lächelte nur und zuckte mit den Schultern. Er hatte es nicht anders erwartet. Das Zusammenleben auf engem Raum in Kälte und Dunkelheit musste spürbare Folgen haben, nicht alle waren gleichermassen geduldig und belastbar.

Beim Wahlprozedere sassen die Geistlichen an den Längsseiten des Saals in Doppelreihen einander gegenüber, während an der Schmalseite Konzilspräsident Kardinal Louis d'Aleman thronte, mit dem Blick zum Altar. Jeder Wähler schritt langsam zum silbernen Becken, welches vor dem Präsidenten aufgestellt war, und legte seinen Zettel mit dem von ihm Gewählten hinein. *Veni creator spiritus* sang man gleichzeitig auf dem Münsterplatz und bat damit flehentlich um die Einkehr des Heiligen Geistes. Der Bittgesang war auch im dunklen Innern des Hauses zu hören und verfehlte seine Wirkung nicht.

Sieben lange Tage weilten die geistlichen Herren bereits im «Haus zur Mücke». Die Bewohner der Stadt begannen ungeduldig zu werden, denn sie fieberten dem Ereignis entgegen. Es mussten unterdessen mindestens schon fünf Wahlgänge vorgenommen worden sein. Endlich begannen die Glocken zu läuten, und der Herold zog durch die Gassen, um alle aufzufordern, auf dem Münsterplatz zu erscheinen. Der Himmel zeigte sich zur Feier des Tages in fast durchscheinendem Blau, nur mit einigen zarten, weissen Wolkenflecken von faserigem Aussehen bedeckt.

Gespannt und dicht gedrängt verfolgten die vielen Leute das Geschehen. Mit Axthieben wurde die Verriegelung des «Hauses zur Mücke» entfernt. Danach öffnete sich langsam das grosse Portal. Zuerst erblickten alle das silberne Vortragkreuz. Danach erschien Kardinal d'Aleman in seinem Purpurmantel. Er schwankte ein wenig, als er ins Helle trat, sprach dann aber laut und deutlich die traditionellen Worte:

«Ich verkündige euch grosse Freude: Habemus papam!» Wie ein Lauffeuer ging es von Mund zu Mund:

«Es ist der Herzog Amadeus von Savoyen.» Ein frommer und, wie erhofft, auch wohlhabender Papst war gewählt. Gemeinsam jubelten alle:

«Vivat Papa! Lang lebe der Papst!»

Wiederum zogen die geistlichen Herren in einer feierlichen Prozession über den Münsterplatz, und unter dem festlichen Klang der Orgel schritten die Konzilsväter in ihren reich bestickten und aus feinstem Garn gewobenen Roben ins Münster ein. Nach einem Dankgebet wurde eine Hymne angestimmt, die Orgel erklang aufs Neue – ein grosser Tag ging zu Ende.

12. Kapitel

«Welch ein Zauberglanz liegt auf unserer Stadt – Basel ist nun Rom!», meinte die Magd Marie mit wichtiger Stimme zur Köchin. Diese machte sich eifrig am Herd zu schaffen. Es roch nach Wildbret.

«Hirsch?», fragte Marie neugierig und versuchte, einen Blick in den Topf zu werfen.

«Nein, Wildschwein. Riechst du es nicht?»

Marie zögerte.

«Es ist das Fleisch der Herrschaft. Gewöhnliche Leute dürfen ja nicht jagen, das Wild ist dem Adel vorbehalten. Deshalb ist mir der Geruch wenig vertraut. Ich kenne die Innereien des Schlachtviehs, Leber, Nieren und Lunge besser, und natürlich die Würste der Kuttler.»

«Wildbretbraten ist das Lieblingsgericht unseres Herrn Offenburg, das müsstest du doch unterdessen wissen. Diesmal ist es ein Geschenk des Rates, weil unser Herr für ihn auf Reisen war.»

«Ich weiss, er ist aus Frankfurt zurück.»

«Er hat leider die Papstwahl verpasst, er, der doch so viel mit all den hohen Würdenträgern zu tun hat.»

«Nun, er ist so oft auf Reisen, da muss er fast etwas verpassen. Aber bei der Papstkrönung wird er sicher anwesend sein, da gehört er dazu», entgegnete Marie zuversichtlich. «Stellt Euch vor: eine Papstkrönung in Basel!»

Zur gleichen Zeit tagte im Rathaus der Rat der Stadt und stand vor der grossen, bedeutungsvollen Aufgabe, diese Papstkrönung bewältigen zu müssen.

«Der gewählte Herzog Amadeus von Savoyen hat die Wahl angenommen, wir werden ihn also als neuen Papst in unserer Stadt empfangen. Aber er wollte zuerst in einer schlichten Eremitenkutte und mit seinem wallenden Bart in Basel einziehen», meldete der Bürgermeister kopfschüttelnd.

«Was soll denn das? Hat er ein Gelübde abgelegt?», murrte ein Ratsmitglied halblaut.

«Er wolle damit zeigen, dass er nicht als gewöhnlicher Laie gelebt habe. Er weigerte sich zuerst auch, seinen Namen zu ändern. Unterdessen hat er sich aber überreden lassen und nennt sich nun Felix V. Und seinen Bart hat er schliesslich auch abgenommen.» Die meisten konnten ein Schmunzeln nicht unterdrücken.

«Meine Herren, viel wichtiger ist doch, dass der neue Papst von den weltlichen Herren anerkannt wird, ob mit Bart oder ohne!», meldete sich Henman Offenburg zu Wort.

«Richtig. Er wurde zwar von der obersten Instanz der Kirche gewählt, aber er ist trotzdem ein Gegenpapst. Der Bannfluch des abgesetzten Papstes Eugen ist jedenfalls sofort erfolgt. Er hat Felix V. als Satanssohn bezeichnet.»

«Kardinal d'Aleman wurde ebenfalls exkommuniziert, er hat die Wahl ja durchgeführt.» Alle sassen stumm und ziemlich erschrocken da. Nur Henman liessen die Drohungen kalt.

«Natürlich will Eugen seine Gegner mit Worten zermalmen. Deshalb ist es dringend, dass die Anerkennung unseres Papstes durch den neuen König Friedrich erfolgt. Aber vorläufig will er sich nicht festlegen. Er verhält sich sehr geschickt und diplomatisch. Ich konnte leider gar nichts erreichen bei ihm.»

«Ich nehme an, die meisten weltlichen Herren warten ab, wer von den beiden Päpsten sich durchsetzen wird.»

«So ist es. Bereiten wir also die Krönungsfeierlichkeiten für den neuen Papst vor.» Alle warteten gespannt auf die Ausführungen des Bürgermeisters, denn niemand hatte eine Ahnung davon, wie eine Papstkrönung vor sich gehen musste und welche Vorkehrungen zu treffen waren.

«Was wird denn vom Rat erwartet?», fragte der Oberzunftmeister in gewohnt praktischer Art. «Ich vermute, dass der Schutz der vielen Leute in erster Linie unsere Aufgabe sein wird.»

«Sicher. Und keine einfache dazu, denn es werden Tausende an der Krönung teilnehmen. Aber wir müssen auch in Erfahrung bringen, welche offiziellen Aufgaben ich als Bürgermeister habe, wo wir als Rat in Erscheinung treten müssen, welche Geschenke von uns erwartet werden und … und …», der Bürgermeister zögerte, weil er nicht weiterwusste.

«Keine Sorge, ich setze mich mit Konstanz in Verbindung. Dort hat man die Papstkrönung auch gemeistert und kann uns sicher raten, wie wir vorzugehen haben. Dann werde ich mich mit Piccolomini zusammensetzen, um alle Einzelheiten durchzusprechen. Er soll der zukünftige Sekretär des neuen Papstes sein», erwiderte Henman.

«Abgesehen von der Krönung müssen wir auch noch überlegen, wie wir den zukünftigen Papst in unserer Stadt empfangen. Er wird auf seinem ganzen Weg von Savoyen bis Basel aufs Festlichste begleitet und willkommen geheissen.» Alle Ratsmitglieder fühlten sich von der Schwere ihres Amtes niedergedrückt. Was kam da nicht alles auf sie zu! Andererseits fühlten sie sich emporgehoben beim Gedanken an die seltene Ehre, dass die Stadt Basel ihre Kraft für Papst und Kirche einsetzen durfte.

Der Einzug von Papst Felix V. in Basel dauerte von zwei Uhr mittags bis sieben Uhr abends. Alle Glocken läuteten und daneben erschallte tausendfach der Ruf «Es lebe der Papst». Dicht gedrängt standen die Leute am Strassenrand und kamen aus dem Staunen nicht mehr heraus. So etwas hatte noch nie jemand gesehen! Alle Konzilsväter, der Bischof von Basel, der Rat, die Domherren und Ordensbrüder, die Ritter und Zünfte sowie zwölfhundert Mädchen und Knaben mit achthundert Musikanten – Trompeter, Pfeifer und

Fiedler – geleiteten den Papst durch die Strassen Basels. Der Bürgermeister führte das weisse Pferd des Papstes am Zaum, vier angesehene Bürger trugen den goldenen Baldachin. Einen mit Hermelin besetzten Mantel mit langer Schleppe, die Cappa magna, präsentierten ausgebreitet vier Reiter, unter ihnen Henman Offenburg. Der Zug wollte nicht enden. Er führte durch die Gassen der ganzen Stadt, vom Stadttor, dem Aeschentor, zum Barfüsserplatz, dann bis zum Rhein, danach über den Marktplatz zurück, die Freie Strasse hoch und zum Münster.

«Als der Papst am Münster ankam, erreichte der letzte Mann erst das Stadttor, stellt Euch das mal vor», wiederholte Marie sicher schon zum dritten Mal. Die Köchin und Franz, der Pferdeknecht, hatten natürlich dem Zug ebenfalls beigewohnt.

«Dieser letzte Mann war der Almosenier. Er streute nach allen Seiten Kleingeld aus, alle balgten sich darum. Es war ein richtiges Freudenfest!»

«Die edle Gestalt des Papstes war überwältigend. Ich wagte gar nicht, ihn anzusehen, fiel auf die Knie und bekreuzigte mich.»

«Oh, ich habe ihn angeschaut. Sein erhabenes Gesicht mit dem weissen Haar schien voller Weisheit und Güte.»

«Unser Herr Offenburg mit ausgebreitetem Hermelinmantel auf dem Pferd sah auch grossartig aus, nicht wahr?», ergänzte Franz.

«Ja, ich war mächtig stolz. Doch das Gewitter zum Abschluss der Feierlichkeiten schien mir unheimlich.

Die Dämonen hielten sich nicht zurück.»

«Der Papst konnte noch in Ruhe das *Ave Maria gratia plena* sprechen und zum Ramsteinerhof, seiner Unterkunft, hinübergehen, dann erst entlud sich das Unwetter. Die Teufel konnten ihm nichts mehr anhaben.»

«Zwölf junge Edelleute halten nun vor dem Hof Wache, Tag und Nacht.»

«Natürlich, eine Ehrenwache. Jetzt steht uns erst noch die Krönungsfeier bevor. Ich kann gar nicht fassen, was ich alles erleben darf. Und die vielen Leute, die kommen werden.»

«Ach ja, Martha, unsere Dirne, habe ich auch gesehen», berichtete Franz gelassen und putzte mit der Hand seine ewig laufende Nase. «Sie sah gar nicht gesund aus, blass und schmächtig ist sie geworden.»

«Martha? Das hätte ich mir denken können. Jetzt herrscht natürlich Hochbetrieb für Dirnen», antwortete die Köchin in scharfem, missbilligendem Ton.

Martha krümmte sich. Sie lag auf einem stinkenden, halb verfaulten Strohhaufen in einer der kärglichen Hütten am Kohlenberg und verzog schmerzhaft das Gesicht. Auf ihrem Kleid waren deutlich Blutspuren zu sehen. Eine armselige Talgkerze erleuchtete den dunklen Raum. Martha war froh um diesen winzigen Lichtschein, es war sonst stockdunkel und roch wie in einem Stall.

«Hat Euch jemand Gewalt angetan?», fragte ein Bettler mit zahnlosem Mund und musterte sie besorgt. Er hatte in derselben Hütte sein Nachtlager aufgeschlagen.

«Ach nein. Wenn ich jedes Mal ein Geschrei anfangen wollte, wenn mich einer betatscht, hätte ich viel zu tun», gab ihm Martha unwirsch zur Antwort und schürzte ihren Schmollmund. Doch ihr müder, gequälter Blick sprach Bände.

«Oder hat Euch jemand verletzt?»

«Kümmert Euch um Euren eigenen Kram», entgegnete Martha mit schwacher Stimme. Warum konnte er sie nicht einfach in Ruhe lassen? Der Bettler zuckte mit den Schultern, warf ihr unter seinen buschigen Augenbrauen einen gleichgültigen Blick zu und wandte sich ab. Er war sich Elend gewohnt. Leid und Gebrechen, jammernde Armut und Verworfenheit waren ihm vertraut. Sie kamen quälend daher, und es gab keine Linderung dafür.

Ein strohhaariger Knirps, barfuss und schmutzig, trat ein, warf einen neugierigen Blick auf Martha, setzte sich zum Bettler und teilte mit ihm ein Stück Brot, das er irgendwo ergattert hatte. Martha schloss die Augen. Sie fühlte sich schlecht, schwindlig und schwach. Vor ein paar Tagen hatte sie festgestellt, dass sie wieder schwanger war. Diesmal wollte sie es klüger anstellen und etwas unternehmen, ein Mittel dagegen besorgen bei der Frau des Scharfrichters. Ihr letztes Geld, das sie sich erspart hatte, musste sie dafür aufwenden. Der Henker wohnte nur ein paar Häuser weiter auf dem Kohlenberg. Sie hatte ihren ganzen Mut zusammengenommen, um zu diesem geheimnisumwitterten Haus zu gehen.

Das Mittel der «Jungfernpalme», wie die Henkersfrau es genannt hatte, half augenblicklich. Die Blutungen fingen prompt an, Martha war sicher, dass sie dabei das Kind verloren hatte. Aber jetzt wollte es nicht mehr aufhören. «Es sind bereits fünf Tage, dass es so stark blutet, und die Bauchschmerzen sind fast nicht auszuhalten», dachte sie beklommen. Ihre Kleider waren schrecklich anzusehen. Mit zitternden Knien und zusammengebissenen Zähnen versuchte sie, aufzustehen, aber es gelang ihr nicht. Kraftlos sank sie wieder auf das Strohlager. «Und jetzt?», flüsterte sie ratlos. Das bittere Gefühl eines Verlustes nagte an ihr, sie fühlte eine unerklärliche Leere und konnte sich nicht gegen den Gedanken wehren, dass die unstillbaren Blutungen das Ende bedeuten könnten. «Einfach einschlafen und alles vergessen», dachte sie sehnsüchtig. Sie fror, sie hatte Durst, und doch war ihr irgendwie alles gleichgültig. Sie nahm es wie durch einen Schleier hindurch wahr, es berührte sie kaum – seltsam. Trotzdem liefen ihr die Tränen über die Wangen. Wieder überfielen sie die Schmerzen im Bauch. Sie stöhnte auf. «Der Teufel frisst mir die Eingeweide», durchfuhr es sie voll Entsetzen. Da stand der Bettler wieder vor ihr und musterte ihr weisses Gesicht.

«Kennt Ihr jemanden in der Stadt?»

«Sicher. Ich habe hier früher gedient.»

«Und bei wem habt Ihr gedient?»

«Bei der Familie Offenburg im Pfaffenhof.» Sie lächelte schwach, als sie an diese Zeit zurückdachte.

Wie jung und naiv war sie damals gewesen! Und Johannes …

«Soll ich jemanden holen von dort? Mein Bub könnte hinlaufen. Ihr braucht dringend Hilfe.» Martha erschrak. Nein, niemand sollte sie so sehen.

«Lasst mich einfach in Ruhe», flüsterte sie kaum hörbar und kehrte sich zur Wand. Sie fühlte die Erschöpfung in allen Gliedern. Angst und Kälte vermischten sich. Sie versuchte zu beten, aber es gelang ihr nicht. Ihr sündiges Leben stand vor ihren Augen. Seit der Geschichte mit Johannes hatte sie sich nur noch spöttisch über die Kirche geäussert und lachend behauptet, der Teufel sei ihr viel sympathischer! Sie sah sich wieder in der Peterskirche auf Johannes warten, meinte den Geruch von Weihrauch zu riechen, dachte an die vielen Malereien, den wunderschönen Engel der Verkündigung, und ein erwartungsvolles Lächeln stahl sich in ihr Gesicht …

Am nächsten Tag klopfte es zaghaft an das Tor des Pfaffenhofs. Die Köchin öffnete, denn alle anderen waren gerade ausser Haus. Ein kleiner, schmutziger, strohblonder Knirps stand da und streckte ihr mit seinen dünnen Armen einen Beutel entgegen.

«Was soll ich damit?», fragte sie etwas ungehalten.

«Ist von der Frau, die gestorben ist heute Nacht. Mein Onkel sagt, Ihr hättet sie gekannt.»

«Was sagst du? Sprich lauter, ich höre nicht mehr gut.»

«Die Frau ist gestorben», versuchte es der Knirps noch einmal etwas lauter. «Wir sind Bettler und hausen gerade für drei Tage am Kohlenberg.»

Martha! Durchzuckte die Köchin ein Gedanke.

«Ist Martha gestorben?», fragte sie zögernd, sie wagte es fast nicht auszusprechen.

«Wir wissen nicht, wie sie heisst, aber sie hat gesagt, dass sie bei Euch gedient hat.» Das konnte nur Martha sein. Die Köchin stand einen Moment unschlüssig da. Dann nahm sie den Beutel entgegen, holte rasch einen Lebkuchen, den sie gerade gebacken hatte, und gab ihn dem Knaben.

«Hier, für dich – und danke.»

Als sie wieder in ihrer Küche war, setzte sie sich erst einmal auf die Bank. Ein zweites Mal konnte sie nicht mehr um Martha trauern, stellte sie erschrocken fest. Sie hatte das Kapitel längst abgeschlossen. «Gott sei ihrer Seele gnädig», murmelte sie und bekreuzigte sich. Dann öffnete sie neugierig den Beutel. Viel konnte nicht darin sein, das hatte sie schon am Gewicht gespürt. Ein schlichter Holzlöffel kam zum Vorschein, dann eine Jakobsmuschel, wie sie die Pilger bei sich trugen – wo hatte sie die wohl her? –, und ein schmutziges gelbes Tuch – die Farbe der Dirnen! –, in welches ein kleines Kruzifix aus Holz eingewickelt war. Was tat Martha mit einem Kruzifix? Die Köchin betrachtete es eine Weile, bis ihr plötzlich einfiel: «Das hat sie sicher von Johannes bekommen, dem Chorherrn aus dem Petersstift! Sie ist wohl nie ganz darüber hinweggekommen.» Der Beutel war bereits leer. Die Köchin betrachtete einen Moment sinnend die ausgebreiteten Dinge. «Ist das alles, was am Schluss bleibt?», fragte sie sich zerknirscht. «Ein Löffel, eine Muschel, ein schmutziges Tuch und ein kleines Kruzifix?» Sie schüttelte energisch den Kopf. «Was für Gedanken!», wies sie sich zurecht und packte entschlossen alles wieder in den Beutel. Sie würde ihn der Herrin überreichen.

Martha wurde im Kirchhof der Elisabethenkapelle beigesetzt, welche auf einer Anhöhe hinter dem Steinenkloster lag. Es war die letzte Ruhestätte für Namenlose, Aussenseiter, unbekannte Fremde, Verfemte und Hingerichtete. Keine Grabsteine zeugten von ihnen, denn ein armes Leben hinterliess keine erwähnenswerten Spuren. Nur ein Armenseelenlicht brannte für alle.

«Piccolomini hat mir gemeldet, dass die Zeremonie der Papstweihe auf den Tag vor Jacobi, den 24. Juli, bestimmt wurde», meldete der Bürgermeister seinen Ratskollegen. «Man will die Krönung auf den Münsterplatz verlegen, damit möglichst viele Leute die Feierlichkeit mitverfolgen können.»

«Vermutlich wird man ein Holzgerüst erstellen vor dem Münster?»

«Ja, und ein Altar wird aufgebaut, geschmückt mit Wirkteppichen und allen Kostbarkeiten des Kirchenschatzes.»

«Der Kirchenschatz wird aufgebaut? Die vielen Monstranzen und Reliquien? Das erfordert noch mehr Soldaten zum Schutz», rief der Oberzunftmeister entsetzt. Er war ein Mann der Praxis. «Das braucht mindestens fünfzig Mann zu Pferd.» Alle nickten gewichtig. «Zudem wollte ich vorschlagen, noch zweitausend Soldaten für den Ordnungsdienst aufzubieten.»

«Wir werden am besten auch den Besucherstrom lenken. Die Herren sollen an der Breitseite des Gerüstes stehen, und die Frauen auf der Seite gegen die Bäume des kleinen Münsterplatzes und die St. Johannskapelle zu.»

«Ausserdem müssen wir anordnen, dass die ganze Stadt geschmückt werden soll. Es sind sehr viele Gäste von auswärts zu erwarten. Niemand wird sich diese Gelegenheit entgehen lassen, einer Papstkrönung beizuwohnen.»

«Mit wie vielen Leuten müssen wir etwa rechnen?»

«Das ist schwer zu beantworten, es könnten dreissigtausend, aber gut und gerne auch mehr werden, wenn man alleine unsere über zehntausend Einwohner rechnet, jedermann und jede Frau und sicher auch die Kinder, alle werden dabei sein wollen.»

«Der Stellvertreter Christi wird ja auch den Ablass aller Sünden gewähren, schon deshalb werden viele kommen.»

«Schade, dass der Martinsturm am Münster noch nicht erbaut ist. Der Anblick des Georgturmes ist enorm eindrucksvoll, doch ich hätte mir gewünscht, für die Papstwahl beide Türme des Münsters zeigen zu können.»

«Die Steinmetze der Münsterbauhütte können nicht zaubern. Der Georgsturm ist ja gerade rechtszeitig zum Konzil fertig geworden. Neben dem Georgsturm mussten sie erst noch die Niklauskapelle fertigstellen, und nun haben sie auch mit dem neuen Kreuzgang viel Arbeit. Ich denke, der Georgsturm wirkt auch schon grossartig als Kulisse, abgesehen davon schauen alle auf die Zeremonie und den neuen Papst.»

Schon im ersten Morgengrauen des festlichen Tages war der Münsterplatz bereits bis zum letzten Platz besetzt, dicht gedrängt standen die Menschen Kopf an Kopf. Viele kletterten auf die Bäume beim kleinen Münsterplatz, einige wagten sich sogar auf die Hausdächer. Der Protokollführer des Konzils verzeichnete nachher vierzigtausend Personen, eine unübersehbare Menschenmenge. Doch der Oberzunftmeister stand sorgenvoll an seinem Platz.

«Hoffentlich bricht keine Panik aus», murmelte er. Aber sein Nachbar meinte zuversichtlich:

«Der Segen des Herrn liegt auf diesem Anlass, da gibt es keine Unruhen. Die Leute nehmen die Ereignisse ja mit ihrem Herzen auf, sie werden gerührt sein.»

Das grosse, ehrfürchtige Schweigen während der Messe und der nachfolgenden Krönungszeremonie gab ihm recht. Als aber die Gesänge angestimmt wurden und man wie üblich das Responsorium, den Antwortgesang, zu singen hatte, klang es so jämmerlich unrein, dass die Menge in schallendes Gelächter ausbrach, einigen liefen dabei die Tränen herunter. Doch dann wurde die Tiara gebracht, die Dreifachkrone, welche vor lauter Gold und Edelsteinen in der Sonne glitzerte, und es herrschte wieder andachtsvolles Schweigen. Während sie der Kardinal dem neuen Papst aufs Haupt setzte, liefen den Leuten vor Ergriffenheit die Tränen erneut herunter. Danach aber war kein Halten mehr.

«Vivat Papa!», erscholl es voll glühender Leidenschaft aus den Tausenden von Kehlen über den Münsterplatz, bis der Papst aufstand, die Hände hob und in die plötzlich eintretende, atemlose Stille laut und deutlich seinen Segen *urbi et orbi* über die vielen Menschen aussprach.

Unter Trompetenklängen ordnete man sich nun zur Prozession. In Rom führte sie traditionell von der Peterskirche zum Lateran. In Basel wollte man es gleichtun und hatte beschlossen, die Prozession vom Münster zur Predigerkirche zu führen, durch die Freie Strasse hinunter zum Rathaus und anschliessend zum Predigerkloster, das symbolisch zum Lateran erhoben worden war. Auch bei der Reihenfolge hielt man sich an das römische Vorbild: Zuerst kamen die Laien, Kriegsleute und Diener, danach folgte der Adel von Basel und Umgebung, alle im Festgewand, dann erschienen die Leute aus Savoyen, wunderbar farbengeschmückt, dazu Spielleute und Gaukler. Nun folgte die Geistlichkeit, immerhin sechzig Mitren konnte man zählen, danach die traditionellen zwölf Schimmel, Johann von Ragusa trug das Allerheiligste, und schliesslich folgte das Pferd mit dem Papst. Voll ehrfürchtigem Staunen sanken die Leute in die Knie.

Marie trat atemlos in die Küche. Ihre blauen Augen leuchteten.

«Wir haben schon viel gesehen an Prozessionen und verschiedenen Gesandten, die mit entfalteter Pracht in die Stadt einzogen. Heute war aber bei Weitem das Schönste und Erhabenste, was wir je erlebt haben, nicht wahr?», rief sie der Köchin zu, tief erfüllt von allem.

«Wirklich, da stimme ich dir zu.»

Franz mischte sich ein:

«Und das prachtvolle weisse Pferd des Papstes, habt ihr das auch gesehen? Seinen prächtigen, dichten Schweif, den schmalen Kopf und die feinen, spitzen Ohren?»

«Das Pferd? Das kann auch nur ein Pferdeknecht beachtet haben! Wir haben den Papst angeschaut, seine würdevolle Erscheinung. Sein Gesicht mit dem feinen Lächeln wirkte auf mich wie verklärt – dass ich so etwas erleben darf!», seufzte die Köchin, immer noch ergriffen.

«Es waren Abertausende auf dem Münsterplatz, ich konnte kaum atmen», meinte Franz.

«Ich stand weit hinten und bekam leider nicht viel mit von der Krönung. Aber ich war dabei und habe den Ablass erhalten», frohlockte Marie.

«Der neue Papst übernachtet nun im Predigerkloster und wird morgen im Refektorium das Krönungsmahl einnehmen. Ich wüsste zu gerne, was alles aufgetragen wird», äusserte sich die Köchin sinnend. «Vermutlich wird man kaum feststellen können, ob es ein Frühstück oder eine Mahlzeit ist, so reichlich und grossartig wird das sein.»

«Danach zieht der Papst zurück zum Münster, es wird nochmals gefeiert in der Stadt. Der Rat wird sogar Brot verteilen lassen an die Armen. Und wahrscheinlich wird auch wieder Geld ausgestreut», vermutete Franz hoffnungsvoll.

«Und Freudenfeuer werden angezündet, hat man mir gesagt. Ist es nicht einmalig, was wir hier erleben?»

Währenddessen stand Henman Offenburg an seinem Stehpult in der guten Stube. Er hatte ein Papier aus der Truhe geholt und schrieb fein säuberlich mit seinem Federkiel darauf:

1439, Pestepidemie und Papstwahl in Basel. Was für ein Jahr!

13. Kapitel

Drei Jahre später, im Juni 1442, machte sich Henman Offenburg zusammen mit seinem Pferdeknecht wieder einmal für eine Reise zurecht.

«Die nächsten Krönungsfeierlichkeiten stehen bevor, diesmal für König Friedrich III. in Aachen», erklärte er Anna, die neben ihm stand und die letzten Gegenstände zum Einpacken bereithielt.

«Ich glaubte, er sei schon längst König.»

«Gewählt ist er schon seit zwei Jahren, aber nun muss er noch gekrönt werden. Traditionell geschieht das im Dom von Aachen, wo Karl der Grosse begraben liegt. Nur eine Krönung in Aachen verleiht dem König die volle Legitimität.»

«Letztes Jahr seid Ihr nach Frankfurt und nach Wien gereist. Aber Aachen? Da wart Ihr noch nie, oder täusche ich mich?»

«Nein, es ist für mich ganz unbekannt. Es ist seit Jahrhunderten der traditionelle Krönungsort der deutschen Könige. Diesmal reite ich zusammen mit dem Konzilspräsidenten Kardinal d'Aleman und seiner Dienerschaft. Er wird als oberster Vertreter des Konzils an der Krönung mit dabei sein. Wir werden deshalb unterwegs wohl meistens in Klöstern übernachten.»

Der lange Ritt rheinabwärts gefiel Henman sehr. Es war ein warmer Sommertag. Bald türmten sich einige grosse Wolken am Horizont über den Vogesen, jedoch nicht bedrohlich, die von der Sonne beschienenen Teile leuchteten freundlich weiss. Die Reiter wählten den Weg dem linken Rheinufer entlang durch die Elsässer Hard, weil es hier viel weniger Flüsse zu überqueren galt und sich Aachen ausserdem auch auf der linken Rheinseite befand. Den breiten Rhein konnte man unterhalb von Basel nicht mehr auf einer Brücke überqueren, höchstens noch mit einem Fährboot. Sie ritten zuerst durch einen gewaltigen Forst voller Wildtiere. Wildschweine, Biber, Rebhühner und Fasane, ja sogar Wölfe, Luchse und selten auch Bären waren darin heimisch. Der Wald erwies sich allerdings nicht als menschenleer. Sie trafen auf ihrem Ritt immer wieder einmal auf Köhler, Harzsieder, Holzfäller und Schindelmacher, was ihnen die Möglichkeit bot, nach dem richtigen Weg zu fragen.

Besonderen Eindruck machte Henman die Übernachtung im altehrwürdigen, ruhmreichen Kloster Murbach, das der Kardinal unbedingt beehren wollte, obwohl es etwas abseits des Weges lag. Henman hatte das Kloster noch nie besucht und war verzaubert von der mächtigen romanischen Benediktinerabtei mit den beiden hohen Kirchtürmen, welche sich einsam mitten im Wald befand.

Bald folgten sie den Windungen der glitzernden Rheinarme, die gesäumt waren mit niedrigen Erlen, vielen Weiden und Pappeln, wogendem Schilf und vielen Krautpflanzen. Sie streiften kleine Weiher mit weiss blühendem Flor und quakenden Fröschen, passierten unzählige Zollstationen, betrachteten schliesslich staunend die kühnen Burgen auf schroffen Felsen beidseits des Rheins und gelangten endlich nach etwas mehr als zwei Wochen zu ihrem Ziel, Aachen.

Henman Offenburg beschlich ein sonderbares Gefühl, als er sich der ehemaligen Residenzstadt Karls des Grossen näherte. Der Zauberglanz des hochverehrten Kaisers lag immer noch auf der Stadt.

«Carolus Magnus», murmelte er und wandte sich an seinen Begleiter, «kein anderer Herrscher ist mit ihm vergleichbar, nicht wahr?» Der Kardinal nickte müde und ziemlich erschöpft. Ganz offensichtlich war er froh und dankbar, das Ziel endlich erreicht zu haben. Die ersten Tage hatte er sehr gelitten. Er war das stundenlange Reiten nicht gewohnt, denn die ausgiebigen Verhandlungen am Konzil hatten ihn zu vorwiegend sitzender Tätigkeit gezwungen. Henman betrachtete ihn aufmunternd von der Seite.

«Nun werden wir einige Zeit in Aachen verweilen und müssen wenig im Sattel sitzen.» Der Kardinal schickte einen Seitenblick zu Henman und lächelte etwas gezwungen.

Am folgenden Tag bewunderte Henman die Stadtmauer. Auch ein imposantes Rathaus erweckte sein besonderes Interesse. Doch beides wurde übertroffen vom Dom, der Pfalzkapelle Karls des Grossen mit dem uralten Thron. Der reich verzierte, festliche achteckige Raum mit den mächtigen Pfeilern, dem doppelstöckigen Umgang und der prachtvollen Kuppel faszinierte und beeindruckte ihn tief. Schliesslich tauchte Henman ein in die Farbenpracht einer neu geschaffenen Chorhalle. Sie hatte fast keine Wände, sie bestand nur aus herrlich leuchtenden Glasfenstern. Ihre vielen farbigen Scheiben vermittelten ihm den Eindruck, im überirdischen Licht des Paradieses zu weilen. Es war ein mystischer Farbtraum, ein wunderbares Blau, dazwischen Rot und Gold, alles leuchtete um ihn herum. Doch da riss ihn ein Geräusch aus der Versunkenheit und holte ihn in die Gegenwart zurück. Jemand hatte sich geräuspert. Henman wandte sich um.

«Der hochehrwürdige König Friedrich erwartet Sie», meldete ihm leise ein Diener. Henman nickte. Den König durfte er nicht warten lassen.

Als er wieder daheim angelangt war, berichtete Henman seiner Frau Anna und seinem Stiefvater Konrad von seinen Erlebnissen. Dieser war zur Begrüssung herübergekommen aus dem Nachbarhaus und lauschte interessiert dem Bericht.

«Sie sind gerade dabei, eine neue Anna-Kapelle zu erstellen», erzählte Henman und blickte Anna lächelnd an. «Aber der achteckige Bau der Pfalzkapelle ist besonders beeindruckend mit dem schlichten, uralten Thron und einer Kuppel mit herrlich leuchtenden Goldmosaiken. Und eine neue Chorhalle mit Glasfenstern von überirdischer Schönheit hat mich ebenfalls sehr fasziniert. Dieses Licht! Im Paradies kann es kaum schöner sein.»

«Und die Krönung?», fragte Anna neugierig.

«Oh, der Erzbischof von Köln krönte den König. Friedrich hatte sich niedergeworfen, und Tränen der Rührung liefen ihm die Wangen hinunter, als ihm die Krone aufgesetzt wurde. Er wirkte mit seinen dunkelblonden schulterlangen Haaren, der Krone und seinem vollen Ornat sehr majestätisch. Danach musste er den Eid ablegen. Der Schluss war für mich besonders spannend, denn die letzte Frage lautete: Willst du dem in Christo heiligsten Vater und Herrn, dem Papst und der heiligen römischen Kirche die schuldige Unterwerfung und Treue in Ehrfurcht bewahren? Und er antwortete: ‹Ich will›. Doch niemand wusste, welchem Papst er diese Treue schwor!»

«Der Papst wurde nicht mit Namen genannt?»

«Nein! Danach wurde der König gesalbt und gekrönt, und alle Anwesenden im Dom hatten sich zu ihm zu bekennen und ihm die Treue zu schwören mit einem dreimaligen Ja. Es war überaus eindrücklich. Danach musste ich meine Geschäfte angehen», wandte er sich an seinen Stiefvater Konrad. «Ihr wisst, ich hatte für die Stadt Basel die Bestätigung ihrer Freiheiten zu erwirken. Doch sonst haben wir leider nichts erreicht. Die abwartende Haltung des Königs gegenüber unserem Konzil und Papst Felix änderte sich nicht, genauso wenig wie die der anwesenden Fürsten.»

«Warum denn nicht? Ihr konntet doch sicher mit dem König reden.»

«Nun, nicht nur wir, auch Papst Eugen hatte Gesandte geschickt.»

«Oh, und beide versuchten, den König für sich zu gewinnen? Ein teuflischer Plan!»

«Ja, es scheint wirklich, dass der Teufel mitmischt. Ich musste feststellen, dass unser Papst Felix zwar grossen Respekt geniesst, doch die gewünschte Anerkennung schwerlich findet. England, Burgund und Venedig stellten sich auf die Seite von Papst Eugen.»

«Und Frankreich und Deutschland?»

«Sie verhalten sich abwartend, wer von den beiden Päpsten sich durchsetzen wird. König Friedrich kommt übrigens im November nach Basel», wandte er sich wieder an Anna, «er hat sich für den Martinstag angemeldet. Er wird bei uns absteigen.» Henman konnte seine Aufregung in der Stimme nicht ganz verbergen. Er merkte, dass Anna nicht begriffen hatte, wovon er sprach. Sie blickte ihn erstaunt an.

«Wie meint Ihr das?»

«Nun, in unserm Pfaffenhof!» Anna schnappte nach Luft und legte ihre Hand auf den Mund.

«Verstehe ich Euch richtig: Der eben mit grosser Pracht gekrönte König Friedrich soll bei uns absteigen, mit all seinem Gefolge? Das könnt Ihr nicht ernsthaft in Erwägung ziehen», rief sie fassungslos aus. Henman hatte sich auf ihre Einwände gefasst gemacht.

«Keine Angst. Die Dienerschaft reist vorher an und wird alles bereit machen. Sie wird übrigens bei Euch, Konrad, einquartiert werden.» Konrad nickte lächelnd, während Anna schwieg. Henman liess ihr Zeit, sich an den Gedanken zu gewöhnen.

«Wieso kann der König nicht am Münsterplatz wohnen, wie es sich gehört?», versuchte sie das Unheil abzuwenden.

«Er will zwar mit dem neuen Papst reden, aber weil er ihn und das Konzil noch nicht anerkannt hat, wird er die Geistlichkeit nicht näher beehren und zieht es vor, bei einem Privatmann zu logieren.»

«Und das müsst wieder einmal Ihr sein», flüsterte Anna, mehr zu sich selbst. Trotzdem wagte sie einen letzten Versuch:

«Unser Pfaffenhof mit den verwinkelten Treppen, Gängen und schiefen Böden ist doch keine Unterkunft für einen König!»

«Kommt, Frau, macht unseren Hof nicht schlechter, als er ist. Natürlich ist es kein italienischer Palazzo. Aber wir können ihn wahrlich vorzeigen. Es wird sowieso nur ein kurzer Besuch werden, höchstens ein paar Tage, das verspreche ich Euch. Wir ziehen uns in eine der oberen Kammern zurück und unsere grosse Stube und Schlafkammer überlassen wir dem König. Seine Dienerschaft wird alles arrangieren, unsere Dienstboten sollen gar nicht in die Nähe des Königs kommen.» Anna erhob sich, ihre Gedanken purzelten durcheinander.

«Ich glaube ja gerne, dass die Dienerschaft des Königs alles arrangiert. Doch mir bleibt noch genug Arbeit. Bis sie eintrifft, muss das ganze Haus gründlich geputzt sein, treppauf und treppab. Braucht es vielleicht auch zusätzliches Geschirr, Töpfe und Pfannen? Und das Bett, das Linnen? Bringt die Dienerschaft das alles mit? Was sonst erwartet ein König?» Henman zuckte mit den Schultern. Er musste zugeben, dass er auf diese Fragen keine Antwort wusste. Anna schickte ihm einen verzweifelten und, so schien es ihm, auch vorwurfsvollen Blick zu.

König Friedrich fand sich wie angekündigt am Martinstag 1442 im Pfaffenhof ein. Bürgermeister und Rat huldigten ihm, und er wurde reich beschenkt, wie es üblich war. Anna hatte tatsächlich vor allem mit der Dienerschaft zu tun, welche alle Aufgaben übernahm und für den König sorgte. Es stellte sich bald heraus, dass sie viel zu viele zusätzliche Dinge besorgt hatte.

Friedrich III. war wenig leutselig, er lächelte kaum, schien in Gedanken stets weit weg zu sein, und sein Gesicht wirkte wie versteinert.

«Ein Mann ohne Wärme! Wenn ich da an König Sigismund denke, der war ganz anders», meinte Henman, als der Besuch nach fünf Tagen das Haus wieder verlassen hatte. Anna nickte nur. Henman wusste, es kümmerte sie wenig, ob der König leutselig war oder nicht, sie war einfach froh, dass alles nach Wunsch über die Bühne gegangen und keine grössere Panne passiert war. Aber auch die Magd Marie äusserte sich enttäuscht zur Köchin.

«Wir waren Luft, man nahm uns gar nicht zur Kenntnis.»

«Was wissen wir schon vom Ganzen! Es ist doch selbstverständlich, dass gewöhnliche Dienstboten nichts zählen», antwortete die Köchin und zuckte gleichgültig mit den Schultern, «auch die Köche behandelten mich von oben herab, wie es königliches Personal so an sich hat. Dabei hatte ich mir erhofft, ein paar besondere Rezepte kennenzulernen. Doch einzig von der Krönung haben sie mir erzählt. Es soll ein unglaubliches Essen gegeben haben: einen Ochsen am Spiess. Der Ochse umhüllte ein Kalb, das Kalb eine Gans, die Gans eine Henne und die Henne ein Ei.»

Maries rundes Gesicht glänzte und sie lachte laut.

«Das erfindet Ihr!»

«Es wurde mir so erzählt. Die Köpfe der Tiere hätte man zwischen die Rippen des Ochsen gesteckt. Dem König habe man dann das erste Stück gebracht und den Rest unter das Volk verteilt.» Marie blickte sie mit grossen Augen staunend an.

«Und zum Schluss nahmen alle das Geschirr und die silbernen Löffel mit», ergänzte die Köchin.

«Das hingegen kann ich mir gut vorstellen! Aber hier bei uns war gar nichts von Grösse zu spüren. Im Gegenteil, der König wirkte verschlossen und unnahbar.»

«Dafür ging er jeden Tag dreimal in die Kirche.»

«Dagegen lässt sich nun gewiss nichts sagen. Als Dienstmagd wurde mir schon früh eingeschärft, dass Gott das gemeine Volk geschaffen hat, um zu arbeiten, die Geistlichkeit für die Werke des Glaubens und den König mit dem Adel, um für Gerechtigkeit zu sorgen und Vorbild zu sein.»

«Ja, jedem wurde seine Bestimmung in die Wiege gelegt und sein Platz zugewiesen», nickte die Köchin und rupfte energisch das Huhn, welches gerade geschlachtet worden war.

Als König Friedrich Basel verliess, geleitete ihn Henman Offenburg bis vor die Stadt. Mit Erstaunen stellte er dabei fest, dass im Gefolge des Königs Enea Silvio Piccolomini ritt, bis vor Kurzem noch der redegewandte Sekretär des neuen Papstes. «Hat unser Dichter die Fronten gewechselt?», fragte sich Henman in Gedanken versunken. Ganz offensichtlich hatte Piccolomini dem Papst und dem Konzil den Rücken gekehrt und sich in den Dienst des Königs gestellt. Henman betrachtete ihn von der Seite und fragte sich, ob dieser Umstand für das Konzil von Vorteil sein könnte? «Ein Fürsprecher beim König wäre gut», ging es ihm durch den Kopf, «andererseits ist Piccolomini imstande, den König bestens zu beraten, wie er weiterhin die Entscheidung für den einen oder anderen Papst in der Schwebe halten kann.»

Nicht nur Piccolomini verliess die Stadt am Rhein, auch der neu gewählte Papst Felix V. verlegte seine Residenz nach Lausanne, angeblich wegen der ungesunden Witterung von Basel. Der Arzt habe ihm ein milderes Klima empfohlen, liess er verlauten.

Der folgende kalte Winter nahm tatsächlich kein Ende. Die Sonne sah man nur selten, und wenn, schien sie kalt und fahl. Grausam finster waren die Nächte, der Wind blies durch die Ritzen, das Wasser im Brunnentrog fror zu. Starres, blankes Eis bedeckte die Gassen und glitzerte tückisch, sodass man nur noch mit grosser Vorsicht von Haus zu Haus gehen konnte. Das Gedränge in den Strassen der Stadt, die Pferde und der Glanz der vielen Fremden in ihren prunkvollen Kleidern waren verschwunden, sie blieben im Innern der Häuser.

«Das kalte Wetter passt zur politischen Lage», äusserte sich der Bürgermeister in der Ratssitzung wieder einmal mit sorgenvoller Miene, «eben wurde mir gemeldet, dass König Friedrich gegen die Eidgenossen ziehen will, um das ehemalige Stammland der Habsburger zurückzugewinnen.»

«Das glaube ich sofort. Man schikaniert uns schon jetzt mit neuen Zollschranken», tadelte der Oberzunftmeister lebhaft, «Basel ist schliesslich nach altem Herkommen die wichtigste Stadt in dieser Gegend. Doch Österreich zieht seine Zollstationen immer enger und näher um die Stadt. Auch die Überfälle auf unsere Kaufleute und deren Waren häufen sich.»

«Das ist niederträchtig. Wir müssen schliesslich die Herren des Konzils verpflegen – rund zweihundert Konzilsväter, darunter sieben Kardinäle und etwa zehn Bischöfe. Und hin und wieder erscheinen weitere Gesandtschaften, selbst in diesen kalten Tagen.»

«Und nicht zu vergessen, einige haben ein paar Hundert Diener mit dabei, das gibt rasch ein paar Tausend Personen insgesamt.»

«Und erst noch der Hafer für die vielen Pferde!»

«Ich habe übrigens gehört, der abgesetzte Papst Eugen wolle ein Heer zusammenstellen, um gegen die Türken vor Konstantinopel zu kämpfen.»

«Natürlich, das war sein Versprechen bei den Verhandlungen mit den Griechen. Das wird er nun einhalten müssen. Aber noch haben wenige ihre Zusage gegeben, am Kampf gegen die Ungläubigen teilzunehmen.»

«Niemand kann Truppen entbehren. Am allerwenigsten König Friedrich, wenn er gegen die Eidgenossen ziehen will.»

Unter den langen, kalten Wintermonaten litt auch Greda in Waldenburg. Sie sass in einer abgelegenen, dunklen Scheune auf dem Stroh und fror entsetzlich, denn die dünnen Holzwände schützten nicht vor der Kälte, sie hielten nur notdürftig den eisigen Wind ab. Und die Kälte wollte nicht aufhören. Schon seit Wochen fror Greda ununterbrochen und fühlte sich gleichzeitig ausserordentlich einsam. Die Leute blieben alle in ihren Häusern, sie sah oft tagelang niemanden. Vor der Scheune stand halb zerfallen ein Karren unter dem kurzen Vordach, das einzige Zeichen, dass irgendwo Menschen lebten.

Durch eine Dachluke erblickte Greda den Sternenhimmel, Tausende und Abertausende von Sternen. Ihre verbissenen Züge lockerten sich etwas bei diesem faszinierenden Anblick. Sie kam sich plötzlich ganz unscheinbar und klein vor, andererseits fühlte sie sich mit dem Firmament verbunden. Mit wissenden Augen studierte sie die grossen Sternbilder. Bald würde der Vollmond aufgehen und nichts mehr davon zu sehen sein. Doch etwas anderes beschäftigte sie weit mehr: Man hatte ihr zugetragen, dass der Basler Hexenjäger Peter zum Blech sie als Komplizin der Kolerin bezeichnet habe. Über ihr knochiges, zerfallenes Gesicht flog ein unruhiger Ernst. Des Hexenjägers Wort wog schwer. Der Verdacht lastete auf ihr, und sie hatte keine Ahnung, wie sie ihn entkräften sollte. Hätte sie sich nur nie mit der Kolerin eingelassen!

«An allem sind irgendwelche Hexen schuld, selbst am kalten Wetter», murmelte sie wütend vor sich hin. «Diese selbstgerechten Leute. Sie haben alle keine Ahnung.

Doch wenn ich schon eine Komplizin der Gerin Kolerin sein soll, dann will ich den Schadenzauber vornehmen, von dem ich immer träumte: Henman Offenburg soll leiden! Ich werde seinen politischen Ruin herbeiführen.» Sie lachte derb und erschrak gleichzeitig darüber.

Als der Vollmond hoch und hell am Himmel stand, zog sie sorgfältig einen Kreis in den erdigen Boden, malte einen Drudenfuss hinein, den fünfeckigen Stern, nahm die Strohpuppe, die sie schon lange vorbereitet hatte, und bettete sie auf das Zeichen. Dann legte sie die bei Vollmond gepflückten Kräuter um den Kreis und zündete sie an. Wo war nur die Haselrute, die sie vor Sonnenaufgang geschnitten und sorgsam aufbewahrt hatte? Sie fand sie bei ihrem Beutel und nahm sie zur Hand. Wie in Trance schritt sie langsam um den Kreis, während sie die Beschwörungsformeln murmelte, die sie einst von der Kolerin gehört hatte:

«Drochs mynoch esenaroth betu baroch ass maaroth.» Beim letzten Wort schlug sie mit der Haselrute dreimal auf die Puppe. «Heilige Dreifaltigkeit, bestrafe Henman Offenburg, der mir dieses Unrecht angetan hat.» Sie starrte mit blinden Augen auf den Kreis, dann brach sie zusammen. Wie im Fieber zitternd lag sie auf dem Boden und kicherte hysterisch vor sich hin, unfähig, aufzustehen.

Die Stunden verstrichen quälend langsam. Greda konnte nicht schlafen, dazu war es viel zu kalt. Während sie mit geschlossenen Augen vor sich hin dämmerte, wurde ihr schlagartig klar, dass sie fort musste, um den Klauen des Hexenverfolgers zu entrinnen. «Einfach wegziehen, dorthin, wo niemand mehr etwas von den Anschuldigungen ahnt», murmelte sie sehnsüchtig, «irgendwohin, wo ich Wärme finde – ein besseres Leben.» Aber ihre Beine trugen sie nicht mehr weit, und die Sorgen, was die nächsten Stunden bringen würden, lähmten sie. Gab es für sie überhaupt noch eine Zukunft? Sie hatte keine Ahnung, wie alt sie wirklich war, aber es schien ihr, es müssten bald achtzig Jahre sein. Und nun war sie als Hexe verschrien, geächtet, verteufelt und gejagt. «Woher nehmen sich die Leute das Recht, von mir so etwas zu behaupten?», murrte sie wieder halblaut vor sich hin. Sie hatte sich längst angewöhnt, mit sich selbst zu reden. Als alleinstehende Frau blieb ihr wenig Möglichkeit, mit jemandem zu sprechen, auch nicht, sich zu wehren, sie hatte keinen Schutz, gar nichts. Wie wäre das Leben anders verlaufen, wenn sie nicht nur geduldet, sondern an einem Ort hätte zu Hause sein können! Sie war nahe daran zu weinen, was sie gleichzeitig ärgerte. Wie eine dunkle Welle erfasste sie der Gedanke, einfach einzuschlafen und nie mehr aufwachen zu müssen. Ein Gefühl von Bitterkeit packte sie, Zorn und Hass auf alles, auf Henman Offenburg, auf den Hexenjäger, die Menschen und auf die ganze schreckliche Situation, in der sie steckte. Zuletzt schlugen diese Gefühle wie eine Woge über ihr zusammen. «Einfach sterben und das irdische Jammertal verlassen», dachte sie sehnsüchtig und gleichzeitig ärgerte sie sich: «Ich kann ja nicht einmal einschlafen!»

Endlich kündete die Morgenröte den beginnenden Tag an. Greda wurde durch das Krächzen eines Raben aufgeschreckt. War es ein Zeichen, ein Warnruf? Das Gefühl der Bedrohung wuchs in ihr. «Ich muss fort von hier, heute noch, bevor man mich gefangen nimmt, wie damals die Kolerin, und gar foltert», machte sie sich Mut, «sie foltern so lange, bis man gesteht, mit dem Teufel im Bunde zu sein, obwohl man es gar nicht ist.» Sie kratzte sich am Kopf. An die Flöhe hatte sie sich schon längst gewöhnt. Ihre Kleider waren verschmutzt und stanken. «Was solls, auch adelige Leute stinken. Wie heisst es doch? *Mit der hoffärtigen Sitt, da kauft man sich die Hölle mit.*» Die Hölle! Es durchfuhr sie ein unerklärlicher Schauer. Da begann eine Glocke der entfernten Kapelle des Klosters Schöntal zu läuten. «Die Frühmesse», murmelte Greda. Sie versuchte zu beten, aber es fielen ihr keine Worte dazu ein.

Sie riss sich zusammen. Zuerst musste sie sehen, dass sie etwas zu essen finden konnte. Der Wald gab nichts mehr her, die Beerenzeit war längst vorüber. Der Gedanke an eine heisse Morgensuppe liess sie sehnsüchtig aufschnaufen. Angewidert betrachtete sie ihre rissigen Hände und die Knöchel, welche spitz hervorstanden. «Ich bin alt geworden», schimpfte sie, rappelte sich mühsam auf, packte ihren Beutel, nahm ihren Stock zur Hand und machte sich langsam auf den Weg. Nichts störte die Stille, kein Mensch war unterwegs. Die Steine auf dem Weg glitzerten vom Nebeltau bläulich und schwarz, an verschiedenen Stellen lag eine dünne Eisschicht, sodass sie aufpassen musste, nicht auszurutschen. Sie verfolgte den Pfad nach Langenbruck. Die Glocke des Klosters hatte ihr den Weg gewiesen. Dort würde sie wohl etwas zu essen bekommen.

Das Glück wollte es, dass sie bald auf einen Knecht stiess, der mit einem Ochsenkarren Holz zu einem Bauernhof führte.

«Kann ich aufsteigen?», fragte Greda hoffnungsvoll. Der Knecht musterte ihre ausgemergelte Gestalt mit den zerbrechlichen Schultern und nickte wortlos. Er wusste, wen er vor sich hatte, alle redeten von Greda, der alten Hexe. Ob es stimmte oder nicht, es schien ihm ratsam, ihr den Wunsch zu erfüllen.

14. Kapitel

«Wie lange wird dieses Konzil denn noch dauern?», fragte Anna neugierig, während sie sich zum Schlafen bereit machte. Üblicherweise entledigte man sich aller Kleider und schlief nackt, mit einer Decke zugedeckt. Henman blickte sie erstaunt an und räusperte sich. Was für Fragen Anna beim Zubettgehen stellen konnte!

«Keine Ahnung. Aber es sind nun schon zwölf Jahre. Ich weiss gar nicht, ob ein Konzil je so lange getagt hat. Dabei sind die Reformen noch keineswegs weit genug fortgeschritten oder gar umgesetzt. Man hatte bis anhin viel zu viel andere Dinge zu regeln: der Streit mit Papst Eugen, dessen Absetzung, die Papstwahl. Und nun muss sich der neue Papst erst noch in sein Amt finden.»

«Hat er nicht eine Art Universität gegründet?»

«Ja, einige Gelehrte aus den Reihen der Konzilsteilnehmer halten Vorlesungen, zum Beispiel ein Gesandter der Universität von Paris.»

«Über Theologie?», fragte Anna, während sie laut gähnte und sich zudeckte.

«Nicht nur, es hat auch Juristen und Mediziner darunter. Es gibt auch viele, die mit Leidenschaft Bücher sammeln, Johann von Ragusa zum Beispiel, mit dem ich in Konstantinopel war. Er hat von dort mehrere uralte griechische Manuskripte mitgebracht. Zudem sind auch viele Scriptoren damit beschäftigt, Abschriften von all den alten Büchern in den Klöstern von Basel herzustellen.»

«Gibt es denn keine andere Möglichkeit, als ein Buch abzuschreiben, wenn man ein weiteres Exemplar davon haben möchte?»

«Nein. Man hat zwar den Holzdruck, doch das ist eine aufwendige Sache und dient eher für ein oder zwei Seiten. Aber ein ganzes Buch … ich habe allerdings gehört, dass man versucht, etwas Besseres zu erfinden. Wichtig ist auf jeden Fall, dass ausgezeichnetes Papier zur Verfügung steht, und das haben wir in Basel, seit die Papiermühlen in Betrieb sind.» Henman stellte fest, dass Anna bereits die Augen geschlossen hatte. Er konnte sich weitere Erklärungen sparen. Trotzdem fügte er noch halblaut hinzu: «Das Konzil darf ruhig noch andauern, es bringt nur Vorteile.»

Dieser Meinung waren nicht alle. Die Stadt verlor sich in belanglosen Pflichten. Man redete lange und ausführlich darüber, wie das neu aufgeblühte Gewerbe der Papiermacher in die Zunftordnung eingebunden werden könnte. Niemand ahnte, dass es der Stadt noch viel bringen würde. Man hatte sich auch längst daran gewöhnt, dass viele Fremde in der Stadt anzutreffen waren, dass sie den Handel förderten und Geld ausgaben.

Der neue Papst Felix V. stiftete eine grosse, mächtige Glocke für den Münsterturm. Glocken waren für alle die vertrauten Stimmen im täglichen Leben. Sie riefen nicht nur zum Gottesdienst und mahnten zum Gebet, sondern verkündeten ebenso Freude, Trauer, Unruhen oder Feuersgefahr. Die neue Papstglocke läutete von nun an, wenn ein Verurteilter zur Hinrichtung geführt wurde. Ihr besonders tiefer, dumpfer Klang war wie geschaffen dafür. Wenn sie ertönte, liefen die Leute in Scharen zur Hinrichtungsstätte ausserhalb des Stadttors, dem Steinentor, auch Frauen und Kinder.

Die grausame Marter und Pein der Verurteilten wurden den Kindern vor Augen geführt mit dem Hinweis, dass es wichtig sei, sich gut zu benehmen, damit man nicht so elendiglich enden müsse wie ein durch Gefängnis und Folter geschwächter Dieb oder gar ein Mörder. Es waren Schaustellungen mit Moral. Alle sahen den grausigen Hinrichtungen begierig und atemlos zu. Eine schwere, beklommene Stille lag über dem Geschehen. Was für furchtbare Strafen hatte man ersonnen für Räuber und Mörder! Die Leute verfolgten mit angehaltenem Atem und offenem Mund das Rädern, Pfählen und Hängen. Die Hinrichtung mit dem Feuer war besonders grauenvoll mitanzusehen. An den Pfahl gebunden und bei lebendigem Leibe verbrannt zu werden, war ein langsames, qualvolles Sterben. Fassungslos, bis ins Innerste getroffen und mit Tränen in den Augen verfolgten die Menschen das Geschehen. Der Scharfrichter im schwarzen Gewand versah sein Amt mit bewegungsloser Miene. Mit einer Mischung aus tiefer Verachtung und geheimer Ehrfurcht betrachteten die Leute seine Gestalt, etwas Unheimliches, Geheimnisumwitterndes, Grauenhaftes, aber auch Magisches haftete ihm an. Niemand begehrte, in seine Nähe zu kommen, und es war auch undenkbar, ihm die Hand zu geben.

Die Sonne brannte unbarmherzig vom Himmel und die Luft flirrte, es war schwül und stickig. Trotz der unerträglichen Hitze hatte sich die Magd Marie auf den Weg in die Peterskirche gemacht, denn sie war vollkommen durcheinander. Sie kniete vor dem Marienaltar nieder und sprach inbrünstig ein Gebet. Das Dämmerlicht der Kirche legte sich um sie wie eine Schutzhülle. Langsam beruhigte sie sich. Ein Priester näherte sich mit leisen Schritten.

«Kann ich Euch helfen?»

Marie blickte ihn unsicher an.

«Ich möchte beichten.»

Der Chorherr nickte und führte sie zu einem der Beichtstühle und begann die traditionellen Texte zu sprechen.

«Nun, ich höre mein Kind.»

«Es ist … wie soll ich es erklären … ich habe heute am Brunnen vernommen, dass man in Waldenburg eine Frau verbrannt hat, weil sie eine Hexe gewesen sein soll», flüsterte Marie stockend.

«Und warum bekümmert Euch das?»

«Es könnte Greda gewesen sein, Greda Bleicherin. Sie wurde vor vielen Jahren aus Basel verbannt und lebte seither in Waldenburg. Ich habe sie gut gekannt, sie kam sogar einmal in den Pfaffenhof», gestand Marie und fühlte sich sehr unbehaglich dabei.

«Den Pfaffenhof?» Marie bemerkte nicht, dass sich das Gesicht des Chorherrn verändert hatte. Sein Interesse war geweckt. Woher sollte sie wissen, dass sie mit Johannes sprach?

«Ja, ich diene dort.»

«Schon lange?» Marie bejahte. Eine Kollegin von Martha!, durchzuckte Johannes ein Gedanke. Sein schlechtes Gewissen bedrückte ihn immer noch. Er hatte damals einen grossen Fehler begangen, den er nie mehr gutmachen konnte. Er rieb sich nervös den Hals und betrachtete Marie mit ernster Miene.

«Ihr wisst jedoch nicht sicher, ob die Hexe, die man verbrannt hat, diese Greda war?»

«Nein, ich … ich könnte es mir aber vorstellen.»

«Es ist eine traurige, teuflische Sache, wenn jemand eine Hexe ist. Doch Ihr seid keine. Weshalb bedrückt Euch der Gedanke daran so sehr?» Marie rutschte unruhig hin und her und rang ihre Hände.

«Weil – nun, weil ich ein Amulett von ihr habe», brach es schliesslich aus ihr heraus.

«Ein Amulett?»

«Ja, es schützt gegen den Teufel, hat Greda versichert.

Sie hat die Kräuter darin um Mitternacht gepflückt, während sie drei Vaterunser betete.»

«Und wohl auch noch Beschwörungsformeln hinzufügte! Das kennt man ja», ergänzte Johannes schroff. Marie blickte betreten vor sich hin und schwieg bekümmert.

«Ich sehe, Ihr könnt unterscheiden, was gut und was schlecht ist, und bereut, was Ihr getan habt. Wo ist das Amulett?» Marie löste es zögernd von ihrem Hals. Wie lange hatte sie es sorgsam gehütet!

«Ich habe viel dafür bezahlt», meinte sie stockend. Johannes lächelte flüchtig, wurde aber gleich wieder ernst.

«Gebt es mir. Und nun betet fünf Ave Maria und fünf Vaterunser. Et ego te absolvo a peccatis tuis in nomine Patris, et Filii, et Spiritus Sancti. Amen. Die göttliche Gnade sei mit Euch. Wenn Ihr das nächste Mal Angst habt vor dem Teufel, so betet. Das ist das Einzige, was zuverlässig schützt.» Mit diesem Satz, der jede Widerrede ausschloss, zog Johannes sich zurück. Er musste dringend seine Gedanken wieder ordnen. Die Erinnerungen an Martha hatten alle verdrängten Gefühle wieder aufgeweckt.

Marie fühlte sich unendlich erleichtert. Sie hatte sich schon im Fegefeuer gesehen und schreckliche Qualen vor Augen gehabt, denn überall in den Kirchen waren die Bilder vom Jüngsten Gericht und dem Höllenrachen zu sehen. Marie schauderte, wenn sie nur daran dachte.

Die dunklen Gestalten mit den fürchterlichen Fratzen, der schauerliche Höllenrachen, das lodernde Feuer …

Zuversichtlich und getröstet erhob sie sich, nachdem sie die ihr auferlegten Gebete gesprochen hatte. Der Duft des Weihrauchs begleitete sie zum Ausgang. Aber als Marie wieder zum Pfaffenhof zurückkehrte, traf sie ihre Herrin Anna in heller Aufregung vor.

«Es herrscht Krieg, Marie, Krieg bei St. Jakob, Krieg vor unserer Stadt!» Marie erbleichte. Wie rasch konnte sich das Leben ändern, eben war sie noch so erleichtert gewesen. Sie wusste nicht, was sie antworten sollte. Anna stand zusammen mit Konrad, dem Stiefvater von Henman Offenburg, in der Küche. Offensichtlich hatte er ihr eben die schlechte Nachricht überbracht. Sein zeitlos altes Männergesicht schien wie versteinert. Auch die Köchin stützte sich schwerfällig auf den eingemauerten Herd und schüttelte fassungslos den Kopf. Nichts mehr war voraussehbar. Doch Anna besann sich trotz der Aufregung auf ihre Gastgeberrolle.

«Marie, holt etwas Wein und dazu helles Weizenbrot», wandte sie sich an die Magd, um sich gleich wieder Konrad zuzuwenden, «lasst uns in die Stube gehen. Ihr wisst sicher, dass Henman vor drei Tagen aufgebrochen ist, als Gesandter zu den Eidgenossen nach Bern – und nun kämpfen die Armagnaken vor der Stadt gegen die Eidgenossen. Krieg vor unseren Toren! Was soll ich nur tun?»

«Ruhe bewahren und abwarten», antwortete Konrad mit seiner hellen Stimme und versuchte, sie zu besänftigen, während er mühsam die steile Treppe hochstieg, «Ihr seid nicht alleine in dieser misslichen Lage.»

«Ich bin nicht mehr die Jüngste, wie Ihr wisst, ich bin schon über sechzig Jahre alt. Ich bin nicht mehr so beweglich wie früher und fühle mich deshalb dem Bösen viel mehr ausgeliefert. Ich ertrage diese Angst fast nicht. Überall herrscht Streit, Raub und Mord. Man erzählt sich die schlimmsten Sachen über die Schinder, die frevelnd und raubend durch das Land ziehen, all die rohen Soldaten.»

«Soldaten sind immer roh. Doch der französische Kronprinz ist undurchsichtig, man weiss nie, was er vorhat, er erfindet viele Ränke und spannt die Fäden wie eine Spinne.»

«Wie eine Spinne? Nein, das sind des Teufels Stricke!»

«Ja, da gebe ich Euch recht, es geschieht alles auf Eingabe des Teufels.»

«Aber was wird aus Basel, wenn die Eidgenossen verlieren? Werden die Soldaten danach die Stadt erobern?»

«Das kann Euch niemand sagen. Wir sind von allen Seiten bedroht, deshalb können die Basler sich nicht in den Kampf bei St. Jakob einmischen. Die Basler Kriegsmannschaft war ausgerückt, um den Eidgenossen beizustehen, doch sie kehrte auf halbem Weg wieder um. Sie muss die Stadtmauer verteidigen, denn auch ein Heer der Habsburger ist in der Nähe und wartet nur darauf, Basel erobern zu können.»

«Auch noch die Österreicher! Gott stehe uns bei»,

flüsterte Anna verzweifelt und die Stimme versagte ihr.

«Lasst uns zusammen in die Kirche gehen und beten», forderte Konrad sie auf. Anna nickte zustimmend, setzte hastig ihre Haube auf, während sie anfügte:

«Ich kann mir nicht vorstellen, dass Gott nicht auf unserer Seite ist. Schliesslich weilen so viele hohe geistliche Würdenträger vom Konzil in unserer Stadt …»

«Auf beiden Seiten sind fromme Christen. Aber auch der Teufel hat seine Hände im Spiel», murmelte Konrad und in Gedanken fügte er hinzu, «und der abgesetzte Papst Eugen lässt sich diese Gelegenheit sicher nicht entgehen, dem Konzil in Basel ein Ende zu bereiten.» In diesem Moment fingen die Glocken an zu läuten. Marie trat wieder herzu, in der Hand Brot und Wein. Mit grossen, erschreckten Augen rief sie:

«Die Sturmglocken rufen, alle sollen beten. Heilige Muttergottes, hilf uns in unserer Not, bitt für uns!»

«Ihr habt den furchtbaren Kampf nicht miterlebt», meinte Stiefvater Konrad ernst und eindringlich zu Henman Offenburg, als dieser wieder aus Bern zurückgekehrt war. «Die tollkühn kämpfenden Eidgenossen hinterliessen grossen Eindruck, alle starben den Heldentod», berichtete er, während sie zusammen im Pfaffenhof bei einem Becher Wein sassen. «Die Eidgenossen liefen mit Hurra auf den Feind los, unerschrocken dem Tod ins Auge blickend. Sie wehrten sich gegen einen übermächtigen Feind. Es waren bestimmt zehnmal mehr Armagnaken als Eidgenossen. Ein furchtbares Ringen begann, ein grausamer, schrecklicher Kampf, der bei St. Jakob den ganzen Tag tobte. Mann gegen Mann wurde gefochten, die Schwerter blinkten, der Boden war übersät mit blutigen Körpern. Am Schluss waren alle Eidgenossen im Kirchhof der Jakobskapelle praktisch eingeschlossen. Nur sechzehn konnten flüchten, alle anderen wurden niedergemetzelt. Wir sassen angstvoll und bang hinter den schützenden Stadtmauern und beteten. Doch die Übermacht war viel zu gross.»

«Wenigstens wurde unsere Stadt verschont. Was für ein törichtes, wenn auch mutiges Unterfangen, gegen einen übermächtigen Feind zu kämpfen! Immerhin war es ein verlustreicher Sieg für die Armagnaken.»

«Nun, vor allem blutig und verlustbringend für die Eidgenossen. Die Mönche der verschiedenen Basler Klöster erhielten den Auftrag, die unzähligen Leichen der gefallenen Eidgenossen einzusammeln und zu begraben. Es war eine traurige Arbeit, die zwei volle Tage in Anspruch nahm.»

«Zwei Tage! Furchtbar. Ich zog auf meinem Rückweg von Bern durch das gänzlich verwüstete Land, vorbei an brandgeschwärzten Ruinen und Dörfern und niedergetrampelten Feldern. Wahrlich kein schöner Anblick. Doch ich denke, der grosse Verlust, den auch der Kronprinz einstecken musste, macht ihn nun bereit für Verhandlungen. Kardinal d'Aleman übernimmt zusammen mit dem Adel diese Aufgabe. Der Kardinal braucht

Frieden für sein Konzil, denn Krieg und Wirren bremsen natürlich die Diskussionen um Reformen.»

«Basel wird sich nie der französischen Oberhoheit unterwerfen. Gleichzeitig ist auch Österreich unser Feind. Nur die Eidgenossen halten zu uns», antwortete Konrad sorgenvoll.

«Wenn der Kronprinz klug und weitblickend ist, und das scheint er mir zu sein, so wird er die Eidgenossen nicht zu sehr schwächen. Auf sie muss er vielleicht später einmal zählen können, denn sie sind die Nachbarn der mächtigen Burgunder.»

«Was mir mehr zu denken gibt, ist die Tatsache, dass die Zunftherren immer mehr murren, seit man mit den eidgenössischen Verbündeten zusammenspannt. Ihr Misstrauen gegen die Adeligen wächst. Unsere Verbindungen zu Fürsten und Königen sind nicht mehr erwünscht.»

«Ja, ich weiss. Kontakte zum Hause Habsburg werden sehr misstrauisch beobachtet», nickte Henman und fuhr sich erregt durch die Haare.

«Eure Haare beginnen grau zu werden vor lauter Sorgen», lächelte Konrad, der dem Gespräch die Schärfe nehmen wollte.

«Nun, ich bin schliesslich weit über sechzig Jahre alt. Aber im Ernst: Ich mache mir wirklich Sorgen. Meine vielen österreichischen Lehen und die Beziehungen zum Hause Habsburg werden mir zum Vorwurf gemacht. Ein anonymes Schreiben an den Rat bezichtigt mich, mit dem Feind im Bunde zu stehen. Es wird mir Verrat und Untreue vorgeworfen.»

«Was für ein Unsinn! Ihr tut so viel für unsere Stadt, und Euer Name ist doch hoch geachtet.»

«Alles ist vergessen, wie weggezaubert! Ich weiss gar nicht, wie ich in diese Situation geraten konnte.»

«Missgunst und Eifersucht sind die beliebtesten Werkzeuge des Teufels. Wie oft mussten die anderen neidvoll zusehen, wie Ihr von Hof zu Hof, zu König und Papst geritten seid.»

«Ja, Neid zählt mit Recht zu den sieben Todsünden. Doch man kann sich schwer dagegen wehren. Dabei ging es mir immer nur um das Wohl unserer Stadt», ereiferte sich Henman.

«Das weiss ich doch. Was wollt Ihr dagegen unternehmen?»

«Der Verdacht lastet auf mir. Ich werde nun alles aufschreiben, was ich erlebt habe, soweit ich mich zurückerinnern kann. Vielleicht muss ich mich tatsächlich noch verteidigen gegen die Vorwürfe. Man geht offensichtlich auch davon aus, dass ich mich bei meinen unzähligen Gesandtschaftsreisen bereichert habe. Als ob ich das nötig gehabt hätte! Ich habe meine Reisen für mich aufgelistet, und selbst gestaunt, wie oft ich unterwegs war. Doch wie man sich dabei bereichern soll, muss mir erst noch jemand erklären. Wenn ich nur bedenke, was ich für die Pferde ausgegeben habe für Hafer, Heu, Stall und Brückenzoll.»

«Und dabei hat noch niemand von den grossen Mühen und Umständen gesprochen, die mit einer Reise verbunden sind, die zum Teil wenig angenehmen Übernachtungen oder das Waten durch Bäche und das Reiten bei Regen und Sturm.»

«So ist es. Als Gesandter der Stadt Basel ritt ich alleine über zwanzig Mal nach Strassburg, war mehrmals in Heidelberg, Ungarn, Wien und Frankfurt, dazu in Rom, Worms, Parma, Konstantinopel und Aachen, ausserdem etwa fünfzig Mal in Breisach. Doch das sind noch längst nicht alle Orte, die ich im Dienste der Stadt aufgesucht habe. Trotzdem wurde mir nahegelegt, im Moment nicht an den Ratssitzungen teilzunehmen.»

«Man hat Euch ausgeschlossen?», schrie Konrad ungläubig. Seine helle Stimme überschlug sich und sein Kopf rötete sich vor Wut. «Das kann nicht sein! Nein wirklich, Undank ist der Welt Lohn.»

«Ja, so steht es schon in der Bibel. Ich vermute, es wird so weitergehen. Die Adeligen sind nicht mehr gern gesehen. Anna hingegen ist froh, dass ich nun öfters zu Hause bin. Sie kränkelt etwas in letzter Zeit.»

«Oh, was fehlt ihr denn?»

«Ich weiss es nicht, es lässt sich nicht in Worte fassen, sie ist einfach sehr müde, und sie ist mager geworden.»

«Sie wird auch nicht jünger, so wie wir alle auch.»

«Anna und ich sind im nächsten Jahr fünfzig Jahre verheiratet. Ein seltenes Jubiläum.»

«Fünfzig Jahre verheiratet?», staunte Konrad. «Das

erlebt ein Paar fast nie. Der Segen des Herrn liegt auf Eurer Verbindung. Er wird auch auf Euch liegen, wenn es zu Verhandlungen kommen sollte.»

Henman Offenburgs Befürchtungen bewahrheiteten sich. Der Rat schloss im folgenden Jahr alle Herren aus, welche österreichische Lehen besassen. Dafür beteiligte sich die Stadt an verschiedenen Kriegszügen. Dreimal hatte sich Offenburg vor dem Rat zu verantworten, aber jedes Mal verliefen die Vorwürfe im Sand, er wurde von allem freigesprochen. Der befürchtete Prozess blieb aus. Im folgenden Winter nahm er wieder an den Ratssitzungen teil.

Ein Jahr später, am 14. Dezember 1446, starb Anna Offenburg, nachdem sie langsam immer schwächer geworden war. Sie glitt aus der Welt, still und leise, so, wie sie auch gelebt hatte. Henman fühlte sich wie in einem leeren Raum, er konnte sich ein Leben ohne Anna nicht vorstellen. Fünfzig Jahre war sie ihm treu zur Seite gestanden, hatte für ihn gesorgt und ihm alles ermöglicht.

Die letzten Tage hatte sie schwer leiden müssen, Henman konnte es fast nicht mit ansehen. Es fiel ihm unendlich schwer, nicht helfen zu können. Verzweifelt musste er feststellen, dass alle seine Kenntnisse als Apotheker nichts nutzten. Er fühlte sich machtlos, sass an ihrem Bett und hielt ihre Hand. Schliesslich schickte er die Magd Marie zur Peterskirche und liess den Priester holen.

Nun war das Sterben vorbei. Anna lag friedlich da, ein feines Lächeln auf ihrem Mund. Der Priester schloss ihr die Augen und faltete ihr die Hände auf der Decke, während Henman mit hängenden Armen neben dem Bett stand und ins Leere starrte. Die erschreckend unheimliche Gewissheit, dass Anna nicht mehr da war, überfiel ihn mit Wucht. Seit er siebzehn Jahre alt war, hatten sie gemeinsam den Alltag gemeistert. Nun hatte der Tod ihrem Zusammenleben ein Ende gesetzt. Die Kammer lag im Halbdunkeln, erhellt nur durch ein kleines Fenster. Während Henman abwesend auf das Licht starrte, trat ein Bild vor seine Augen: der schauererregende Totentanz, der seit Kurzem an der Friedhofmauer der Predigerkirche zu sehen war, eindrückliche, lebensgrosse Darstellungen. Der Tod tanzte mit allen Personen, durch alle Gesellschaftsschichten hindurch, vom Papst bis zum Bettelmann, unbarmherzig und endgültig. Ein memento mori, wie es sich Henman nicht eindringlicher vorstellen konnte. Und nun hatte der Tod mit seiner Anna getanzt. Dieser Gedanke berührte ihn im Innersten. Er sah Anna vor sich, in ihrem wunderschönen roten Kleid, das er so an ihr geliebt hatte, meinte den Lufthauch zu spüren, der durch den immer rasanteren Tanz verursacht wurde, fühlte die Anwesenheit einer dunklen Gestalt … doch da riss ihn der Priester aus seiner Versunkenheit, legte ihm die Hand auf die Schulter und sprach aufmunternd:

«Ihr habt fünfzig Jahre das Leben miteinander geteilt. Wenigen wird dieses seltene Glück zuteil. Seid dankbar dafür. Ihr durftet mit Eurer Gattin erleben, was in der Bibel steht: *Eine tüchtige Frau ist das kostbarste Juwel, das einer finden kann.*»

Der letzte Weg vom Pfaffenhof zum Friedhof der Peterskirche war kurz, doch es schien Henman, dass er ihn kaum bewältigen könne. Wie viele Unterredungen mit Papst, Kaiser und Königen hatte er schon geführt, doch kein Gang war ihm so schwer gefallen wie dieser. Den Sarg trugen die Mitglieder der St. Andreas-Bruderschaft der Safranzunft. Schritt für Schritt stiegen sie langsam zur Kirche hoch. Es hatte in der Nacht geschneit, eine frische, weisse Schicht bedeckte den Boden, doch der Schnee schien nass, er würde wohl nicht lange liegen bleiben. Von den weissen Dächern tropfte bereits das Schneewasser, der Brunnen gurgelte. Am Boden glitzerte es. Alles war wie immer, und doch schien es Henman, dass nichts mehr war wie zuvor. Er umging eine winzige, zugefrorene Wasserpfütze und fröstelte. Er hatte in der Nacht kaum ein Auge zugetan. Seine Tochter Brida nahm ihn am Arm. Sie wusste, dass es von nun an zu ihren Aufgaben gehörte, für den alten Vater zu sorgen, auch wenn er vorläufig noch keineswegs gebrechlich war.

Anna wurde in der Niklauskapelle auf dem Friedhof der Peterskirche beigesetzt. Die ganze Familie hatte sich zur Abdankung eingefunden, nur der älteste Sohn Franz fehlte. Er war unterdessen Domherr zu Konstanz geworden. Die Nachricht hatte ihn wohl erreicht, aber für einen Ritt nach Basel war die Zeitspanne zu kurz. Alle Nachbarn waren gekommen, auch die Angehörigen der beiden Zünfte, in denen Henman Mitglied war. Die Köchin, die beiden Mägde Marie und Lisa sowie Franz der Pferdeknecht hielten sich im Hintergrund. Die lateinischen Worte der Messe verstanden sie nicht, aber der vertraute Klang gab ihnen trotzdem einen inneren Halt.

«Die Worte der Bibel hat Anna vorgelebt», sprach der Prediger am Grab. «Die vielen Reisen ihres Gatten hat sie klaglos alleine zu Hause durchgestanden, obwohl sie nie wusste, ob er gesund wiederkehren würde. Der Tod ihrer vielen Kinder traf sie schwer, aber sie hat bei Gott und unserer Mutter Maria Kraft im Gebet gefunden. Sie hat ihre Pflichten erfüllt, wie es sich für eine vorbildliche Frau gehört, sie war bescheiden, fromm und gütig. Lasst uns für ihr Seelenheil beten.»

«Amen», murmelte Henman und schluckte leer. Neben ihm standen Brida und Peter, seine beiden Kinder, sowie die Enkel, allen voran Werner, der besonders um seine Grossmutter trauerte, hatte sie ihn doch grossgezogen. Während die Sonne tiefer sank und langsam hinter der Stadtmauer am Horizont verschwand, bettete man den Sarg in die Erde. Schweigend standen sie alle da. Die kalten Schatten wirkten nun bedrohlich. Der Totengräber in seinem schwarzen Kapuzenmantel wartete mit versteinertem Gesicht und rot gefrorenen Fingern ehrerbietig auf ein Zeichen von Henman Offenburg, bis dieser ergeben nickte und mit allen Familienmitgliedern langsam die Grabkapelle verliess.

Die Magd Marie stand danach traurig bei der Köchin in der Küche.

«Wie wird es nun weitergehen, was denkt Ihr?», fragte sie unsicher.

«Ich nehme an, Brida, die Tochter, wird uns sagen, was wir zu tun haben, sofern es nicht unser Herr selbst macht, er ist ja noch kräftig. Unser Haushalt wird ja seit Jahren von denselben Dienstboten bewirtschaftet, wir wissen genau, was zu erledigen ist, nicht wahr?»

Marie nickte und erwiderte vorsichtig:

«Ihr meint also, dass ich hier weiterhin gebraucht werde?»

«Aber natürlich, ich rechne fest damit. Der Herr benötigt nicht nur sein Essen, sein Bett muss weiterhin gemacht und die vielen Zimmer müssen geputzt werden. Erst wenn er alt und gebrechlich wird, denke ich, zieht er zu seiner Tochter. Aber so gesund, wie er daherkommt, kann das noch viele Jahre dauern.»

«Es ist nur … ich glaube, ich bin schwanger», erklärte Marie mit leiser Stimme und errötete.

«Nun, das musste ja so kommen, nicht wahr? Kinder

gehören zur Ehe. Wer soll sonst zu euch schauen, wenn ihr alt seid? Es ist schön zu wissen, dass das Leben weitergeht, während die älteren Leute Platz machen müssen. Die Herrin hätte sich bestimmt darüber gefreut.»

Der kalte Winter hatte die Stadt fest im Griff. Ein eisiger Wind pfiff von Norden her, der Himmel war mit einer grauen Wolkendecke überzogen, und das Wasser in den Brunnentrögen war wieder einmal gefroren, während die Raben zusammengekauert auf den Bäumen hockten und geduldig, manchmal aber auch laut krächzend, auf bessere Tage warteten. Im Rathaus hatte der Bürgermeister trotz der Kälte dringend alle Ratsmitglieder versammeln lassen.

«Meine Herren, ich habe heute eine wichtige Mitteilung erhalten: Am 23. Februar dieses Jahres 1447 starb in Rom der vom Konzil abgesetzte Papst Eugen IV. im Alter von vierundsechzig Jahren», unterrichtete er den Rat. Er wusste nicht, wie er diese Botschaft übermitteln sollte, es war ein Todesfall, aber im Grunde seines Herzens war er gar nicht unglücklich über diese Nachricht.

«Friede seiner Seele», antwortete ein Ratsmitglied. Alle nickten mit ernsten Gesichtern und wussten, diese Mitteilung war von weitreichender Bedeutung.

«Gestattet mir die Frage, meine Herren», äusserte sich ein junges Ratsmitglied und räusperte sich, «wie lange stritt sich eigentlich das Konzil mit Eugen IV. herum?»

«Praktisch von Anfang an, das sind jetzt sechzehn Jahre. Papst Eugen wollte nie irgendwelche Reformen und deshalb auch kein Konzil oder höchstens sein eigenes in Italien. Aber in Basel weilten unterdessen Abgesandte von elf Orden, neun Universitäten, zehn Königen und achtzehn Herzögen. Wir hatten in all diesen Jahren über hunderttausend Leute hier. Das konnte Eugen nicht so schnell überbieten.» Der junge Mann staunte.

«Das ist beeindruckend. Man hätte nun aber die Gelegenheit, die erstarrten Fronten aufzuweichen, nicht wahr?»

«Nicht so rasch. Man hat mir gemeldet, dass man in Rom ein Konklave einberufen will», ergänzte der Bürgermeister.

«Also wieder ein Gegenpapst. Mit unentrinnbarer Notwendigkeit?»

«Ja. Dabei wäre es dringend erwünscht, die unerfreuliche Situation zu beenden. Man nutzt die ganze Energie nur, um sich gegenseitig in Schach zu halten. Und die Kirche tritt dabei an Ort und Stelle. Reformen können keine beschlossen werden.»

«Meine Herren, wir haben vorerst ganz andere Probleme», mischte sich Henman Offenburg mit Nachdruck in die Diskussion, «wenn König Friedrich den neuen Papst in Rom als den Rechtmässigen anerkennt – und das könnte durchaus sein –, dann muss Basel reagieren, sonst wird eine Reichsacht die Folge sein, weil unsere Stadt den andern Papst unterstützt.»

«Daran habe ich noch gar nicht gedacht», stellte der Bürgermeister erschrocken fest und erbleichte, denn allmählich wurde ihm der Ernst der Lage bewusst. «Das würde ja auch das Ende des Konzils bedeuten, nicht wahr? Aber was wird aus Basel, wenn das Konzil nicht mehr tagt? All die vielen Leute werden wegziehen! Tausende weniger, die etwas kaufen, essen und schlafen. Keine Händler, keine Wechsler, keine Leute, die Bildwerke bestellen, keine Vorlesungen mehr. Das gibt eine enorme, eine unheimlich erschreckende Lücke.»

«Basel wird sicher in eine grosse Leere fallen, das wird nicht zu vermeiden sein. Doch irgendeinmal muss das Konzil ja beendet werden. Es dauert schon viel länger als erwartet. Zugegeben, es sind trübe Aussichten, doch es muss und wird weitergehen.»

«Vorläufig sind wir noch nicht so weit», mischte sich Henman Offenburg wieder in die Diskussion und konnte einen tadelnden Unterton nicht vermeiden. «Wir müssen der Reihe nach vorgehen. Wichtig ist zuerst, sich darum zu bemühen, eine Reichsacht zu verhüten, sonst wird die Stadt recht- und schutzlos.»

«Könntet Ihr Euch vorstellen, nach Wien zu reiten, um zu verhandeln?», fragte der Bürgermeister vorsichtig. «Mir scheint, Ihr seid der Einzige, der etwas erreichen kann.» Henman konnte ein schwaches Lächeln nicht verbergen.

«Ich bin bald siebzig Jahre alt, und meine Kräfte nehmen langsam ab. Doch mein Kopf ist immer noch klar.

Gut, ich werde mich noch einmal für Basel einsetzen. In Wien war ich ja schon sieben Mal als Gesandter der Stadt.»

Sein Stiefvater Konrad blickte ihn bewundernd an.

«Eure Energie ist unerschöpflich! Doch ich gebe zu bedenken, dass es eine weite, anstrengende Reise ist.»

«Zugegeben, mit siebzig Jahren reist man nicht mehr so weit. Aber ich kenne den Weg und fühle mich wohl, also werde ich mich aufmachen und nach Wien reiten.»

Am ersten sonnigen Frühlingstag im März 1448 ritt Henman Offenburg zusammen mit weiteren Abgeordneten langsam rheinaufwärts. Wie oft hatte er diesen Weg schon nehmen müssen? Zürich, Konstanz, Feldkirch, Nürnberg, Ulm, Wien – alle diese Orte hatte er so oft aufgesucht, dass er es fast nicht mehr zählen konnte. Der Gedanke, dass zu Hause keine Anna mehr auf ihn wartete, erfüllte ihn mit Trauer, doch er spürte auch eine leise Erleichterung, denn er brauchte nun kein schlechtes Gewissen mehr zu haben, sie alleine zurückzulassen.

Der Ritt durch die erwachende Natur war herrlich. Die Vögel pfiffen um die Wette, das erste zarte Grün zierte einige Bäume und auf den Wiesen entdeckte er das leichte Lila des Wiesenschaumkrautes. Hin und wieder rannte ein erschreckter Fasan über den Weg, ein Wildhuhn machte sich rasch aus dem Staub und verschwand im dichten Unterholz oder ein Regenpfeifer trippelte aufgeregt über den Pfad. Henman schaute ihm lächelnd nach. Er fühlte sich jung und frei auf dem Rücken des Pferdes. Er atmete ganz bewusst die laue Frühlingsluft ein, den Duft von frischer Erde, von Tau und Gras. Selbst das Pferd schien den Ritt durch die erwachende Landschaft zu geniessen. Mit aufrichtigem Vergnügen betrachtete Henman Täler und Dörfer, einen Höhenzug mit einer kleinen Kapelle, ein einsames Gehöft, einen uralten, wasserlosen Brunnen, endlos scheinende Wälder, die ihn dann doch wieder auf eine offene Wiese hinaus entliessen. Zum ersten Mal seit Annas Tod fühlte er sich unbeschwert und glücklich, und eine tiefe Dankbarkeit keimte in ihm auf.

Die gehegten Befürchtungen traten alle ein: Tatsächlich wurde der neu gewählte römische Papst Niklaus V. von König Friedrich als rechtmässiger Papst anerkannt. Wochenlang war Henman Offenburg unterwegs im Dienste der Stadt Basel. Seine Reise führte nicht nur nach Wien, sondern auch noch zum Reichsgericht nach Graz. Das Gericht hatte Basel gezwungen, alle Konzilsväter auszuweisen. Dank Henmans Einsatz wurde der Zeitpunkt etwas hinausgeschoben. Doch Anfang Juli, kurz nach Henmans Rückkehr, verliessen die letzten Teilnehmer die Stadt. Man hatte das Konzil nach Lausanne verlegt.

Henman Offenburg trat in seiner Stube ans Stehpult. Er öffnete die kleine Truhe, welche danebenstand und seine Schriftlichkeiten enthielt. Der mit Eisen beschlagene Deckel liess sich nur schwer aufheben. Henman wollte sich ein neues Blatt Papier heraussuchen. Da flatterte ein beschriebenes zu Boden. Er hob es auf und las: *5. Juli 1417, grosser Stadtbrand.* Er starrte darauf. Waren wirklich erst dreissig Jahre vergangen seither? Er konnte es fast nicht glauben. Wie viel war in dieser Zeit passiert! Es liess sich gar nicht so rasch alles in Erinnerung rufen. Während er sinnend das Papier betrachtete, überkam ihn wieder das Gefühl der Hilflosigkeit, das ihn damals beherrscht hatte. Dieser schreckliche Brand … doch unterdessen waren die Häuser alle wieder aufgebaut. Die folgenden Jahre des Konzils, seine unzähligen Reisen als Gesandter, Rom, Konstantinopel, Jerusalem – hatte er das wirklich alles erlebt und gesehen? Lächelnd dachte er an die Geschichte mit Kaiser Sigismunds neuen Schuhen und Socken.

Henman bemerkte, wie er vergeblich nach den Schritten von Anna lauschte. Aber kein knarrender Boden verriet ihr Kommen. Und doch war sie anwesend. Er bückte sich, legte das Blatt vom Stadtbrand sorgfältig zurück und holte entschlossen ein neues Blatt Papier aus der Truhe. Es war ein handgeschöpftes aus der Papiermühle von Halbysen. Henman tauchte den Federkiel in die Tinte und schrieb fein säuberlich:

5. Juli 1448, Ende des Konzils in Basel nach siebzehn Jahren.

«Was hat es der Stadt nicht alles gebracht!», ging es ihm durch den Kopf, und er blickte stolz auf das Papier mit dem Basler Wasserzeichen. «Doch hat es auch der Kirche gedient?» Er zuckte ergeben mit den Schultern. Nach dem Konzil von Konstanz war er noch voller Hoffnung gewesen. Aber jetzt? «Der Unterschied zwischen Reden und Handeln, zwischen Reform predigen und reformieren war gross», murmelte er und strich kopfschüttelnd und mit unruhigem Ernst über das Papier, «und immer hatte der Teufel seine Hände im Spiel.»

Noch einmal tauchte Henman den Federkiel in die Tinte. Langsam und sorgfältig schrieb er einen Nachsatz hinzu:

Ob es je zu den gewünschten Reformen kommen wird?

Nachtrag

Ein halbes Jahr später dankte Papst Felix V. ab. Damit endete das Konzil, das längste der Geschichte (29.7.1431–7.4.1449).

Der Wunsch nach Veränderungen der Kirche blieb unerfüllt, bis er sich mit der Reformation gewaltsam durchsetzte. Rund hundert Jahre später besiegelte das Konzil von Trient die Spaltung der Christenheit in Katholiken und Protestanten (1545).

Henman Offenburg starb am 29. Dezember 1459, kurz nach seinem achtzigsten Geburtstag. Seine grossen diplomatischen Fähigkeiten und Verdienste wurden stets geschätzt, später bezeichnete man ihn als «Wettstein des 15. Jahrhunderts».

Kardinal Louis d'Aleman, von 1440 an exkommuniziert, wurde 1449 wieder als Erzbischof von Arles eingesetzt. Ein Jahr später starb er an der Pest. An seinem Grab geschahen viele Wunder. Er wurde achtzig Jahre später selig gesprochen.

Enea Silvio Piccolomini wurde 1458 zum Papst gewählt. Als Pius II. bewilligte er 1460 die Gründung einer Universität in Basel.

Von Marie der Magd, Franz dem Pferdeknecht und der Köchin ist in der Geschichtsschreibung nichts zu finden …

Einige der erwähnten Personen

Henman Offenburg (1379–1459), Apotheker, Ritter, Diplomat

Anna Offenburg geb. Kupfernagel (ca. 1380–1446), seine Frau

Ihre zehn Kinder (fünf starben im Kindesalter):

Franz (1397–1452), Domherr in Konstanz

Brida (1400–1463), verheiratet mit Ratsherr und Junker Hans Waltenheim, zwei Kinder

Ursula (1403–1431), verheiratet mit Junker Peter Truchsess von Rheinfelden, nach ihrem Tod wächst der Sohn Werner bei den Grosseltern Henman und Anna Offenburg auf.

Peter (1408–1474), Stammvater der späteren Offenburg-Linie, Achtburger, Landvogt auf der Farnsburg, nacheinander mit drei Frauen verheiratet: Klara von Ertzingen, Antonia von Altdorf, Agnes von Laufen, mehrere Kinder

Ennelin (ca. 1415–1439), verheiratet mit Werner Eremann, kinderlos

Konrad zum Haupt (ab 1390 in Basel, gest. ca. 1458), Stiefvater von Henman Offenburg, Achtburger, einer der reichsten Basler jener Zeit, stiftete sein Wohnhaus, den Münchhof am Petersberg, für eine Elendenherberge (heute abgerissen, die Herbergsgasse erinnert noch daran)

Heinrich Halbysen d. Ä. (ca.1390–1451), betrieb von 1433 an eine Papiermühle in Basel

Kardinal Giuliano Cesarini (1398–1444), Konzilspräsident bis 1437

Kardinal Louis d'Aleman (ca. 1390–1450), Erzbischof von Arles, Konzilspräsident ab 1438

Papst Martin V. (1368–1431), Papst von 1417 bis 1431

Papst Eugen IV. (1383–1447), Papst von 1431 bis 1447

Papst Niklaus V. (1397–1455), Papst von 1447 bis 1455

Enea Silvio Piccolomini (1405–1464), Dichter, Gelehrter, Sekretär von Papst Felix V., danach von König Friedrich III., dann Bischof von Triest, von 1458 bis 1464 Papst Pius II.

Kaiser Sigismund (1368–1437)

König Friedrich III. (1415–1493)

Kaiser Johannes VIII. (1392–1448), Palaiologos von Konstantinopel

Bartolomeo Capra (1365–1433), Erzbischof von Mailand, begraben im Basler Münster

Johannes von Ragusa (1395/96–1443), Dominikaner, Generalsekretär des Basler Konzils

Johann IV. von Fleckenstein, Basler Bischof von 1423 bis 1436

Friedrich ze Rhein, Basler Bischof von 1437 bis 1451

Peter zum Blech, Basler Schultheiss, «Hexenjäger», 1444 erste Nachricht von der Verbrennung einer Hexe in Waldenburg

Greda Bleicherin, Kräuterweib, um 1415 erwähnt

Gerin Kolerin, 1440 als Hexe verurteilt

Die Köchin, Mägde und Pferdeknechte sowie der Chorherr Johannes wurden frei hinzugefügt.

Literatur

Elsanne Gilomen-Schenkel: Henman Offenburg, Basel 1975
Gerrit Jasper Schenk: Von den Socken, in: Kaiser Sigismund, Hrsg. von Karel Hruza und Alexander Kaar, Wien, Köln, Weimar 2012
Die Chronik Henmann Offenburgs: 1413–1445. Hrsg. von August Bernoulli, in Baseler Chroniken, herausgegeben von der historischen Gesellschaft in Basel, 5. Bd., Leipzig 1895
Jörg K. Hoensch: Kaiser Sigismund, München 1996
Heide Wunder (Hrsg.): Eine Stadt der Frauen, Basel 1995
Theodora von der Mühll: Vorspiel zur Zeitwende, München 1959
Dietegen Guggenbühl: Mit Tieren und Teufeln, Liestal 2002
Franz Irsigler/Arnold Lassotta: Bettler, Gaukler, Dirnen und Henker, Köln 1984
Claudia Beckers-Dohlen, Simon Basse: Markt, Turnier und Alltagsleben im Mittelalter, Greiz 2000
Heinrich und Margarethe Schmidt: Die vergessene Bildersprache christlicher Kunst, München 1981
Herbert Herkommer, Rainer Christoph Schwinges: Engel, Teufel und Dämonen, Basel 2006
Johannes Dillinger: Hexen und Magie, Frankfurt am Main 2007
Johan Huizinga: Herbst des Mittelalters, Stuttgart 1987

Arno Borst: Lebensformen im Mittelalter,
Frankfurt/Berlin 1992
Norbert Ohler: Reisen im Mittelalter, München 1986
Shulamith Shavar: Kindheit im Mittelalter, Reinbeck bei
Hamburg 1993
Berthe Widmer (Hrsg.): Enea Silvio Piccolomini,
Basel/Stuttgart 1960
Paul Kölner: Unterm Baselstab Band I und II,
Basel 1918 und 1922
Tagebuch des Andrea Gattaro von Padua in:
Basler Jahrbuch 1885, Basel 1886
Werner Meyer-Hofmann: Turniere im alten Basel, in:
Basler Stadtbuch 1970, Basel 1969
Monica H. Green (Hrsg.): Trotula. Mittelalterliche Rezepte,
Florenz 2009
Marilise und Hans Peter Rieder: Basilea botanica, Basel 1979
Bernhard von Breydenbach: Die Reise ins Heilige Land 1483,
Wiesbaden 1977
Gerhard Fouquet (Hrsg.): Die Reise eines Anonymus ins Heilige
Land 1494, Frankfurt a. Main 2007
Rudolf Wackernagel: Die Junker Murer von Basel, Separatdruck
aus: Schweiz. Archiv für Heraldik, 1902, Heft 2
Urban Federer: Mystische Erfahrungen im literarischen Dialog,
Berlin/New York 2011
Miguel de Cervantes: Don Quixote de la Mancha (49. Kapitel =
Juan de Merlo), Innsbruck 2009
Silvia Volkart (Hrsg.): Rom am Bodensee, Zürich 2014

Bildnachweis

Titelbild: Des Teufels Netz, 1441, Karlsruhe, Badische Landesbibliothek, Cod. Donaueschingen, 113, fol. 1v

Rückseite: Kaiser Sigismund, Porträt eines böhmischen Meisters (Prag? 1436/37), früher Antonio Pisanello (1433) zugeordnet. KHM-Museumsverband, Wien

S. 63: Haus der Familie Offenburg an der Petersgasse 42. Foto: Helen Liebendörfer, Muttenz

S. 67: Wappen der Familie Offenburg. Foto: Helen Liebendörfer, Muttenz

S. 199: Basler Spielkarten, 15. Jahrhundert. Staatsarchiv Nidwalden A 1004/1, Bild: Nadia Christen, Staatsarchiv Nidwalden

Autorin

Die Baslerin Helen Liebendörfer setzt nach ihren erfolgreichen Publikationen über Wibrandis Rosenblatt und Angela Böcklin die Reihe historischer Romane fort. Ausserdem ist sie bekannt als Stadtführerin und als Dozentin der Volkshochschule Basel sowie als Autorin zahlreicher Stadtführer. Sie bringt die Besonderheiten der Stadt Basel und der Menschen, die einst darin lebten, auf vielfältige Art den Gästen, Leserinnen und Lesern näher. Für ihr Engagement erhielt sie im Jahr 2008 den Ehrendoktor der Universität Basel.

Helen Liebendörfer im Friedrich Reinhardt Verlag

Die Frau im Hintergrund
Dieser historische Roman handelt von Wibrandis Rosenblatt, einer bedeutenden Frau des 16. Jahrhunderts. Im Hintergrund ihrer berühmten Ehemänner, den Reformatoren Oekolampad, Capito und Butzer, hat sie wesentlich an den Veränderungen mitgewirkt.

208 Seiten, 2013
kartoniert
CHF/EUR 24.80
ISBN 978-3-7245-1875-4

Carissima mia!
«Carissima mia!» spielt im 19. Jahrhundert und schildert das unstete Leben von Angela Böcklin, der Ehefrau von Arnold Böcklin, ihre jahrzehntelange aufopfernde Tätigkeit an der Seite des Künstlers, mit vierzehn Kindern, vielen Ortswechseln – Rom, Basel, München, Weimar, Zürich und Florenz –, mit Krankheiten, Todesfällen, Entbehrungen und schliesslich auch Erfolg.

312 Seiten, 2014
kartoniert
CHF/EUR 24.80
ISBN 978-3-7245-2019-1

Basel, die verzauberte Stadt
Ein spielerischer Spaziergang für Kinder
Auf einem Spaziergang durch die Stadt können die Kinder aktiv ins Geschehen miteingebunden werden.
Für Kinder zwischen fünf und zehn Jahren.

48 Seiten, 2006
mit 21 Farbfotos und Stadtplan
Hardcover
CHF/EUR 19.80
ISBN 978-3-7245-1380-3

Helen Liebendörfer im Friedrich Reinhardt Verlag

Spaziergang in Basel mit Johann Peter Hebel
Mit viel Gespür für Details führt Helen Liebendörfer den Leser auf die Spuren des grossen Dichters: vom Totentanz zur Petersgasse, vorbei an der Mittleren Brücke und hoch zum Münsterplatz.

65 Seiten, 2010
kartoniert
CHF/EUR 19.80
ISBN 978-3-7245-1660-6

Spaziergang zu berühmten Gästen in Basel
Die Stadtführerin nimmt die Leserinnen und Leser zu berühmten Gästen in Basel mit – von Kaiser Heinrich II., Paracelsus, Faust und Napoleons Gemahlin Marie-Louise bis hin zu Dostojewski und Gustav Adolf von Schweden.

100 Seiten, 2011
farbig bebildert, kartoniert
CHF/EUR 19.80
ISBN 978-3-7245-1704-7

Spaziergang mit Hermann Hesse durch Basel
Hermann Hesse verbrachte über zehn Jahre in Basel. Es gibt daher viele Gründe, einen Spaziergang mit Hermann Hesse durch Basel zu unternehmen und sich zu fragen, wo er gelebt und gewirkt hat und welche Spuren sich davon in seinen Werken niedergeschlagen haben.

80 Seiten, 2012
farbig bebildert, kartoniert
CHF/EUR 19.80
ISBN 978-3-7245-1793-1